Janette Oke

Anna – allein auf sich gestellt

Janette Oke

ANNA

ALLEIN AUF SICH GESTELLT

Schulte & Gerth

Die amerikanische Originalausgabe erschien imVerlag
Bethany House Publishers, Minneapolis, MN 55438,
unter dem Titel „Roses for Mama“

Aus dem Amerikanischen übersetzt von Beate Peter

Best.-Nr. 815 374
ISBN 3-89437-374-1
1. Auflage 1995
Umschlaggestaltung: Bethany House/Michael Wenserit
Satz: Typostudio Rücker & Schmidt
Druck und Verarbeitung: Ebner Ulm
Printed in Germany

Anna

Anna Peterson wischte sich die Hände an ihrer dunkelblauen Schürze ab, um sich eine lose blonde Haarsträhne in den Haarkamm zurückzustecken. Es war ein warmer Tag, und das Waschfaß mit dem heißen Wasser, über das sie gebeugt war, machte ihn keineswegs erträglicher. Sie streckte ihren verspannten Rücken und sah zu dem Acker hinüber, auf dem Thomas' Pflug ein gestreiftes Furchenmuster zog. Bald würde er zum Essen ins Haus kommen.

Anna beugte sich wieder über die Waschbütte und scheuerte die schmutzigen Strümpfe mit frischem Elan. Sie wollte diese Arbeit erledigt haben, bevor sie das Essen auf den Tisch brachte, und diese Ladung Strümpfe war die letzte.

Dieses Strümpfewaschen ist einfach widerwärtig, schimpfte sie im stillen, doch dann besann sie sich reumütig auf eine sanfte Stimme: „Laß dir nie eine Arbeit verhaßt sein. Mit jeder Arbeit schaffst du entweder etwas Neues, oder du machst etwas schon Bestehendes besser."

Solche Lebensweisheiten waren typisch für Mama gewesen. Meistens hatte Anna sofort eingesehen, wie recht sie hatte, doch manchmal hatte sie auch ein wenig unwillig reagiert. Nachdem sie aber eine Weile über Mamas Worte nachgedacht hatte, war ihr stets klargeworden, wieviel gesunder Menschenverstand in ihnen gesteckt hatte. Mit jedem Jahr, das verging, kam Anna häufiger auf die Lebensweisheiten ihrer Mutter zurück. Mama hatte ihren Kindern nicht nur ihre Gedanken mitgeteilt, sondern ihnen die Lektionen auch persönlich vorgelebt. Und Mama war ein leuchtendes Beispiel für alle Eigenschaften gewesen, die eine echte Dame ausmachen.

Wie immer, wenn sie an Mama dachte, mußte sie auch an

Papa denken, und Annas Blick fuhr unwillkürlich in die Höhe, als stünde Papa plötzlich vor ihr. Er war skandinavischer Abstammung gewesen. So hochgewachsen war er gewesen, ihr Papa, hochgewachsen und stark. Breite Schultern hatte er gehabt, muskulöse Unterarme und einen schnurgeraden, beinahe steif wirkenden Rücken. Seine Augen waren blau gewesen, wie tiefes, eisiges Wasser. „Wie die Fjorde", hatte Mama oft gesagt, und ihre Kinder wußten, daß die Fjorde für sie etwas ganz Besonderes gewesen waren, obwohl sie sie noch nie mit eigenen Augen gesehen hatte.

Anna lächelte bei diesem Gedanken und widmete sich dann wieder dem schmutzigen Strumpf auf dem Waschbrett. Der Wind wehte stärker, und wieder mußte sie ihre Arbeit unterbrechen, um sich ein paar seidenweiche Haarsträhnen aus dem Gesicht zu streichen. Von jenseits des Tals kam das Läuten einer Glocke. Die Schulkinder wurden von der Pause ins Klassenzimmer zurückgerufen. Auch Anna machte sich wieder an die Arbeit und wrang den Strumpf aus, um ihn in das Spülwasser zu werfen. Mit einer Hand fuhr sie durch die Seifenlauge, um nach dem nächsten zu angeln, doch zu ihrer Erleichterung fand sich keiner mehr im Waschfaß.

Mit schmerzendem Rücken richtete sie sich auf, doch für Wehwehchen hatte sie jetzt keine Zeit. Die nächste Aufgabe wartete schon auf sie. Auch Thomas hatte zweifellos das Läuten der Schulglocke gehört, und das war das ausgemachte Signal zur Essenszeit.

Eilig spülte Anna die Strümpfe aus und befestigte sie mit Klammern an der Wäscheleine.

Die Wannen leere ich am besten nach dem Essen aus, überlegte sie und hastete zur Küche.

Das Haus, in dem die Petersons wohnten, war zwar nicht sehr geräumig, wirkte aber trotz seiner fünf Bewohner keineswegs überfüllt. Es stand auf einem Kliff über dem Tal und war auf drei Seiten von Pappeln geschützt. Von der breiten Veranda aus hatte man einen ungehinderten Ausblick über die Landschaft bis hin zu dem schmalen Glockenturm der Ortskirche. Der Kirchturm war der einzige Teil der Stadt, der vom Haus

aus zu sehen war. Den Rest kannte Anna vor ihrem inneren Auge: Die breite Hauptstraße, von der aus schmalere Straßen nach links und rechts führten; die hölzernen Bürgersteige; das Haushalts- und Eisenwarengeschäft, in der es Hämmer, Schaufeln und Meterware zu kaufen gab; die Drogerie mit den sauren Drops in der Schaufensterauslage; der Lebensmittelladen mit seinen Fässern und Kisten voller Küchenvorräte; der Fleischmarkt, dessen Fußboden mit Sägemehl bedeckt war. Anna ging nicht gern zum Fleischmarkt. Sie mochte den Geruch von Fleisch erst dann, wenn es in der großen Bratpfanne schmorte oder im Ofen garte.

Die Zeit reichte gerade dazu, den Eintopf vom Vortag auf den Herd zu stellen und den Tisch zu decken; dann hörte Anna auch schon Schritte auf der Veranda. Sie drehte sich zu dem Brotlaib um, den sie auf das Schneidebrett gelegt hatte, und legte dicke Scheiben auf einen Teller. Thomas wusch sich gerade Hände und Gesicht an dem blauen Waschbecken und trocknete sich dann an dem abgenutzten Handtuch ab, das an der Rolle hing.

Anna stellte das Brot auf den Tisch und hastete an den Herd zurück. Der Kaffee kochte noch nicht, und der Eintopf war auch noch nicht heiß.

„Du, entschuldige", sagte sie leise über ihre Schulter. „Es ist ein bißchen später geworden. Die Wäsche hat heute länger gedauert."

„Das habe ich mir schon gedacht", antwortete Thomas. „Die Wäscheleine ist ja proppenvoll. Brauchst du mehr Schnur?"

Anna schüttelte den Kopf und sah Thomas an, der sich gerade auf seinen Platz am Tisch gesetzt hatte. Sein Gesicht glänzte frisch gewaschen, doch seine Haare waren noch vom Wind zerzaust.

„Nein, ich glaube nicht. Diese Woche war nur plötzlich alles auf einmal schmutzig. Louise hatte noch nie so viele Kleider in der Wäsche, und Derek brauchte doch eine zusätzliche Latzhose – sein Mißgeschick mit der Pfütze, du weißt schon. Dann hatten wir mehr Bettwäsche als sonst, weil Sara sich

Bertha über Nacht eingeladen hatte, und ... irgendwie ist eins zum anderen gekommen."

Thomas nickte und stützte einen muskulösen Arm auf die Tischplatte.

Anna rührte wieder in dem Eintopf und warf Thomas einen Blick zu.

„Möchtest du ihn lieber jetzt – oder lieber heiß?"

„Heiß", antwortete er ohne zu zögern. „Die Pferde brauchen sowieso Zeit für ihr Futter. Und ich habe nichts dagegen, mich ein bißchen auszuruhen."

Anna verließ ihren Platz am Herd und setzte sich zu Thomas an den Tisch.

„Wie klappt's denn?" erkundigte sie sich.

„Sieht vielversprechend aus. Jede Menge Bodenfeuchtigkeit. In den Niederungen ist es sogar noch 'ne Spur zu feucht."

„Probierst du dein neues Saatgut aus?"

Anna hatte noch nie begriffen, wie Thomas sich nur derartig für seine Experimente mit dem Saatgut begeistern konnte, doch sie gönnte ihm das Vergnügen von Herzen. Außerdem interessierte sie sich grundsätzlich für alles, was er tat. Thomas bedeutete ihr unendlich viel, obwohl sie ihm das noch nie gesagt hatte.

Thomas nickte, und in seinen Augen leuchtete es auf.

„Viel ist's zwar nicht, aber ich habe vor, einen Teil davon direkt hier neben dem Küchengarten auszusäen."

„Ist es eigentlich schon warm genug für den Garten?" fragte Anna.

„Ich werd' ihn dir anlegen, aber erst in ein paar Tagen. Der Wind gefällt mir nicht. Es könnte noch Schnee geben."

Anna konnte den Eintopf riechen und sprang auf, um nach ihm zu sehen. Ein Blick in den Kochtopf sagte ihr, daß der Eintopf inzwischen kochte. Auf dem Weg zu der Suppenschüssel, die sie schon auf den Tisch gestellt hatte, rührte sie den Eintopf noch einmal um.

Auch der Kaffee kochte inzwischen, doch diesmal war es Thomas, der aufstand und die Kanne von dem heißen Herd holte. Ohne ein Wort füllte er die beiden Tassen und stellte die Kanne wieder zurück.

„Mrs. Owens war dabei, ihren Garten anzulegen, als ich gestern in die Stadt ging“, sagte Anna und stellte den leeren Kochtopf auf die Anrichte, um sich dann auf ihren Platz am Tisch zu setzen.

„Mrs. Owens legt ihren Garten jedes Frühjahr zweimal an“, antwortete Thomas und setzte sich ebenfalls auf seinen Stuhl. „Immer erwischt sie der Frost. ‚Keine Geduld‘, hat Papa dann gesagt.“

Anna schmunzelte, Thomas hatte recht.

Thomas sprach das Tischgebet.

„Ich will mich dann lieber gedulden“, sagte Anna, als sie den Kopf wieder gehoben hatte.

Thomas reichte ihr den Eintopf und wartete, bis sie sich den Teller gefüllt hatte. Anna wußte, daß Thomas nach einem halben Tag Feldarbeit einen Bärenhunger hatte, aber er hätte nicht im Traum daran gedacht, sich vor Anna zu bedienen. Papa hatte Mama auch immer den Vortritt gelassen.

„Wenn Derek heute aus der Schule kommt, soll er nach dem Südzaun sehen“, ordnete Thomas an. „Ich will nicht riskieren, daß unsere Kühe in der Nachbarschaft auf Besuch gehen. Das Gras ist noch knapp, und die Weide jenseits des Zauns könnte ihnen verlockender als unsere vorkommen.“

Anna nickte.

Sie unterhielten sich über Alltagsdinge: Die Farm, Nachbarn. Vorräte, die sie brauchten. Zuletzt tranken sie eine zweite Tasse Kaffee und genossen das Aroma und die Arbeitspause, bis Thomas auf die Wanduhr sah und aufstand.

Anna wußte, daß er den Pferden eine ausreichende Futter- und Verschnaufpause zugestanden hatte und sich wieder an die Arbeit machen wollte. Auch sie setzte sich in Bewegung. Sie mußte das Geschirr spülen, das Waschwasser ausleeren und Wäsche bügeln, sobald der Frühlingswind die Wäschestücke auf der Leine getrocknet hatte. Bevor sie sich's versah, würde wieder ein Tag um sein, und die Kinder würden aus der Schule kommen. Atemlos würden sie ins Haus stürzen und sich auf die Suche nach einem Glas Milch, ein paar Plätzchen und einem offenen Ohr für ihre neuesten Erlebnisse machen.

Anna sah zu, wie Thomas seine Kappe vom Haken in der Ecke nahm und die Küche mit langen Schritten verließ.

„Und vergiß den Zaun nicht!“ rief er ihr über die Schulter hinweg zu.

Sie räumte den Tisch ab und stapelte das Geschirr in der Spülwanne. Zuerst wollte sie das Waschwasser vom Vormittag ausleeren. Doch als sie in den Hof ging, stellte sie fest, daß Thomas die Wannen schon ausgeleert hatte. Sie hingen an ihrem Platz an der hinteren Veranda, und der Ständer lehnte zusammengeklappt an der Hauswand. *Er denkt aber auch an alles,* dachte Anna auf dem Rückweg zur Küche. Die Wannen waren schwer, besonders wenn sie voller Wasser waren, und sie war dankbar, daß Thomas ihr diese Arbeit abgenommen hatte.

Auf dem Rückweg zur Küche befühlte sie die Wäsche an der Leine und nahm ein paar Kleidungsstücke mit, die trocken genug zum Bügeln waren. Gleich nach dem Geschirrspülen würde sie damit anfangen.

Die Familie

„Weißt du was?“ rief Louise, schon bevor sie die Küchentür überhaupt geöffnet hatte.

Anna sah von der Bügelarbeit auf. Ihre Augen erhellten sich. Sie freute sich jeden Tag auf den Moment, an dem die Kinder in die Küche gestürzt kamen und ihre Worte sich überschlugen, wenn die Erlebnisse des Tages erzählt wurden. Louise redete weiter, ohne eine Antwort abzuwarten.

„Marigold mag Derek!“

Anna drehte sich zu Derek um. Der Junge sagte nichts, aber seine Wangen färbten sich deutlich rot. Er senkte den Blick.

„Louise“, ermahnte Anna sie sanft, „bitte mach dich nicht auf Dereks Kosten lustig.“

„Aber es stimmt doch, oder etwa nicht, Sara? Sie wollte unbedingt neben ihm sitzen.“

Der arme Derek, dachte Anna. *So schüchtern, und dann auch noch so etwas!*

„Es gibt auch viele Mädchen, die Thomas mögen“, entgegnete sie. „Ich hab’s in der Kirche und bei Picknicks beobachtet. Sie wollen unbedingt seine Aufmerksamkeit auf sich lenken. Gegen Freundschaften ist doch nichts einzuwenden.“

„Aber“, protestierte Louise in dem Bemühen, das Besondere an ihrer Feststellung zu unterstreichen, „Thomas ist schließlich erwachsen, und Derek ist noch ein Kind.“

„Kinder brauchen auch Freundschaften“, verteidigte Anna Derek.

„Aber nicht so eine. Nicht so eine, auf die Marigold es abgesehen hat. Sie lächelt albern und verdreht die Augen und säuselt: ‚Ooooh!‘, weißt du, und sie führt sich überhaupt restlos albern auf.“

„Derek kann nichts dafür, daß Marigold sich albern aufführt“, sagte Anna mit Bestimmtheit. „Er ist nur für sein eigenes Verhalten verantwortlich. Mama hat immer gesagt, daß der schlagendste Beweis für eine gute Erziehung in der Art liegt, wie wir dem törichten Verhalten anderer begegnen.“ Die letzten Worte hatte sie leiser und sanfter gesagt.

Louise senkte den Blick, und Anna sah, wie sie ihre Schultern versteifte. Anna war schon öfters ein solches Verhalten an Louise aufgefallen, und es beunruhigte sie enorm. Eine gewisse Kratzbürstigkeit steckte dahinter, als habe Anna ihr soeben den Spaß verdorben.

Annas Blick wurde ernster, als sie das Bügeleisen auf den Herd zurückstellte und ein paar frische Holzscheite nachschob. Bevor noch mehr Schaden angerichtet werden konnte, wollte sie lieber schnell das Thema wechseln.

„Holt eure Milch aus dem Eiskasten“, wies sie die Kinder an. „Louise, du holst die Milch und Sara die Gläser. Derek, die Plätzchen sind in der blauen Blechdose.“

Alle drei taten, was ihnen aufgetragen worden war.

„Hol die großen Gläser“, rief Louise Sara zu. „Ich hab’ nämlich einen Riesendurst!“

„Wenn ihr fertig seid, zieht ihr euch um und erledigt eure Aufgaben“, fuhr Anna fort.

Ein paar Minuten lang herrschte Stille, doch dann hob Louise den Kopf und starrte Anna an.

„Wieso sagst du das eigentlich immer?“ wollte sie wissen.

„Was sage ich denn immer?“ fragte Anna.

„‚Zieht euch um und erledigt eure Aufgaben‘“, äffte Louise ihren Tonfall nach.

„Weil die Arbeit sich nicht von selbst erledigt“, gab Anna zur Antwort.

„Denkst du etwa, das wüßten wir nicht? Wir machen sie doch schon, seit ... seitdem wir zur Schule gehen, und ich bin jetzt schon im fünften Schuljahr.“

Anna spürte Panik in sich aufsteigen. So offen hatte Louise ihr noch nie die Stirn geboten. Sie war sich nicht sicher, wie sie darauf antworten sollte. Und zum ersten Mal im Leben war sie sich nicht einmal sicher, wie Mama darauf geantwortet hätte. Hatte sie nicht irgendwann einmal eine ähnliche Auseinandersetzung erlebt, aus der sie gelernt hatte? Angestrengt kramte sie in ihrer Erinnerung, doch es war zwecklos. Sie selbst hatte Mama nie Widerworte geboten, und die anderen waren noch zu jung gewesen, um trotzig zu sein, als ...

„Das war ungezogen von dir“, belehrte Sara gerade Louise. „Wir sollen Anna doch gehorchen.“

Louise blieb zwar stumm, doch sie sah Anna nach wie vor herausfordernd an.

Derek trat von einem Fuß auf den anderen. Streit war ihm schier unerträglich.

„Sie ist schließlich nicht unsere Mama“, flüsterte Louise trotzig.

„Aber sie ... sie muß für uns sorgen“, brachte Derek hervor. „Und ... und du weißt genau, was Thomas sagen würde, wenn er dich so frech reden hören würde.“

Louise warf ihre Zöpfe in die Luft.

„Und Thomas ist nicht unser Papa“, wiederholte sie ihre Kampfansage.

Derek wurde blaß. Anna befürchtete, daß er gleich in Tränen ausbrechen oder aus der Küche laufen würde. Sie ging zu ihm und legte ihm schnell beruhigend eine Hand auf die schmale Schulter. Sie konnte ihn unter seinem grobgewebten wollenen Hemd zittern fühlen.

„Wir haben halt keine Mama und keinen Papa mehr“, beharrte Sara. „Jetzt haben wir nur noch Anna und Thomas.“

Ihre Worte blieben einen Moment lang in der Luft hängen. Anna verspürte einen schmerzhaften Stich, als sie merkte, daß die soeben geäußerte Tatsache Sara nicht besonders zu bekümmern schien. Ob Sara sich überhaupt noch an die Eltern erinnern konnte, die sie so jung verloren hatte?

„Louise“, sagte Anna, so sanft sie konnte, „bitte geh in dein Zimmer. Ich muß in Ruhe mit dir reden. Ich komme, sobald Derek und Sara mit ihrer Milch und ihren Plätzchen fertig sind.“

Lieber Gott, was tue ich nur, wenn sie sich jetzt weigert, mir zu gehorchen? fragte Anna sich, doch Louise warf ihr nur einen zornigen Blick zu und trollte sich in ihr Zimmer.

Anna rang um Fassung, als sie die Gläser mit Milch füllte. Eine wahre Tortur stand ihr bevor. Was sollte sie nur sagen? Keins der Kinder hatte je ihre Autorität bestritten. Was sollte sie tun? Und wie oft würde so etwas von jetzt an vorkommen?

Ach, lieber Gott, betete sie, *hilf mir doch! Was soll ich nur tun? Ich hatte zwar schon öfter das Gefühl, daß ... daß ich bei Louise auf Widerstand stoße, aber dieser ... dieser unverhohlene Trotz ... Ich weiß überhaupt nicht ...* Ihre Stimme bebte, als sie jetzt zu Derek sagte: „Thomas möchte, daß du dir den Südzaun einmal ansiehst. Er will nicht, daß uns die Kühe weglaufen. Louise und Sara können dir ein paar deiner übrigen Arbeiten abnehmen, damit du fertig bist, bevor es dunkel wird."

„Was muß ich denn tun?" erkundigte Sara sich.

„Du kannst wie immer die Hühner füttern und die Eier ins Haus holen. Danach hilfst du Louise dabei, die Brennholzkiste zu füllen."

„Aber wenn Louise nicht will?" fragte Sara und tunkte ihr Plätzchen in die Milch.

Anna zögerte. *Gute Frage. Was, wenn Louise nicht will?*

„Louise gehört zur Familie", antwortete sie schließlich. „Wir müssen alle unsere Aufgaben erledigen. Ich fürchte, sie wird ihre Arbeit tun müssen, ob ihr das paßt oder nicht."

Anna zögerte den Gang in Louises Zimmer so lange hinaus, wie es nur eben ging, doch dann ging sie mit langsamen Schritten auf die geschlossene Tür zu. Sie hatte keine Ahnung, was sie in dem Zimmer erwarten würde, und mit jedem Schritt schickte sie ein Stoßgebet zum Himmel. Würde Louise noch immer ihre Zöpfe trotzig in die Luft werfen und Anna aus zornigen Augen anstarren? Oder hatte sie sich auf ihr Bett geworfen und weinte der Mutter nach, die sie so früh verloren hatten? Es war aber auch möglich, daß sie aus dem Fenster geklettert war und sich aus dem Staub gemacht hatte!

Doch Louise saß seelenruhig auf einem Stuhl an ihrem Bett und las in ihrem Lieblingsbuch. Sie trug inzwischen ihre Hauskleidung; die Schulkleidung hatte sie ordnungsgemäß an die Haken an der Wand gehängt. Ihr Bett war nicht zerwühlt, und ihr Gesicht war auch nicht rot und verweint. Sie machte einen recht gefaßten Eindruck.

„Louise“, begann Anna, während sie die Tür leise hinter sich schloß, „ich glaube, es ist Zeit, daß wir beide einmal in Ruhe miteinander reden.“

Louise nickte.

„Vielleicht ... vielleicht hast du recht; ich sage euch tatsächlich ständig, was ihr zu tun habt. Bei ... bei Sara ist das auch noch nötig. Sie hat's halt noch nicht so oft gehört wie du, und ... weißt du, wenn ich es einem sage, dann ... dann ist es einfacher, es gleich allen zu sagen.“

Louise nickte. Aller Trotz schien verflogen zu sein.

„Bitte entschuldige“, sagte Anna leise. „Ich ... ich will versuchen, daran zu denken, daß du alt genug bist, um allein an deine Arbeiten zu denken ... es sei denn, es ist eine neue Aufgabe.“

Wieder nickte Louise.

Anna wartete einen Moment. Sie wollte das Einvernehmen nicht verderben, aber es ließ sich wohl nicht umgehen, Louise einige Anweisungen zu geben.

„Heute abend haben wir ein paar zusätzliche Arbeiten“, sagte sie vorsichtig. „Thomas hat gesagt, daß Derek nach dem Zaun sehen soll, und deshalb hat Derek keine Zeit für seine übrigen Aufgaben. Das bedeutet, daß ihr beiden, du und Sara, das Brennholz holen und vielleicht sogar die Schweine füttern müßt.“

Anna wartete. Louise zeigte keinerlei Anzeichen von Zorn oder Trotz, statt dessen nickte sie nur.

Anna seufzte vor Erleichterung, und Tränen traten ihr in die Augen. Sie setzte sich auf das Bett und nahm eine Hand ihrer jüngeren Schwester in die ihre.

„Du, Louise“, sagte sie so behutsam wie möglich, „du weißt doch, daß ... daß Mama mich gebeten hat, für euch alle zu sorgen, bevor sie starb. Ich ... ich hab's ihr versprochen. Mama war der festen Überzeugung, daß ... daß Fürsorge mehr bedeutet, als das Essen auf den Tisch zu bringen und die Kleider sauber und in Ordnung zu halten. Mama will, daß ihr ... daß wir alle starke, gute, verläßliche Menschen werden. Zu diesem Wachstum gehört auch, daß wir zusammenarbeiten und ... und Gehorsam lernen. Ich weiß ja selbst, daß es nicht immer leicht ist, eine ältere Schwester zu haben, die einem sagt, was man zu tun und zu lassen hat, aber ..."

Louise rutschte auf ihrem Stuhlpolster hin und her.

„Aber so ist es nun einmal", fuhr Anna fort. „Wir haben es uns so nicht ausgesucht, aber so ist es nun einmal."

Louise senkte den Kopf, und die Tränen, die ihr in die Augen gestiegen waren, rollten an ihren weichen Wangen herunter. Sie schluchzte, hob den Blick und nickte. Mehr nicht. Nur ein kurzes Kopfnicken. Doch Anna wußte, daß sie genug gesagt hatte. Sie nahm ihre Schwester in die Arme und stand auf.

„Deine Milch und die Plätzchen stehen noch auf dem Tisch", sagte sie und verschluckte den Zusatz, daß die Arbeit anschließend getan werden mußte.

Louise stand ebenfalls auf und trocknete sich die Tränen.

Sie ist immer noch ein solches Kind, dachte Anna, als sie sie ansah. Das Mädchen rührte ihr Herz an.

In ihrer kindlichen Art warf Louise ihrer großen Schwester ein Lächeln zu, als hätte sie die Auseinandersetzung von vorhin längst vergessen, und lief in Richtung Küche los, wo Milch und Plätzchen auf sie warteten.

Und renne nicht, geh langsam, hätte Anna ihr um ein Haar nachgerufen. *Eine Dame rennt nicht ...*

Doch Louise war keine Dame. Sie war ein erst elfjähriges Mädchen. Verspielt und unbekümmert. Und sie hatte noch so viel zu lernen.

„Ach, Gott", hauchte Anna und sank auf das Bett zurück, um sich mit ihrer zitternden Hand über das Gesicht zu fahren, „wie soll ich ihnen nur je alles beibringen, was sie wissen müssen? Alles, was Mama ihnen beibringen wollte? Werde ich je eine richtige Dame aus Louise machen können? Und aus Sara? Werde ich ihnen von dir erzählen können? Wird Thomas unserem Derek den Vater ersetzen können? Oh, Gott, wir brauchen Hilfe, viel Hilfe!"

Erinnerungen

„Sag mal, wo drückt denn der Schuh?"

Anna drehte sich zu Thomas um. Sanft hatte sich die Dunkelheit über die Veranda gesenkt, wo beide saßen. Sie hatte gehofft, ihm ihre Sorgen nicht sagen zu müssen, doch sie hätte sich eigentlich denken können, daß Thomas ihr die Verstörtheit irgendwie anmerken würde.

„Ach, weißt du, es ist wegen Louise", seufzte Anna. „Ich glaube, sie vermißt Mama. Es ist beinahe, als fehle sie ihr jetzt noch ärger als ..."

Thomas nickte verständnisvoll und schlug nach einer Mükke, die sich auf seinem bloßen Unterarm niedergelassen hatte.

„Und wie zeigt sich das?" fragte er.

„Als ich sie heute auf ihre Aufgaben ansprach, da ... da hat sie mir an den Kopf geworfen, ich sei nicht ihre Mama." Das Zittern in ihrer Stimme konnte Anna nicht verhindern.

„Hat sie ihre Arbeit denn erledigt?" fragte Thomas.

„Aber natürlich. Das ganze Theater hat nicht lange angehalten. Anschließend war sie das liebste Mädchen der Welt. Aber ... ach, irgendwie macht mir die Sache zu schaffen. Was tun wir nur, wenn sie eines Tages beschließt, sich von uns nichts mehr sagen zu lassen? Ich meine ... wenn Papa hier wäre ... der brachte einen mit einem einzigen Blick zur Vernunft. Aber was ..."

„Das hat sie doch noch nie getan, oder?"

„Nein. Aber ich befürchte, es könnte das erste von vielen, vielen Malen gewesen sein. Sie wächst langsam aus den Kinderschuhen heraus, weißt du, und ... und sie war schon immer ... na, dickköpfig eben."

„Soll ich mal mit ihr reden?"

„Aber nein."

„Soll ich sie bestrafen? Soll ich ihr zusätzliche Arbeiten aufbrummen oder ..."

„Nein, das ist überhaupt nicht nötig", wehrte Anna schnell ab. „Noch mehr Strafen braucht sie wirklich nicht; sie hat doch schon ihre Mama verloren."

Nach einem Moment des Schweigens antwortete Thomas durch die dichter werdende Dunkelheit: „Wir haben alle unsere Mama verloren."

„Ja, ich weiß", sagte Anna mit bebender Stimme, „aber ich glaube, für die Jüngeren ist es noch härter."

Wieder entstand ein Schweigen, und wieder war es Thomas, der es brach.

„Es ist jetzt schon drei Jahre her", sagte er leise. „Eigentlich ... eigentlich sollten sie sich inzwischen daran gewöhnt haben."

„Genau das macht mir ja so zu schaffen", gestand Anna. „Ich ... nun, wir haben immer gedacht, es würde mit der Zeit leichter werden. Aber das war ein Irrtum. Als sie kleiner waren, mußten wir ihnen bloß das Essen machen und ihre Kleidung in Ordnung halten ... und sie liebhaben. Aber jetzt ... jetzt habe ich das Gefühl, daß all die Jahre, in denen Mama sie nicht erziehen konnte ... ihnen nicht vorleben konnte, was eine richtige Dame ist, ihnen nicht beibringen konnte, wie man seine Mitmenschen behandelt, wie man Respekt und Gehorsam lernt ... weißt du, das fehlt ihnen jetzt, Thomas."

„Das haben sie doch von dir gelernt", sagte Thomas. „Gerade beim letzten Gemeindepicknick habe ich zufällig mitgekriegt, wie ein paar Frauen sich darüber unterhielten, was für nette, wohlerzogene Kinder sie sind." Anna freute sich zwar, das zu hören, doch sie wußte, daß eine gute Erziehung nicht nur aus einem höflichen „Bitte" oder „Danke" bestand.

„Es stimmt schon, daß sie gute Manieren haben – äußerlich gesehen. Wenigstens meine ich das", gab Anna ihm recht. „Aber innerlich? Mama hat doch auf so vieles Wert gelegt: daß man immer an seine Mitmenschen denken soll, ... daß man sich nicht von Kleinigkeiten zum Hochmut verleiten lassen soll, ... daß man sich die Schönheit in den kleinen Dingen des Lebens nicht entgehen lassen soll, ... ach, einfach so vieles. Ich fürchte, es ist mir nicht gelungen, den Mädchen das alles beizubringen. Ich ... ich weiß nicht einmal, wie Mama es gemacht hat. Ich weiß halt nur, daß diese Gedanken ... diese Grundsätze irgendwie in mir stecken, und ... und ich habe sie von Mama."

Anna faßte sich mit ihrer zitternden Hand an ihr Herz und blinzelte gegen die Tränen an, die ihr über die Wangen zu rollen drohten. Mühsam sprach sie weiter.

„Ich war alt genug, um diese Lektionen zu begreifen und sie zu behalten ... aber ich fürchte, Louise und Sara erinnern sich an nichts davon. In den letzten Monaten war Mama zu krank, um ... um ..."

Ihr versagte die Stimme. Thomas berührte in der Dunkelheit kurz ihre Hand. Wortlos saßen die beiden da und hörten dem Quaken der Frösche am Teich hinter der Scheune zu. Ein Kauz schrie in den Abend hinein. Dann muhte irgendwo in der Ferne eine Kuh, und weiter draußen antwortete eine andere Kuh darauf.

„Du machst deine Sache prima, Anna", sagte Thomas heiser. „Ich bin stolz auf die Mädchen und Derek."

„Ich auch", gestand Anna, „aber ich sorge mich trotzdem um sie. Ich möchte so sehr, daß sie zu Menschen werden, auf die Mama stolz gewesen wäre."

„Das werden sie", sagte Thomas zuversichtlich. „Ganz bestimmt."

Anna antwortete nicht, und die Sorgenfalten standen noch immer auf ihrer Stirn. *Würden sie das wirklich?* Louise zeigte ja jetzt schon Zeichen des Trotzes. Es stimmte zwar, daß sie sich schnell wieder besänftigt hatte, doch was würde als nächstes kommen? *Wird sie mir klipp und klar sagen, sie werde sich von mir jetzt nichts mehr sagen lassen?*

Und Sara? Sie war ein so unbekümmertes, fröhliches kleines Ding. Aber sie war auch so wild und ungezähmt wie ein Präriemustang. Mama hatte sich ihre Töchter immer als kleine Damen gewünscht, mit sauberen Kitteln, gepflegten Fingernägeln, ordentlich geflochtenen Haaren und mit brav überkreuzten Beinen unter glattgestrichenen Röcken. Sara vergaß solche Dinge grundsätzlich, oder vielleicht scherte sie sich keinen Deut darum, obwohl Anna es ihr mindestens hundertmal gesagt hatte.

„Ich mache mir manchmal Sorgen um Derek", unterbrach Thomas ihre Gedanken in der Dunkelheit.

Annas Kopf fuhr in die Höhe.

„Wie meinst du das?" fragte sie. „Was hat er denn angestellt? Er hat mir noch nie Ärger bereitet."

„Das ist es ja gerade", antwortete Thomas nachdenklich. „Als ich in seinem Alter war ... also, sowohl Papa als auch Mama hatten ihre liebe Last mit mir."

„Mit dir?"

„Weißt du denn nicht mehr, wie oft ich in mein Zimmer geschickt worden bin oder zusätzlich Holz schleppen mußte oder nicht zu einem Baseballspiel durfte? Mensch, ich hatte doch ständig irgendwas angestellt!"

Anna schmunzelte. Es stimmte tatsächlich. Thomas hatte sich oftmals dumme Jungenstreiche geleistet.

„Siehst du, Papa und Mama haben eben gewußt, wie sie mit dir fertigwurden", sagte Anna, die sich in ihrer Sorge bestätigt sah. „Aber wie sollen wir nur ..."

„Mit denselben Methoden", kam Thomas ihr zuvor. „Die Kinder brauchen eine strenge Hand, auch wenn sie weder Mutter noch Vater haben."

„Ich fürchte, das wird schwierig werden. Ich meine ... das Kochen und Saubermachen traue ich mir schon zu. Das klappt eigentlich ganz gut. Aber, Thomas, das ... das Bemuttern ist nicht gerade meine Stärke."

Sie konnte ihn leise lachen hören.

„Dazu bist du eigentlich auch noch ein bißchen zu jung", gab er zu bedenken. „Mit siebzehn sind die meisten Mädchen noch nicht verheiratet, geschweige denn Mütter von heranwachsenden Kindern!"

„Das stimmt – und mit neunzehn müssen die meisten Jungs auch noch keine fünfköpfige Familie ernähren", antwortete

Anna. „Du bewirtschaftest die Farm jetzt schon seit drei Jahren. Eigentlich sogar seit vier Jahren. Du mußtest ja schon deinen Mann stehen, bevor Mama ..."

Anna unterbrach sich. Sie brachte die Worte einfach nicht über die Lippen. Es war zu schmerzlich, selbst jetzt noch. Sie umwickelte ihre Hände mit dem Schürzensaum und ließ aus der Unterhaltung ein Nachsinnen werden.

Es war alles so widersinnig gewesen, so unerwartet. Sie waren in den Westen gezogen, weil es der Mutter nicht gut ging und der Doktor gemeint hatte, die kühlere, klare Luft dort wäre besser für ihre Lunge. Der Vater hatte seine blühende Farm in Iowa verkauft und alles, was die Familie mitnehmen konnte, auf drei Planwagen geladen.

Die Reise war ein wahres Abenteuer gewesen. Anna konnte sich noch an viele Einzelheiten erinnern, doch die jüngeren Kinder hatten so gut wie überhaupt keine Erinnerungen mehr an die Reise nach Westen.

Thomas dagegen erinnerte sich noch sehr gut daran, denn er war älter als Anna. Und die Geschichten, die er darüber erzählte, verrieten ihr, daß diese Reise das größte Abenteuer seines Lebens gewesen war.

Die Familie hatte ein Grundstück erworben, und der Vater hatte mit dem Aufbau einer neuen Farm begonnen. Er hatte seine gesamte Kraft und Energie auf den Bau des Wohnhauses und der Scheunen verwendet. Bald hatte er schnurgerade, stabile Zäune gezogen, die Felder gepflügt und für die Aussaat vorbereitet, den Boden von Steinen befreit und Bäume als Windschutz gepflanzt.

Es hatte nicht lange gedauert, bis die neue Farm genauso gepflegt wie die erste ausgesehen hatte. Der Vater war ein tüchtiger Farmer gewesen, ein arbeitsamer Mann, und bald galt die Farm als die ertragreichste und schönste weit und breit.

Mutters Gesundheit hatte sich tatsächlich gebessert-- jedenfalls eine Zeitlang. Sie schien besser Luft zu bekommen, und ihre schmale Gestalt schien mehr Energie zu besitzen. Und dann hatte eine Wintergrippe sie wieder ans Bett gefesselt. Die

Familie mußte hilflos zusehen, wie sie ihren langen Kampf um ihr Leben Schritt für Schritt verlor. Doch selbst vom Bett aus hatte sie ihre Familie noch geleitet. Anna erinnerte sich an die langen Gespräche und die sorgfältigen Anweisungen. Im nachhinein war ihr klar, daß Mama sie auf ihre Aufgabe, die vor ihr lag, vorbereiten wollte, doch damals hatte Anna das nicht gemerkt. Sie hatte sich an das Wunschdenken geklammert, daß ihre Mutter bald wieder gesund sei und daß das Leben wieder seinen gewohnten Gang gehen würde.

Doch dann war es ihr starker, gesunder Vater gewesen, der sie als erster verlassen hatte. Eine Gehirnblutung, hatte der Doktor gesagt und betrübt den Kopf geschüttelt. „Man ahnt nie, wann so etwas passiert – und wem. Eine solche Blutung trifft manchmal ausgerechnet denjenigen, von dem man es am wenigsten erwartet hätte."

So kam es, daß Thomas als erster die Pflichten eines Erwachsenen hatte übernehmen müssen. Mit sechzehn Jahren hatte Thomas die gesamte Farmarbeit übernommen.

Sein Vater hatte ihn gut angelernt. Außerdem war Thomas arbeitsfreudig, und sein Stolz trieb ihn dazu, alles so weiterzuführen, wie sein Vater es angefangen hatte. Die Farm hatte es ihm gedankt, und obwohl sie keineswegs als reich galten, hatten sie nie Not leiden müssen.

Sieben kurze Monate später war auch ihre Mutter von ihnen gegangen. Zum Schluß hatte Anna das Gefühl gehabt, daß Mama es kaum erwarten konnte, endlich wieder mit ihrem Mann vereint zu sein, wenn sie auch um ihrer Kinder willen erbittert um ihr Leben gekämpft hatte. In den letzten Tagen vor ihrem Hinscheiden hatte es so viele lange Gespräche gegeben, wie Annas Pflichten es nur erlaubten. Die drei jüngeren Kinder waren alle in der Schule gewesen. Zuerst hatte Anna sie beneidet. Sie selbst hatte auf den Unterricht verzichten müssen, um im Haushalt zu helfen. Ihre Mutter hatte ihr angemerkt, wie ihr zumute gewesen war, und hatte ihr deshalb Bücher besorgt, damit sie auch weiterhin lernen konnte. Doch als sich der Zustand ihrer Mutter verschlechterte, hatte Anna keine Zeit mehr zum Lesen und Lernen gefunden.

Und dann war ihre Mutter gestorben. Sie war neben ihrem Vater beerdigt worden, auf dem Friedhof neben der kleinen Kirche. Thomas und Anna trugen nun die gesamte Verantwortung für ihre drei Geschwister. Sie beklagten sich nie über ihr Los. Es galt, diese Pflicht zu erfüllen, und beide hatten sich mit ganzer Kraft und Aufmerksamkeit dafür eingesetzt.

*

Anna regte sich. Der Frühlingsabend wurde kühl, und es war Zeit, ins Haus zu gehen. Wieder stand ihnen ein langer Tag bevor. Noch immer verspürte Anna eine innere Unruhe. Nun machte sie sich nicht nur um Louise und Sara Sorgen, sondern auf Thomas' Äußerung hin auch noch um Derek.

„Was Derek betrifft", fragte sie nachdenklich, „wo siehst du eigentlich die größten Schwierigkeiten?"

„Weißt du, er ist einfach zu ... zu still. Er sagt nie, was er denkt. Ich fürchte, Papas und Mamas Tod macht ihm mehr zu schaffen, als wir ahnen."

Darüber hatte Anna noch nie nachgedacht. Es stimmte, daß Derek schweigsam und in sich gekehrt war. Er gehorchte immer aufs Wort, aber das war nicht unbedingt ein verläßliches Anzeichen für das, was in ihm vorging.

„Vielleicht muß er mehr wie ein richtiger Junge spielen", schlug Anna vor. „Weißt du noch, als du in seinem Alter warst? Dauernd bist du angeln gegangen, oder du hast Baseball gespielt, oder Frösche gefangen – oder Vogelnester gesucht und dergleichen."

Thomas nickte.

„Und Derek macht so etwas nie."

„Das stimmt", gab Thomas ihr recht. „Er gleicht eher einem kleinen alten Mann als einem richtigen Lausbuben."

So hatte Anna es noch nie betrachtet. Sie mußte zugeben, daß Thomas recht hatte.

„Was können wir nur tun?" überlegte sie.

„Ich habe mir ein paar Gedanken gemacht. Vielleicht sollte ich mal mit ihm angeln gehen oder so."

Anna öffnete ihre verkrampften Hände und strich über Thomas' Ärmel. „Das ist eine prima Idee!“ meinte sie begeistert. „Wann denn?“

„Ich weiß nicht genau. Erst muß ich die Ernte reinbekommen, und dann ...“

„Thomas, ich meine, so lange solltest du nicht warten. Nicht, bis alles erledigt ist. Du weißt doch, wie's ist. Auf einer Farm gibt es immer Arbeit. Du wirst nie Zeit finden, wenn du abwartest, bis du mit allem fertig bist.“

„Also, ich kann doch nicht einfach alles stehen- und liegenlassen und mir nichts, dir nichts ...“

„Warum? Warum nicht? Die Kinder sind wichtiger als alles andere. Das hätte Mama auch gesagt. Sie hätte gemeint, du solltest dir die Zeit nehmen. Wenigstens ein paar Tage ... ach, und wenn's auch nur ein Nachmittag ist. Das Wichtigste hat Vorrang. Weißt du, was nützt uns die ganze Farm, wenn ...?“

„Vielleicht kann ich einen Nachmittag erübrigen“, meinte Thomas.

„Gleich diesen Samstag“, drängte Anna eifrig. Bestimmt würde Derek sich freuen.

„Diesen Samstag? Am Samstagnachmittag wollte ich eigentlich deinen Garten umgraben“, wehrte Thomas ab.

„Das kann warten. Du hast doch selbst gesagt, daß es keinen Grund zur Ungeduld gibt.“

Eigentlich hatte sich nicht viel geändert. Die Verantwortung war nach wie vor da. Anna mußte noch immer ihrem Bruder und ihren beiden Schwestern die Mutter ersetzen. Doch irgendwie brachte ihr dieses kleine Vorhaben eine ungeheure Erleichterung. Wenigstens hatten sie jetzt eine Strategie. Sie bemühten sich, ihren Geschwistern mehr als nur Essen und Kleidung zu bieten. Und sie war nicht allein. Sie hatte doch Thomas, der ihr half und die Verantwortung mit ihr teilte. Sie fühlte sich irgendwie befreiter, als sie jetzt aufstand und sich auf den Weg zu der erleuchteten Küche machte.

„Ich muß mir unbedingt mehr Zeit für die Mädchen nehmen“, sagte sie mehr zu sich selbst als zu Thomas, der ihr die Tür offenhielt. „Ich habe ihnen ja nur immer Befehle gegeben:

‚Macht dies, macht das.‘ Sie brauchen auch Zeit, um einfach nur Kinder zu sein. Schließlich sind sie ja Kinder und sollten auch mal einfach nur spielen können.“

„Kinder schon“, sagte Thomas, „aber verantwortungsbewußte.“

„Das macht mir ja gerade solche Sorgen. Es ist meine Aufgabe, sie dazu zu machen.“

„Du machst deine Sache tadellos.“

„Aber ich muß ... ich muß mir Methoden einfallen lassen, um sie zu erziehen. Sie voranzubringen. So, wie Mama es bei mir getan hat.“

Thomas legte eine Hand auf ihre Schulter.

„Sei nicht übermäßig hart gegen dich selbst, Anna“, warnte er. „Steck dir keine zu hohen Ziele. Du bist schließlich auch nur ein Mensch.“

Dessen war Anna sich nur zu deutlich bewußt, als sie sich die Lampe nahm, um zu ihrem Zimmer zu gehen. Thomas hatte sich umgedreht, um die Haustür zu verriegeln. Im Halbdunkel sah er wie ihr Pa aus. Die starke Ähnlichkeit war ihr noch nie aufgefallen. Pa wäre stolz gewesen, unglaublich stolz auf seinen Sohn. Doch Thomas war schon fast erwachsen gewesen, als sie ihre Eltern verloren hatten. Wenn sie nur ... wenn sie doch nur die übrigen auch so erziehen könnte, daß sie den Stolz der Familie verdient hätten. Wenn sie doch nur zu verantwortungsbewußten Mitgliedern der Gesellschaft heranwachsen würden. Wenn sie doch nur Jesus ihr Leben lang nachfolgen und zur Familie Gottes gehören würden ...

Nachbarn

In der Nachbarschaft waren die Meinungen auseinandergegangen, was mit den Peterson-Kindern nach dem Tod ihrer Eltern geschehen sollte. Die Blackwells, deren Farm nördlich von der Peterson-Farm lag, waren zwar nicht mit einer eigenen Kinderschar gesegnet, doch das hielt Mrs. Blackwell keineswegs davon ab, ihre Meinung bezüglich der Kinder resolut kundzutun.

„Sie müssen versorgt werden“, stellte sie fest, „und zwar von Erwachsenen, die wissen, was Verantwortung heißt.“ Sie schlug vor, daß die Kinder auf Familien in der Umgebung verteilt würden und daß sie und ihr Mann Sara und Derek bekommen sollten. Als Thomas mit Entschiedenheit bestimmte, daß die Kinder auf keinen Fall voneinander getrennt werden würden, änderte Mrs. Blackwell ihre Meinung.

„Wenn tüchtige Bürger aus ihnen werden sollen“, behauptete sie, „dann gibt's nur eins: Sie müssen für sich selbst sorgen. Ich werd' ihnen jedenfalls nicht die Stube fegen und das Brot auf den Tisch stellen.“

Und an diesem Vorsatz hielt sie auch fest.

„Hat doch keinen Zweck, sich wegen der Kinder graue Haare wachsen zu lassen. Sie haben sich ihre Suppe selbst eingebrockt; jetzt sollen sie sie auch auslöffeln!“

Mr. Blackwell schien die Meinung seiner Frau jedoch nicht zu teilen. Hin und wieder stattete er den Petersons einen Besuch ab, um ihnen einen Sack Saatkartoffeln zu bringen oder nachzufragen, ob sie auch genug Kohle im Kohlenkasten hatten.

In der Nähe der Farm der Petersons wohnte ein stets mißgelaunter alleinstehender Mann. Er schien nicht einmal zur

Kenntnis genommen zu haben, daß es die Petersons überhaupt gab, ganz zu schweigen davon, daß sie inzwischen auf sich selbst angewiesen waren. Er war weder alt noch jung. Sein Gesicht war vom Wetter gegerbt, da er den größten Teil seiner Zeit im Sattel verbrachte, um seine Viehherde zu treiben oder Reparaturarbeiten auf seinen Ländereien zu beaufsichtigen. Er war weit und breit unbeliebt, wenn auch niemand viel über ihn sagte. Außerdem war er derartig wohlhabend und einflußreich, daß keiner es gewagt hätte, es sich mit ihm zu verderben. Sein Knecht Charlie, der es bis zum Vorarbeiter auf der Farm gebracht hatte, schien der einzige zu sein, der mit dem grantigen, unwirschen Mr. Stratton auskam. Anna hatte überlegt, ob das womöglich daran liegen konnte, daß Charlie der einzige war, der seinen Dienstherrn lange genug kannte, um über dessen Lebensgeschichte Bescheid zu wissen.

„Ach was, so garstig ist er gar nicht", sagte Charlie des öfteren. „Er bellt zwar viel, aber gebissen hat er meines Wissens noch keinen."

Auf seine stille Art war Charlie den Peterson-Kindern eine größere Hilfe als alle anderen Nachbarn. Abends, wenn er mit seinen Runden fertig war, kam er oft zu Besuch. Manchmal brachte er etwas aus der Stadt mit; oder er gab Thomas Tips für die Feldarbeit. Einige Male kam er auch nur auf einen kleinen Schwatz und um nach dem Rechten zu sehen. Die ersten Jahre wären ohne Charlie wesentlich schwerer gewesen.

Der Pastor zeigte zwar viel Mitgefühl, doch er war ein vielbeschäftigter Mann. Er mußte sich nicht nur um seine Kirchengemeinde, sondern auch um seine Familie kümmern.

Pastor Merrifields erste Frau war gestorben; einige Zeit später hatte er eine ausgesprochen sympathische Witwe geheiratet, die selbst schon Kinder hatte. Insgesamt hatten die beiden Eheleute nun eine achtköpfige Kinderschar. Zu seinen Sprößlingen Roger, Johnny und Lucy und ihrem Dreigespann Peter, Pauline und Perry hatten sich dann noch Priscilla und die kleine Pia gesellt. In diesem Haushalt ging es vor lauter Kindern zuweilen drunter und drüber, und zudem gab es zwischen den beiden ältesten Söhnen nicht selten Reibereien.

Anna ahnte nicht, daß sie selbst der Gegenstand mancher Auseinandersetzung war. Beide Söhne stritten sich oft um das Vorrecht, Annas Aufmerksamkeit auf sich zu lenken. Roger war achtzehn und Peter siebzehn. Eigentlich hätte man von ihnen erwarten können, einen Beruf zu erlernen und einen Beitrag zum Unterhalt der großen Familie zu leisten, doch die beiden wohnten nach wie vor bei den Eltern und nahmen nur Gelegenheitsarbeiten an, die sich in der Stadt boten.

Mehrere Familien, die zur Kirchengemeinde gehörten, brachten ihre Besorgnis um die Petersons zum Ausdruck. Die Conroys, deren Farm westlich von der der Petersons lag, sprachen oft von den Hilfsleistungen, die sie zu geben bereit waren. Hin und wieder setzten sie ihre Absichten sogar in die Tat um, doch meistens beanspruchten ihre eigenen Felder und Küchenbeete so viel von ihrer Zeit, daß für die Petersons nichts übrigblieb. Lediglich beim täglichen Gebet vergaßen sie die Peterson-Kinder nie. Die Conroys hatten immerhin eigene Kinder, die es zu versorgen galt. Die neunzehnjährige Hazel war ein recht nettes Mädchen, doch da sie älter als Anna war, hatte sie es als unter ihrer Würde betrachtet, Freundschaft mit ihr zu schließen, und seitdem sie mit den Vorbereitungen für ihre baldige Hochzeit beschäftigt war, war sie vor lauter Damenhaftigkeit kaum noch wiederzuerkennen. Roberta war mit Anna gleichaltrig und hätte Anna eine treue Gefährtin sein können, wenn sie nicht von einer schweren Masernerkrankung mit drei Jahren eine ernsthafte Behinderung zurückbehalten hätte. Anna hätte ihr von Herzen gern ihre Freundschaft entgegengebracht, doch Roberta zog die Gesellschaft von kleinen Kindern vor. Ingrid und Bertha Conroy waren eng mit Louise und Sara befreundet; sie hielten sich lieber bei den Petersons als in ihrem eigenen Elternhaus auf.

Auch Familie Sommers gehörte zur Kirchengemeinde, und Trudie Sommers war in Annas Alter. Innerhalb der Gemeinde galt Trudie mit großer Selbstverständlichkeit als Annas beste Freundin, doch im stillen hatte Anna ihre Zweifel, was Trudie betraf. Mal sprudelte Trudie vor lauter Freundlichkeit förmlich über, mal würdigte sie Anna keines Blickes. Trudie besaß die Eitelkeit eines Pfaus und warf ihre rote Lockenpracht voller Selbsteingenommenheit über ihre Schultern. Sie war so flatterhaft wie eine Scheunenschwalbe. Ständig war sie von irgend etwas in höchste Aufregung versetzt. Doch in Gemeindekreisen hieß es oft voller Rührung: „Wie schön, daß Anna Trudie hat!"

Anna tat ihr Bestes, um mit Trudie auszukommen. Immerhin war Trudie das einzige junge Mädchen in ihrem Alter, und Anna sehnte sich nach einer verständnisvollen Kameradin. Andererseits vermied sie es, Trudie Dinge mitzuteilen, die ihr wichtig und bedeutsam waren. Sie konnte sich nie darauf verlassen, daß ihre geheimsten Gedanken und Gefühle tatsächlich ein Geheimnis bleiben würden.

Familie Sommers hatte noch drei weitere Kinder. Der dreizehnjährige Claude war in Dereks Alter. Er war ausgesprochen nett und rücksichtsvoll. Anna betrachtete Claude als einen der nettesten Jungen, die sie kannte, und ihr lag sehr an der Freundschaft zwischen ihm und ihrem kleinen Bruder, doch aus Gründen, die Anna nicht kannte, vermied Derek es, enge Freundschaften einzugehen.

Bobby war neun und Willy acht. Sara mußte ständig das Gespött der übrigen Schulkinder über sich ergehen lassen, was diese beiden Brüder betraf, weshalb die Namen Bobby und Willy bei den Petersons daheim tabu waren.

Am engsten verbunden fühlten sich die Petersons mit Familie Andrews. Mr. Andrews betrieb den Gemischtwarenladen am Ort, wo Anna die Lebensmittel einkaufte. Er war ein stiller Mann, der seinen Glauben mit dem gleichen Ernst lebte, mit dem er ihn bekannte. Kaum einer wußte etwas Schlechtes über ihn zu sagen, dazu hätte man die Geschichte schon mit Lügen ausschmücken müssen. Er mischte sich niemals uneingeladen in die Angelegenheiten der Petersons ein, doch sie wußten alle ganz genau, daß Mr. Andrews der Mann war, an den sie sich wenden konnten, wenn sie je in Not geraten sollten.

Mrs. Andrews war eine mütterlich wirkende Frau, die zwar nicht viele Worte machte, doch die jeden mit einem Lächeln willkommen hieß. Sie hatte ein bemerkenswertes Feingefühl und teilte Freundlichkeit und Plätzchen mit der gleichen verschwenderischen Großzügigkeit aus. Selbst der hochgewachsene, breitschultrige Thomas ließ sich gern von ihr verwöhnen, und Anna dachte oft, daß manche Tage erst durch die Umarmung dieser herzensguten Frau erträglich geworden waren.

Auch Familie Andrews hatte Schweres erlebt. Ihre Tochter Emma war Annas beste Freundin gewesen, doch als die beiden neun Jahre alt waren, war Emma auf tragische Weise ertrunken. Vielleicht war das auch einer der Gründe dafür, weshalb Mrs. Andrews jede Gelegenheit wahrnahm, um Anna kurz in die Arme zu nehmen.

Drei Kinder waren ihnen geblieben. Frankie, der Jüngste, war neun und die furchtbar erwachsen wirkende Agnes zwölf, doch derjenige von ihnen, der die meiste Zeit bei den Petersons verbrachte, war Thane.

Thane und Thomas waren gleichaltrig, und die beiden standen zueinander wie zwei Brüder. Früher hatten sie oft gemeinsam Wanderungen unternommen oder waren angeln gegangen. Oft hatte der eine beim anderen übernachtet. Sie waren einfach unzertrennlich gewesen. Doch seit Karl Petersons plötzlichem Tod war alles anders geworden. Thomas hatte nun keine Zeit mehr für sorglose Freizeitbeschäftigungen wie Wanderungen und Zelten. Von einem Tag auf den anderen war aus ihm ein Farmer geworden, der eine Familie zu ernähren hatte. Wenn Thane seinen Freund Thomas sehen wollte, mußte er sich auf den Weg zu den Petersons machen, und das tat er häufig, aber nicht ohne eine Tüte saure Drops, einen leuchtendroten Spinner für die Angel oder neue Haarbänder für die Mädchen in der Tasche.

Und so ging das Leben für die Peterson-Kinder weiter, wenn manche Tage auch kummerschwer oder vor lauter Verantwortung schier erdrückend waren. Die Nachbarn boten ihnen zwar hin und wieder ihre Hilfe an, doch im großen und ganzen hielt man die jungen Leute für fähig, sich selbst zu versorgen.

Das Gartenfest

„Anna, warte doch!"

Anna erkannte Trudie Sommers gleich an der Stimme. Sie drehte sich um, schob sich die Haube vom Kopf und wartete auf ihre Freundin.

Mit fliegenden Röcken und flatternden Haarbändern kam das junge Mädchen auf Anna zugerannt.

„Lauf nicht so schnell", rief Anna ihr zu. „Es ist doch viel zu heiß. Ich warte auf dich."

Trudie verlangsamte ihr Tempo ein wenig. Mit schnellen, aufgeregten Schritten ging sie weiter.

Anna bückte sich, um ihr Bündel mit Lebensmitteln ins Gras zu legen. Dann richtete sie sich wieder auf und strich sich ein paar blonde Locken aus dem Gesicht.

„Ich dachte schon, ich hätte dich verpaßt", keuchte Trudie, als sie Anna endlich erreicht hatte. „Mrs. Layton hat gesagt, du seist sicher schon fast zu Hause."

Anna lachte.

„Das wäre ich auch, wenn ich nicht kurz bei den Willis' reingeschaut hätte, um das Baby zu sehen."

„Die Kleine ist niedlich, nicht wahr?" sagte Trudie leicht zerstreut.

„Sie ist ein ‚Er'", berichtigte Anna sie schmunzelnd.

„Ach ja, hast recht", antwortete Trudie, um dann schnurstracks zur Sache zu kommen. „Ich wollte dir Bescheid sagen, daß ich am Samstag abend ein Gartenfest gebe."

„Ein Gartenfest?" Anna wußte gar nicht, wann sie zum letzten Mal ein Fest gefeiert hatte.

„Du bist natürlich eingeladen", beeilte Trudie sich hinzuzufügen.

„Was hast du denn geplant?“ erkundigte Anna sich.

„Ach, nichts Besonderes. Wir machen ein paar Spiele – und etwas zu essen gibt's auch“, lachte Trudie.

Das klang furchtbar verlockend. Von ganzem Herzen wünschte Anna sich, die Einladung annehmen zu können.

„Ich käme ja gern, aber ...“

„Kein Aber“, schnitt Trudie ihr das Wort ab. „Jeder findet, daß du dich dringend einmal amüsieren mußt. Du bist doch erst siebzehn, weißt du, nicht *siebzig*!“

„Schon, aber ...“ Anna verstummte. Eigentlich hatte Trudie recht. Ein wenig Spaß würde ihr bestimmt guttun. Sie hatte ja fast vergessen, wie man sich amüsierte.

„Ich frage Thomas, ob er bei den Kindern bleibt“, sagte sie, doch der enttäuschte Ausdruck auf Trudies Gesicht war nicht zu übersehen.

„Ich hatte gehofft, daß Thomas auch kommt“, sagte Trudie.

Anna begriff blitzartig; die Einladung galt eher Thomas als ihr selbst. Sie hatte mehrere junge Mädchen beobachtet, die ihre Blicke auf Thomas geworfen hatten. Einige von ihnen hatten ihn ganz offen angelächelt und ihm zugenickt. Anna war sich sicher, daß ihre Mama ein so unverfrorenes Verhalten niemals gebilligt hätte.

„Ich werde sehen, was sich machen läßt“, versprach Anna. „Ich rede mit Thomas.“

Trudies Lippen formten wieder ein Lächeln.

„Prima!“ sagte sie. „Ich erwarte dann euch beide.“ Sie wandte sich zum Gehen, und Anna hob das schwere Bündel auf und machte sich auf den Heimweg.

Unterwegs dachte Anna an nichts anderes als an die Einladung. Sie konnte sich gar nicht daran erinnern, wann sie und Thomas zum letzten Mal zu einem Fest eingeladen gewesen waren. Ob Thomas die Einladung wohl annehmen würde? Er hatte immerhin schon einen Nachmittag geopfert, um mit Derek angeln zu gehen.

Was wird er wohl dazu sagen? fragte sie sich. *Und wenn er die Einladung annimmt, was machen wir dann mit den Kindern?*

Den Rest des Tages hatte Anna alle Hände voll zu tun. Das Gartenfest geriet völlig in Vergessenheit, bis die Kinder endlich in ihren Betten lagen. Als sie vor dem Schlafengehen noch kurz mit Thomas auf der Veranda saß, fiel ihr die Einladung wieder ein.

„Du, beinahe hätte ich's ganz vergessen", begann sie. „Wir haben heute eine Einladung zu einem Gartenfest bekommen."

Thomas lachte.

„Für Samstagabend. Ein Treffen für alle jungen Leute aus der Nachbarschaft. Es gibt Spiele und was zu essen."

Wieder lachte Thomas.

„Wie kommen die Leute nur auf die Idee, wir hätten Zeit für Feste?" fragte er.

„Wir hätten aber so viel Spaß", sagte Anna sehnsüchtig.

„Du kannst natürlich gehen, wenn du magst", lenkte Thomas schnell ein.

„Und du? Möchtest du nicht mit?"

„Ich versteh' mich nicht aufs Feiern", antwortete er.

„Woher weißt du das so genau?" fragte Anna. „Ich kann mich an kein Fest erinnern, zu dem du je gegangen bist."

Thomas zuckte nur mit den Achseln.

„Trudie hat gesagt ..." Anna sah, wie Thomas den Kopf hob und darauf wartete, daß sie fortfuhr.

„Trudie hat ausdrücklich gesagt, daß du auch eingeladen bist."

Wieder zuckte Thomas mit den Achseln, doch diesmal ohne zu lachen. Jetzt schien er die Einladung in Erwägung zu ziehen.

„Kommst du mit?" fragte Anna.

„Na, dieses eine Mal kann vielleicht nicht schaden", antwortete Thomas leichthin.

„Was machen wir dann mit den Kindern?"

Thomas wirkte überrascht. Er dachte kurz nach und sagte dann: „Die paar Stunden können sie bestimmt auf sich selbst aufpassen. Schließlich sind sie keine Säuglinge mehr. Du und ich, wir mußten in ihrem Alter ja beinahe schon die ganze Farm versorgen."

Dieser Gedanke machte Anna zu schaffen. Sie konnte sich einfach nicht mit der Feststellung anfreunden, die Kinder seien alt genug, um allein zu Hause zu bleiben. Andererseits durfte sie sie nicht verhätscheln, ermahnte sie sich. Papa hatte immer betont, daß man einem Kind mit wachsendem Alter ein wachsendes Maß an Verantwortung übertragen mußte.

„Vielleicht hast du ja recht – vorausgesetzt, wir bleiben nicht zu lange weg", sagte sie eine Spur widerwillig.

So war es also beschlossene Sache, daß Thomas und Anna die Einladung zum Gartenfest bei Familie Sommers annehmen wollten. Sie gaben den drei Kindern sorgfältige Anweisungen, wie sie sich zu verhalten hatten, wenn sie allein daheim waren.

„Wieso kann ich denn nicht mit?" schmollte Louise.

„Das Fest ist für ... für Leute, die älter sind als du", antwortete Anna und bemühte sich um einen möglichst entschiedenen, aber dennoch freundlichen Tonfall.

„Das finde ich aber ungerecht", begehrte Louise auf, doch ein mahnender Blick von Thomas brachte sie zum Schweigen.

„Du, wie wär's, wenn wir ein Fest für deine Freunde geben?" schlug Anna vor. „Ich versprech's dir. Wir planen es gemeinsam, ja?"

„Wann denn?" fragte Louise.

„Sobald der Garten angelegt ist", antwortete Anna.

„Den Trick kenn' ich. Du willst ja nur, daß ich dir im Garten helfe", beklagte sich Louise.

„Du hilfst mir doch jedes Jahr", konterte Anna unbeirrt.

„Ja, aber du willst mir mehr Arbeit aufbrummen. Mehr als meinen rechtmäßigen Teil. Du glaubst, daß ich ..."

„Louise!" wies Thomas sie zurecht, und Louise stampfte wortlos aus dem Zimmer.

Anna warf Thomas einen beruhigenden Blick zu.

„Laß sie nur", flüsterte sie. „Sie tut sich so schwer mit dem Erwachsenwerden. Ich ... ich weiß einfach nicht, wie ich ihr dabei helfen soll."

*

Am Abend des Gartenfestes hielt Anna die Luft an. Würde Thomas in letzter Minute einen Rückzieher machen? Doch Thomas widmete sich mit größter Hingabe seinen Schuhen und seinen Haaren. Er brauchte länger dazu, sich vor dem Küchenwaschbecken zu kämmen, als Anna zum Hochstecken ihrer Locken.

Anna versuchte sich nicht anmerken zu lassen, daß ihr sein ausgiebiges Zurechtmachen aufgefallen war, doch sie fand es höchst merkwürdig.

Sie gingen ein Stück die Straße entlang und nahmen dann die Abkürzung über ein Nachbarsfeld. Thomas verlangsamte seine Schritte nur mit Mühe, um seine Schwester nicht weit hinter sich zu lassen. Anna hatte ihn noch nie so voller Ungeduld erlebt.

Vielleicht hat ihm das Vergnügen doch sehr gefehlt, überlegte Anna und fragte sich, warum er ihr nie gesagt hatte, wie ihm zumute gewesen war.

Am Gartenzaun wurden sie von Trudie empfangen. Sie reichte Anna die Hand, doch Thomas begrüßte sie geradezu überschwenglich.

„Ich freue mich ja so, daß du gekommen bist" sagte sie mit einem säuselnden Ton in der Stimme, und Anna verspürte einen kleinen Stich der Angst.

Hat Trudie es etwa auf Thomas abgesehen? Kann das sein? Sie war ja von Anfang an nur auf Thomas erpicht, wurde ihr schlagartig klar. *Ich bin ihr völlig gleichgültig. Sie wollte doch nur erreichen, daß Thomas kommt.*

Anna fühlte sich betrogen und ausgenutzt. Außerdem war sie böse auf Trudie – sogar auch auf Thomas. Thomas erwiderte Trudies Lächeln. Er ließ sich sogar von ihr beim Arm nehmen und auf einen Kreis von jungen Leuten aus der Umgebung zusteuern. Anna schien völlig in Vergessenheit geraten zu sein. Genausogut hätte sie ihre Rocksäume über den Straßenstaub hochheben können, um auf dem schnellsten Weg wieder nach Hause zu gehen. Sie war gerade im Begriff, haargenau das zu tun, als jemand sie beim Arm nahm. Sie war kaum zu höflichem Geplauder aufgelegt. Wer außer Trudie wagte es da, sie wie einen hirnlosen Tölpel zu behandeln – wie Thomas soeben einer geworden zu sein schien?

„Schön, daß du kommen konntest“, sagte eine Stimme neben ihr, und Anna erkannte sie auf der Stelle. *Ach, es ist ja nur Thane,* dachte sie erleichtert.

„Danke“, sagte sie, doch in ihrem Unmut brachte sie es nur mühsam hervor.

Ihren Arm zog sie jedoch nicht zurück. Wenn Thomas nicht die Absicht hatte, bei ihr zu bleiben, dann würde sie sich halt mit Thane trösten.

Ihr Blick folgte Trudie und Thomas. Trudies albernes Kichern war im ganzen Hof zu hören, und sie klammerte sich an Thomas' Arm fest, als hinge ihr Leben davon ab. Was Anna am meisten ärgerte, war die Tatsache, daß Thomas das alles überhaupt nicht zu stören schien.

Was würde passieren, wenn Trudie Thomas wirklich für sich gewinnen würde? Wer würde dann die Farm betreiben? Wer würde ihr beim Großziehen der Kinder helfen? Anna warf einen nervösen Blick auf das vor Munterkeit übersprudelnde Mädchen. Bestimmt würde Thomas den Braten riechen und Trudie in aller Deutlichkeit begreiflich machen, daß er nicht interessiert war.

Doch Thomas lächelte Trudie noch immer zu und beteiligte sich lebhaft an ihrem fröhlichen Geplauder.

Thane steuerte Anna auf eine kleine Gruppe junger Leute zu. Einige waren aus der Kirchengemeinde, und bevor Anna überhaupt dazu gekommen war, weiter über ihre Sorgen nachzudenken, gehörte sie schon selbst zu dem Kreis, wo man sie herzlich begrüßte. Den ganzen Abend lang sah sie sich immer wieder nach Thomas um. Trudie war nicht von seiner Seite gewichen. Anna kämpfte gegen ihre nagenden Ängste an. Thomas gehörte zur Familie, er gehörte ihr, und er hatte ihr schon immer gehört. Seit dem Tod ihrer Eltern hatten die beiden ein Zweigespann gebildet. Sie sprachen einander Mut zu und halfen sich gegenseitig. Wie sollte sie nur ohne Thomas zurechtkommen?

„Magst du ein belegtes Brot?“ bot Thane ihr gerade an.

Anna schrak aus ihren Gedanken auf und zwang sich zu einem Lächeln.

„Weißt du, ich bin nicht besonders hungrig", lehnte sie ab.

Thane ließ sich durch ihre Antwort nicht beirren und setzte sich neben sie. Er reichte ihr das belegte Brot, das er ihr soeben angeboten hatte, und fragte augenzwinkernd: „Wenn du's selbst nicht essen magst, würdest du es wenigstens für mich festhalten, bis ich mit diesem hier fertig bin?"

Anna mußte schmunzeln. Sie nahm das Butterbrot und hielt es in der Hand, während sie einer Gruppe von Spielenden zuschaute, aber dann nahm sie, von Thanes Zunicken ermutigt, einen Bissen. Alle schienen sich glänzend zu amüsieren. Einen Moment lang ärgerte sie sich geradezu darüber, daß ihr die gute Laune verdorben worden war. Ständig mußte sie an Thomas und an die Kinder zu Hause denken.

Hier bin ich völlig fehl am Platze, dachte sie. *Diese Leute haben keine Sorgen. Kein einziger von ihnen weiß, was es heißt, die Verantwortung für eine Familie zu tragen. Bei einem Gartenfest habe ich nichts verloren. Ich habe ja längst vergessen, wie man sich amüsiert.*

Thane redete gerade mit ihr. Sie brauchte einen Moment, bis sie verstanden hatte, was er sie gefragt hatte. Er hatte sich erkundigt, ob er ihr noch etwas zu essen holen sollte. Er selbst wollte sich noch ein belegtes Brot holen. „Nachdem du meins verputzt hast", spaßte er. Als sie den Kopf schüttelte, merkte sie, wie er sie besorgt ansah.

„Stimmt etwas nicht?" fragte er. „Du bist ja mit deinen Gedanken meilenweit entfernt."

Anna brachte ein Lächeln zustande und rutschte unruhig auf ihrem Platz herum.

„Im Festefeiern bin ich wohl nicht besonders gut", antwortete sie. „Ständig muß ich an die Kinder zu Hause denken."

„Soll ich dich zurückbringen?" erbot er sich. „Es wäre doch schade, wenn der gute alte Tom schon gehen müßte. Er scheint sich großartig zu amüsieren."

Thanes Stimme klang belustigt. Thomas' Verhalten schien keinerlei Mißbilligung bei ihm auszulösen.

„Der ‚gute alte Tom'", sagte sie mit Nachdruck, „sollte lieber daran denken, daß er morgen zeitig aufstehen muß, wenn er mit der Stallarbeit rechtzeitig vor dem Gottesdienst fertig sein will."

„Das wird er schon nicht vergessen", sagte Thane leichthin. „Hab' noch nie erlebt, daß er den Gottesdienst verschlafen hätte – oder die Stallarbeit."

Thane war der einzige, der ihren Bruder Tom nannte. Anna wußte nicht, warum er das tat. Alle nannten Thomas bei seinem vollen Namen. Warum Thane ihn lieber Tom nannte – und warum Thomas das überhaupt nicht zu stören schien –, wußte sie nicht.

Anna wollte tatsächlich gern nach Hause gehen, doch andererseits wollte sie den übrigen nicht den Abend verderben.

„Also", sagte sie, „es war zwar nett, aber alle guten Dinge haben einmal ein Ende, heißt es." Sie bemühte sich um einen möglichst unbekümmerten Tonfall.

„Geht ihr jetzt wirklich?" fragte Thane.

„Ich finde, es ist Zeit. Wir sind lange genug hier gewesen. Würdest du Thomas bitte Bescheid sagen, daß ich jetzt gehen möchte?"

Thane nickte und machte sich auf den Weg zu Thomas. Anna rechnete damit, daß Thomas ihr unverzüglich den Umhang holen und sie nach Hause bringen würde.

Doch sie hatte sich getäuscht. Thomas sah in ihre Richtung, winkte ihr munter zu und drehte sich wieder zu Thane um.

Es war Thane, der mit ihrem Umhang kam. Thomas unterhielt sich angeregt mit ein paar jungen Leuten. Trudie war in seiner Nähe, wenn sie sich auch gerade nicht an seinem Arm festhielt, wie sie es den größten Teil des Abends getan hatte.

„Bist du soweit?" fragte Thane, während er ihr den Umhang über die Schultern legte.

Anna ließ sich von Thane vom Hof führen. Das Lachen folgte ihnen die Hofeinfahrt hinunter, und Anna fragte sich, wie lange das Fest wohl noch dauern mochte.

„Zum Glück haben wir Vollmond", bemerkte Thane. „Da läßt sich der Weg besser finden."

„Das hat Trudie bestimmt so eingeplant“, antwortete Anna mißgelaunt. „Den Vollmond hat sie sich doch mit Absicht bestellt.“

Ihre Bemerkung schien Thane zu überraschen, doch er sagte nichts. Nachdem er mehrmals versucht hatte, ein Gespräch mit ihr in Gang zu bringen, ließ er sie schließlich gewähren. Ab und zu reichte er ihr eine Hand, um ihr über ein Stück unwegsames Gelände zu helfen. Sie ließ es geschehen. Thane war ihr fast so vertraut wie Thomas. Er war seit eh und je Thomas’ bester Freund gewesen. Er verbrachte fast soviel Zeit bei ihnen daheim wie ihre eigenen Geschwister. In seiner Gegenwart fühlte sie sich so wohl wie in Dereks.

Doch Thane kannte sie sehr gut.

„Dir ist doch irgendeine Laus über die Leber gelaufen“, sagte er, als sie die Veranda erreicht hatten. „Du sorgst dich nicht nur wegen der Kinder; du ärgerst dich auch über etwas. Was ist denn nur los?“

Annas Kinn fing an zu zittern, so sehr sie auch dagegen ankämpfte.

„Hast du gesehen, wie Trudie sich aufgeführt hat?“ zischte sie und richtete sich auf. „Sie ... sie hat sich an Thomas geklammert, als ob ... als ob er ihr Eigentum wäre!“

Mit einem leisen Lachen antwortete Thane: „Vielleicht ist das ja ihr Wunsch.“

„Den sollte sie aber schleunigst begraben.“

„Warum?“ fragte Thane behutsam. „Thomas schien keine Einwände zu haben.“

„Das sollte er aber. Wir ... wir brauchen ihn doch hier. Er ... er ist nicht ...“

„Moment mal“, sagte Thane und nahm Anna bei den Schultern. „Habe ich da richtig gehört? Erwartest du etwa von Tom, daß er ... daß er seine ganze Zukunft in den Wind schreibt und dir sein Leben widmet?“

„Mir doch nicht“, schluchzte Anna. „Mir doch nicht! Die Kinder brauchen ...“

„Anna“, fiel Thane ihr ernst ins Wort, „irgendwann kommt der Tag, an dem Tom seine eigenen Wege gehen wird. Das steht ihm zu. Er hat seine eigenen Träume bis jetzt zurückgestellt. Darf man von ihm verlangen, daß er sie für alle Zeiten vergißt?“

Anna fror. Am liebsten hätte sie ihren Kopf an Thanes Schulter gelegt, um sich dort auszuweinen, doch sie tat es nicht.

„Ich muß es ja auch“, sagte sie mit zitternder Stimme.

Einen Moment lang herrschte Schweigen. Dann sagte Thane langsam: „Vorläufig. Nur vorläufig. Möge Gott geben, daß es nicht immer so bleiben wird.“

Er küßte sie sanft auf die Stirn und ging leise in die Nacht hinaus. Anna sah ihm nach, bis er in der Dunkelheit verschwunden war. Dann drehte sie sich zur Tür um. In ihr kämpften zu viele Gefühle miteinander. Sie ärgerte sich noch immer über Trudie – und über Thomas auch, obwohl Thane natürlich recht hatte. Thomas stand sein eigenes Leben zu. Aber was sollte aus den Kindern werden? Wer sollte für sie sorgen, wenn Thomas nicht mehr da war? Und mit wem sollte sie ihre Last teilen? Wie stellte Thane sich das vor? Bis die Kinder erwachsen waren und auf eigenen Füßen stehen konnten, würden noch viele Jahre vergehen. Anna wußte keine Antworten; sie wußte nur das eine: Sie hatte eine Aufgabe zu erfüllen. Sie mußte die Kinder zu anständigen Menschen erziehen – um Mamas willen.

Das Spiel

Anna schlief schlecht. Der Gedanke daran, daß Thomas die Familie verlassen würde, quälte sie unablässig. Als sie endlich in einen rastlosen Schlaf fiel, träumte sie, sie sei in zwei Teile gespalten worden, und die eine Hälfte kämpfe erbittert gegen die andere.

„Er kann uns doch nicht wegen ... wegen eines hübschen Mädchens im Stich lassen!"

„Ihm steht es zu, ein eigenes Leben zu führen."

„Aber wir brauchen ihn dringender als sie."

„Wenn er aber hier nicht glücklich ist? Muß er dann trotzdem bleiben?"

„Wir sind auf ihn angewiesen. Wir brauchen ihn", schien der endlose Refrain zu lauten. Anna wachte schweißgebadet und mit rasendem Pulsschlag auf. Sie wußte nicht, welche der beiden Hälften die wahre Anna gewesen war – oder waren es beide?

Blaß und schweigsam kochte sie die Hafergrütze zum Frühstück. Die Kinder schienen ihr nicht anzumerken, wie verstört sie war, wofür Anna dankbar war. Ein paarmal spürte sie Dereks Blick auf sich ruhen, doch er stellte ihr keine Fragen.

Thomas wirkte heute noch munterer als sonst. Ein Lied pfeifend, kam er vom Melken ins Haus und spaßte mit den Kindern am Frühstückstisch.

„War's lustig auf dem Gartenfest?" wollte Sara wissen und warf ihre Locken in die Luft, die Anna ihr erst gerade sorgfältig zu ihrem Sonntagskleid hochgesteckt hatte.

„Und wie!" antwortete Thomas gutgelaunt.

„Was habt ihr denn alles gemacht?" erkundigte Sara sich als nächstes.

Thomas legte den Kopf schräg, als denke er angestrengt nach.

„Das Komische an der Sache ist“, sagte er dann, „daß ich gar nicht genau sagen kann, was wir eigentlich gemacht haben.“

„Ach Thomas, komm schon, sag's uns. Sei nicht gemein“, bettelte Sara.

Louise saß schweigend auf ihrem Platz und zerpflückte ihren Toast in kleine Stücke, die sie dann einzeln aß. Sie war nach wie vor beleidigt, daß ihr der bunte Abend entgangen war.

Derek schien nichts von der Unterhaltung wahrzunehmen. Es war, als säße er ganz allein am Tisch.

Anna war die Diskussion gründlich zuwider. Sie hätte nichts lieber getan als zu rufen, daß Thomas sich den ganzen Abend lang in der Gesellschaft von Trudie Sommers wie ein hirnloser Lackaffe aufgeführt hatte. Doch während sie es noch dachte, war ihr auch schon klar, wie ungerecht das war. Thomas hatte tadellose Manieren gezeigt. Er war einfach nur ein junger Mann gewesen, der einen Abend im Freundeskreis genossen hatte. Niemand, nicht einmal Papa oder Mama, hätte ihm unkorrektes Benehmen zum Vorwurf machen können. Niemand ... außer seiner höchst besorgten Schwester.

„Jetzt sag's uns schon“, drängte Sara ungeduldig. „Ich will wissen, wie's war.“

„Also, laß mich mal überlegen“, sagte Thomas jetzt eine Spur ernster. „Wir haben ein paar Spiele gemacht. Wir haben uns ausgiebig unterhalten. Wir haben ein paar Lieder gesungen.“

Annas Augen weiteten sich. Als sie dagewesen war, hatte niemand gesungen. Dabei sang sie für ihr Leben gern. Das ganze Fest wäre viel erträglicher für sie gewesen, wenn sie mitgesungen hätte.

Thomas zögerte einen Moment. Er tauschte einen Blick mit Anna.

„Aber gesungen haben wir erst später, als Anna schon nach Hause gegangen war, um nach euch zu sehen. Sie konnte den

Abend nicht so recht genießen, weil sie sich ständig um euch gesorgt hat. Ihre Sopranstimme hat uns gefehlt. Viele haben nach ihr gefragt."

Anna drehte sich wieder zum Herd um. Sie kam sich hintergangen vor. Niemand hatte ihr gesagt, daß auch Liedersingen auf dem Programm gestanden hatte.

„Und was noch?" fragte Sara.

Louise hatte aufgehört, ihren Toast zu zerpflücken und hörte zu, doch Derek saß nach wie vor teilnahmslos da.

„Tja, außerdem haben wir noch gegessen. Jede Menge sogar. Popcorn hat's gegeben, und Ingwerplätzchen und Schokoladenkuchen mit so einem knusprigen Guß. Anna, du mußt Trudie unbedingt nach dem Rezept fragen. Der Kuchen war ein Gedicht, sag' ich dir!" Und er rieb sich den Magen.

Anna hatte nicht die geringste Absicht, Trudie Sommers um das Rezept zu bitten. Außerdem würde Thomas, wenn Trudie ihr Vorhaben erfolgreich in die Wirklichkeit umsetzte, ohnehin den Rest seines Lebens den berühmten Schokoladenkuchen mit dem knusprigen Guß vorgesetzt bekommen.

„Louise", sagte sie beinahe streng, „wenn mich nicht alles täuscht, bist du heute mit dem Geschirrspülen an der Reihe. Sara, du trocknest ab. Und Derek", und ihre Stimme wurde unwillkürlich sanfter, „ich brauche einen neuen Eisblock aus dem Eiskeller."

Sie sah Derek nicken. Er schob sich das letzte Stück Toast in den Mund, leerte sein Milchglas und stand auf.

Anna war drauf und dran, ihn daran zu erinnern, daß er sein Geschirr abräumen solle, wenn er aufstand, als sich ihre Blicke begegneten. Ihr war, als sähe sie einen stummen Schmerz in seinen Augen. Schnell verschluckte sie den Tadel und wandte sich ab. Sie konnte es nicht ertragen, so offen in die gequälte Seele des Jungen hineinzusehen.

Als die Tür hinter Derek ins Schloß gefallen war, ließen Thomas' nächste Worte Anna aufmerken.

„Und dann hat Trudie gesagt, wir sollten uns häufiger zu solchen Festen treffen", setzte Thomas gerade seinen Bericht fort.

Mit einer wütenden Handbewegung warf Anna den Braten scheppernd in den Kochtopf.

„Das wundert mich keineswegs“, murmelte sie vor sich hin, doch niemand schien ihre Verärgerung zu bemerken.

„Von mir aus können die anderen sich ruhig treffen, so oft sie wollen, aber ich für meinen Teil, ich hab' dankend abgelehnt. Ich hab' schließlich bergeweise Arbeit.“

Hatte da nicht eine Spur von Enttäuschung in seiner Stimme mitgeschwungen?

Plötzlich tat er Anna leid. Ach, sie begriff sich selbst nicht mehr. Wie konnte sie nur so furchtbar böse auf Thomas sein, um im nächsten Moment Mitleid mit ihm zu haben? Sie war einfach furchtbar durcheinander. Von ganzem Herzen hoffte sie, daß der Gottesdienst ihr dabei helfen würde, Ordnung in ihre verworrenen Gedanken zu bringen.

*

Mit einem gewissen Maß an innerer Erleichterung kehrte Anna aus der Kirche zurück. Die Erziehung ihrer Geschwister empfand sie nach wie vor als große Verantwortung. Noch immer hatte sie Angst davor, daß Thomas sie verlassen könnte, um sich ein eigenes Heim aufzubauen, doch auf der anderen Seite wußte sie auch, daß Gott die Petersons bewahrte. Ihr war klar, daß sie die Verantwortung für das Wohlergehen der Kinder nicht allein trug.

Das darf ich nicht vergessen, ermahnte sie sich selbst. Wenn es eine Tatsache gab, die Mama immer wieder betont hatte, dann war es die, daß Gott sie liebte und für sie sorgen würde; sie brauchten ihm nur zu vertrauen.

Die Unterhaltung am Mittagstisch nahm ihren Gang. Sie redeten über das, was sie am Vormittag gehört hatten und erzählten sich gegenseitig von ihren Freunden. Sogar Louise lachte über Thomas' Witze und beteiligte sich an den Überlegungen, was man als nächstes tun sollte oder was anzuschaffen wäre.

Der Friede war so ungetrübt, daß Anna sich zu fragen begann, warum sie nur in eine derartige Unruhe geraten war.

Die Geschwister kamen auf ihre Erinnerungen aus früheren Zeiten zu sprechen.

„Wißt ihr noch", meldete Anna sich zu Wort, „wie Mama uns ein kleines Picknick zurechtgemacht hatte, das wir dann im Garten unter einem Dach aus Bettlaken verputzt haben?"

Thomas nickte, und in seinen Augen blitzte die Erinnerung auf, doch drei Augenpaare schauten fragend drein.

„Die Bettlaken hatte sie an der Wäscheleine aufgehängt", erzählte Thomas, „und Willie, dieses Ungetüm von Hund, kam um die Ecke gerannt – vielleicht war er auf der Flucht vor der alten Sau – und rannte schnurstracks in das eine Laken hinein. Das rutschte natürlich von der Leine, er verstrickte sich darin und rannte bellend davon, und das Laken flatterte hinter ihm her. Er glaubte wohl, die Welt würde gleich untergehen!"

Anna und Thomas konnten sich kaum halten vor Lachen.

„Und wißt ihr noch, wie Mama die Plätzchen mit den großen Augen und komischen Gesichtern gebacken hat?" fiel es Thomas dann ein. „Traurige Gesichter, lachende Gesichter, wütende Gesichter, überraschte Gesichter. Sie hat sie alle auf einen Teller gelegt und jeden von uns eins nehmen lassen. Wir haben uns alle ein lachendes Gesicht ausgesucht. Wißt ihr noch? Und dann hat sie gesagt: ‚Seht mal, ihr habt euch alle ein lachendes Gesicht ausgesucht. Daraus können wir etwas lernen. Jeder mag ein lachendes Gesicht. Niemand möchte ein trauriges oder zorniges Gesicht sehen. Kommt, wir machen lachende Gesichter aus den übrigen Plätzchen.' Und das hat sie dann auch getan. Dann durften wir die Plätzchen aufessen."

Anna nickte. Ihre Mama hatte sich meisterhaft darauf verstanden, einfache Grundsätze anschaulich zu machen. Wenn Anna diese Kunst doch nur besser beherrschen würde!

„Und wißt ihr noch, wie sie mit uns an den Bach gegangen ist, um uns ..."

„Was? Mama konnte gehen?" fiel ihr Sara mit großen Augen ins Wort.

Anna und Thomas drehten sich zu ihr um.

„Wie meinst du das?" fragte Anna.

„Ich hab' gar nicht gewußt, daß Mama gehen konnte."

„Aber natürlich konnte sie gehen!“

„Ich hab’ sie immer nur im Bett gesehen, oder manchmal im Sessel“, sagte Sara.

Anna kamen die Tränen. Sie hatte schon seit längerer Zeit befürchtet, daß die jüngeren Kinder ihre Mutter vergessen könnten; sie hatten ja nicht so viele Jahre wie Thomas und sie gehabt, in denen sie Erinnerungen sammeln konnten. Doch erst jetzt wurde ihr bewußt, wieviel ihnen entgangen war.

„Kannst du dich wirklich nicht erinnern?“

Sara gab ein Kopfschütteln zur Antwort.

„Erinnerst du dich denn nicht, wie Mama uns in der Küche etwas Leckeres zu essen gemacht hat, wenn wir aus der Schule kamen? Erinnerst du dich nicht an die Spaziergänge durch ihren Garten? Weißt du nicht mehr, wie sie dich bei der Hand genommen hat, um dir das neugeborene Kälbchen zu zeigen?“

Nach jeder Frage schüttelte Sara nur den Kopf.

„Ich weiß noch ein kleines bißchen“, meldete Louise sich zu Wort. „Ich erinnere mich an ihre Haarfarbe. Ich weiß sogar noch, wie Papa sie ‚gesponnenes Gold‘ genannt hat, ich erinnere mich auch an ihre Schürze mit den großen Taschen. Und einmal, als ich hingefallen war und mir das Knie aufgeschlagen hatte, da hat sie mich verarztet und sich mit mir auf den Schaukelstuhl gesetzt und mir ein Lied vorgesungen ... irgendein Lied über Vögel oder so. Genau weiß ich’s nicht mehr.“

Anna war bestürzt darüber, daß ihre Schwestern nur so wenige Erinnerungen an ihre wunderbare Mutter hatten. Kein Wunder, daß es so schwierig war, ihnen all die Lektionen über gutes Benehmen und richtige Lebenseinstellungen beizubringen. Den beiden Mädchen fehlte die solide, von Mama gebaute Grundlage.

„Erinnerst du dich noch an Mama?“ fragte Anna und drehte sich zu Derek um. Derek hob den Blick nicht von seinem Teller, doch er nickte. Anna sah, wie er schluckte. Wieder wollten ihr die Tränen kommen, als sie sich fragte, welche Erinnerungen wohl in Dereks Herzen verborgen sein mochten.

Anna blinzelte gegen die Tränen an und sprach schnell weiter, bevor das Weinen sie übermannen konnte.

„Es ist so wichtig, daß jeder von uns sich an Mama und Papa erinnert. Wenn ihr nicht mehr viel über sie wißt, dann werden Thomas und ich – und Derek – euch etwas von unseren Erinnerungen abgeben. Wir spielen einfach ein Spiel. Wir drei wechseln uns damit ab, euch etwas darüber zu erzählen, was sie getan haben ... was sie gesagt haben ... was für Menschen sie gewesen sind ... damit jeder von uns sie kennt und Erinnerungen an sie hat."

Sara klatschte in die Hände, und ihre Augen leuchteten auf. Dieses Spiel gefiel ihr. Louise bekundete ihr Einverständnis mit einem Kopfnicken.

„Thomas, fang du an", bat Anna.

„Tja, Moment mal. Wo fange ich bloß an? Es gibt ja eine Menge zu erzählen."

„Halt, warte!" sagte Anna und sprang auf. „Am besten schreiben wir jede Geschichte auf, damit wir nichts durcheinanderbringen oder dieselben Geschichten immer wieder erzählen. Außerdem haben wir sie dann schwarz auf weiß und können sie später in Ruhe nachlesen."

Mit einem Blatt Papier und einem Bleistift kehrte Anna zurück.

„Wenn ich nächstes Mal in die Stadt gehe, kaufe ich ein richtiges Notizbuch. Für heute reicht das hier."

„Oh ja, und das nennen wir dann unser ‚Erinnerungsbuch'", meldete Sara sich voller Eifer zu Wort.

„Und wir könnten es einteilen in Geschichten darüber, wie sie ausgesehen haben, was sie alles getan haben und was sie gesagt haben", schlug Louise vor und fügte hinzu: „Dann können Sara und ich nämlich auch mitspielen."

„Prima Idee", lobte Anna. „Wie wär's, wenn Sara anstatt Thomas anfängt?"

Sara zog die Stirn kraus und dachte angestrengt nach.

„Also", sagte sie schließlich, „ich erinnere mich, wie Mama unter einer blauen Decke im Bett lag. Die Decke hatte sie sich bis ans Kinn gezogen. Ich dachte, sie schliefe, aber als ich auf Zehenspitzen zu ihr ging, da hat sie ihre Hand nach mir ausgestreckt – und gelächelt."

Anna schluckte gegen den Kloß in ihrem Hals an. Sie wußte, daß dieses Erlebnis kurze Zeit vor dem Tod ihrer Mutter stattgefunden hatte. Anna schrieb Saras Worte eilig auf, denn Louise wartete ungeduldig darauf, an die Reihe zu kommen.

„Ich erinnere mich", begann Louise, „an Mama, wie sie in ihrem Sessel am Kamin saß und Handschuhe für mich strickte. Rote Handschuhe. Wißt ihr noch? Ich habe sie furchtbar gern getragen ... aber dann habe ich den einen verloren, und ... und wo der andere ist, weiß ich nicht."

„Hast sie wohl alle beide verloren, was?" spaßte Thomas.

„Hab' ich nicht. Ich hab' nur den einen verloren", beharrte Louise.

„Derek?" forderte Anna ihn auf.

Derek drehte seine Gabel in den Händen hin und her, ohne aufzusehen. Er schluckte ein paarmal und fing dann endlich an zu sprechen. Seine Stimme klang leise und gepreßt, als fiele ihm das Sprechen schwer.

„Ich weiß noch, wie Mama Kuchen gebacken hat." Mehr sagte er nicht.

Die wenigen Worte gingen Anna ans Herz. Sie rang um ihre Fassung. Der arme Derek! Er litt viel schlimmer, als sie je geahnt hatte.

„Thomas, jetzt du", gelang es ihr zu sagen.

„Also, ich will etwas über Papa erzählen", sagte Thomas. „Ich erinnere mich daran, wie groß Papa war." Er illustrierte seine Worte mit einer in die Luft gestreckten Hand. „Ich ging ihm damals nur bis an den Stiefelrand ... oder zumindest kam es mir so vor. Ich war richtig stolz, als ich bis an seine Taschen reichte. Wenn er in die Stadt ging, steckte er sich immer ein paar Bonbons ein. Ich weiß noch, als ich alt genug war, um mir selbst ein Bonbon aus seiner Tasche zu angeln."

Anna schrieb hastig, um mit Thomas' Worten Schritt zu halten.

„Jetzt bist du aber dran, Anna", drängten ihre Geschwister sie.

Annas Wahl fiel auf eine von Mamas schlichten Lektionen fürs Leben.

„Ich weiß noch, wie ich eines Tages keine Lust hatte, Wäsche zu waschen“, begann sie nachdenklich. „Wir hatten jede Menge schmutzige Wäsche. Bergeweise schmutzige Wäsche, schien's, und ich fürchtete, überhaupt nie mit dem Waschen fertig zu werden. Mama sagte: ‚Anna, laß dir nur keine Arbeit verleidet sein. Du bist etwas ganz Besonderes. Du bist einzigartig. Egal, was deine Aufgabe auch sein mag, egal, wie ungern du sie auch tun magst, in deinem Innern kannst du der Mensch sein, der du am liebsten sein möchtest. Äußerlich sind deine Hände vielleicht rauh von der täglichen Arbeit, doch innerlich kannst du kultiviert und elegant an Geist und Seele sein. Wenn du an einer Wanne mit heißer Seifenlauge stehst und schmutzige Farmersstrümpfe zu waschen hast, kannst du ebenso eine wahre Dame sein wie auf einem Samtsofa und mit einem Fächer in der Hand.‘“

„Was hat sie denn damit gemeint?“ wollte Sara wissen.

„Ich glaube“, antwortete Anna, „sie wollte uns begreiflich machen, daß Arbeit zwar eine Notwendigkeit, aber daß sie auch ehrenhaft ist. Es kommt darauf an, was für ein Mensch du tief in deinem Innern bist – nicht darauf, welche Aufgaben du hast.“

„Dann kann ich also so tun, als wäre ich eine feine Dame, wenn ich das Geschirr spüle?“

„Du brauchst nicht einmal so zu tun“, antwortete Anna. „Du kannst sogar tatsächlich eine sein.“

Zeiten des Wachstums

Anna freute sich, daß ihr Erinnerungsspiel einen solchen Anklang bei den Kindern gefunden hatte. Sonntag für Sonntag tauschten sie ihre Geschichten aus. Die Gespräche ließen fast vergessene Erinnerungen wieder aufleben, und Louise und Sara waren darüber erstaunt, wieviel sie zu dem Spiel beitragen konnten. Auch Derek beteiligte sich meistens mit einer kurzen Geschichte.

„Derek sagt immer noch nicht viel, wenn wir unser Erinnerungsspiel spielen. Ist dir das auch aufgefallen?" bemerkte Thomas eines Abends, als er mit Anna auf der Veranda saß.

„Nur ein paar kurze Sätze", antwortete Anna. „Ich hatte gar nicht gewußt, wie ... wie groß der Kummer ist, den er da mit sich herumträgt."

„Er war gerade in dem Alter, wo er Papa und Mama am dringendsten brauchte. Und wir – du und ich – waren derartig damit ausgelastet, Leib und Seele beieinanderzuhalten, daß wir gar nicht gemerkt haben, was er durchgemacht hat."

„Armer kleiner Kerl", seufzte Anna. „Thomas, tun wir wohl genug für ihn?"

Thomas dachte über ihre Frage nach.

„Ich weiß nicht", antwortete er endlich. „Ich bin mir einfach nicht sicher. Aber ich weiß auch nicht, was wir ansonsten noch tun könnten."

„Ob der Pastor ihm wohl helfen könnte?"

„Vielleicht. Ich weiß einfach nicht weiter."

„Er ist ein solcher Eigenbrötler ... und dabei so unglaublich lieb. Man hat beinahe den Eindruck, als ... als fürchte er sich davor, anderen Schmerz zuzufügen. Er bemüht sich so sehr, alles richtig zu machen. Andererseits scheint er sich geradezu dazu überwinden zu müssen, über unsere Eltern zu sprechen. Ich weiß nicht einmal, ob er unser Spiel gern spielt ... obwohl ich bei manchen Geschichten ein Leuchten in seinen Augen gesehen habe."

„Vorläufig werden wir wohl am besten so weitermachen. Mir scheint ... mir scheint, daß er in letzter Zeit mehr mit anderen Jungs zusammen ist. Nach dem Gottesdienst gesellt er sich neuerdings zu Kindern seines Alters. Das hat er früher nicht getan."

„Vermutlich auf ihr Drängen hin. Von sich aus würde er keine Freundschaft anfangen. Das ist ja schön, daß er sich häufiger zu den anderen gesellt."

Thomas wollte gerade eine weitere Bemerkung äußern, als ein Reiter auf den Hof geritten kam.

„Da ist ja Thane", sagte Thomas und stand von seinem Stuhl auf, um seinem Freund zuzuwinken.

„Er ist schon länger nicht hiergewesen", meinte Anna.

„Sein Vater nimmt ihn im Geschäft hart ran. Er habe kaum noch Zeit fürs Badefaß am Samstagabend, sagt er", lachte Thomas.

„Ich hole schnell etwas zu essen", sagte Anna und stand ebenfalls auf. „Er hat nämlich ständig einen Bärenhunger."

Wieder lachte Thomas, doch er widersprach ihr nicht.

Anna ging in die Küche, während Thomas die Verandastufen hinunterging, um ihren Gast zu begrüßen.

Anna hörte die Stimmen und das Gelächter, als sie die Limonade rührte und Plätzchen auf einen Teller legte. Dann wurden die Stimmen plötzlich leiser, als sei das Gespräch ernster geworden. Als sie die Veranda betrat, hörte sie Thomas fragen: „Wann ist denn das passiert?"

„Fast vor einer Woche. Es hat sich nicht gleich herumgesprochen, obwohl der Doktor natürlich Bescheid wußte. Charlie hat ihn wohl gebeten, es nicht gleich auszuposaunen."

Annas Herz stockte. Anscheinend war etwas Schlimmes passiert. „Ist Charlie etwas zugestoßen?" fragte sie, und die Besorgnis ließ ihre Stimme zittern.

„Nein, nicht Charlie", beruhigte Thomas sie schnell. „Mr. Stratton hat einen Schlaganfall gehabt."

„Einen Schlaganfall?" Anna dachte an den Mann mit dem mißgelaunten Gesicht und dem abweisenden Verhalten. Sie hatte sich immer ein wenig vor ihm gefürchtet. Nun tat er ihr plötzlich leid. Wenn sie ihm nur mehr Freundlichkeit entgegengebracht hätten, dann wäre er vielleicht umgänglicher geworden.

„Ist es ernst?" fragte sie Thane.

Er nickte.

„Nach dem zu urteilen, was Pa im Geschäft gehört hat, muß es ihn wohl ziemlich arg erwischt haben."

„Das war also der Grund, weshalb Charlie sich die ganze Woche überhaupt nicht hat blicken lassen", sagte Thomas. „Ich hatte mich schon gewundert, warum er noch nicht hier war, um meine frisch gepflügten Felder in Augenschein zu nehmen."

„Er war wohl vollauf damit beschäftigt, seinen Boß zu pflegen. Es heißt, er läßt keinen anderen zu sich."

Charlie war selbst nicht bei bester Gesundheit. Eigentlich durfte man nicht von ihm erwarten, rund um die Uhr einen Kranken zu versorgen.

Ich muß unbedingt nach dem Rechten sehen, nahm Anna sich vor, *und zwar gleich morgen früh.*

Thane überraschte sie mit seinem unvermittelten Themenwechsel.

„Man hört, daß Trudie demnächst wieder ein Gartenfest veranstaltet. Bei dem letzten hat sie sich anscheinend glänzend amüsiert."

Thane grinste Thomas herausfordernd an und versetzte ihm einen Rippenstoß. Thomas errötete ein wenig, doch er antwortete gutmütig: „Bist wohl neidisch, was?"

„Nicht die Spur", gab Thane zurück. „Ich habe Besseres zu tun, aber wenn dir das Geplauder einer ..." Gerade noch rechtzeitig verkniff Thane sich die abfällige Bezeichnung, die ihm auf der Zunge lag, und sagte statt dessen: „... einer hübschen kleinen Rothaarigen Spaß macht, dann sei's dir gegönnt."

Anna verspürte einen Anflug von Selbstzufriedenheit. Thane teilte anscheinend ihre Meinung über Trudie. Sie warf Thomas einen kurzen Blick zu.

War er etwa getroffen oder entrüstet? Doch Thomas schien sich nicht das Geringste aus Thanes kleinem Ausrutscher zu machen. Erleichtert reichte Anna den Plätzchenteller noch einmal herum.

„Ich baue etwas von dem neuen Saatgut an", sagte Thomas gerade. „Die Testkörner keimen bestens."

Thanes Interesse war sichtlich geweckt.

„Wo hast du sie denn?" fragte er. „Ich hätte sie mir gern mal angesehen."

Thomas holte sich eine Laterne, damit er Thane zu dem Schuppen führen konnte, in dem er seine Experimente durchführte. Anna merkte beiden ihre Begeisterung an, als sie die Stufen hinunterliefen und angeregt miteinander redend auf den Schuppen zusteuerten.

*

Früh am nächsten Morgen packte Anna einen frischgebackenen Kuchen ein und machte sich auf den Weg zur Stratton-Farm. Es war nicht weit, wenn man über das Stoppelfeld ging, und bald klopfte sie auch schon an die Tür des großen Hauses. Sie war noch nie im Wohnhaus der Stratton-Farm zu Besuch gewesen, und als sie jetzt vor der Tür stand, stockte ihr fast der Atem bei dem Gedanken an den griesgrämigen Farmbesitzer. Die Tür wurde einen Spaltbreit geöffnet, und Charlie steckte den Kopf heraus. Als er Anna erkannte, öffnete er sofort die Tür ganz.

„Komm nur herein, Mädchen", lud er sie ein.

Anna betrat die geräumige Diele. Die schweren Vorhänge waren noch zugezogen, so daß Annas Augen sich erst an das Halbdunkel gewöhnen mußten. Erst nach und nach konnte sie die Gegenstände am Rand der Diele ausmachen.

Die Ausstattung wirkte viel gediegener und fraulicher, als sie erwartet hatte. Das Farmhaus war seit Jahren ausschließlich von Männern bewohnt gewesen. Anna wußte, daß Charlies Zimmer im unteren Stockwerk lag, und Gus, der Koch, wohnte in einem anderen Teil des großen Hauses. Den Gerüchten zufolge, die in der Stadt kursierten, bewohnte Mr. Stratton das gesamte obere Stockwerk allein. Annas Blick folgte der langen, kunstvoll gestalteten Treppe nach oben. Sie fragte sich, wer hier wohl das Saubermachen besorgte. Angeblich ließ Mr. Stratton keine Frau in sein Haus.

Charlie sprach mit ihr, und Anna unterbrach ihre Tagträume.

„Er ist schlecht dran", sagte Charlie gerade, während er Annas Kuchen entgegennahm. „Du wirst ihn doch wohl nicht besuchen wollen, nicht in diesem Zustand."

„Nein, äh, nein, eigentlich nicht", stotterte Anna. „Ich wollte Sie besuchen. Wie ... wie kommen Sie denn zurecht?"

Charlie schüttelte betrübt den Kopf.

„Hätte nie gedacht, daß dieser starke Mann eines Tages hilflos im Bett liegen würde", sagte er.

„Aber wie geht es Ihnen denn selbst?" wiederholte Anna.

„Gus und ich, wir wechseln uns ab. Er muß rund um die Uhr jemanden bei sich haben."

„Wäre es nicht besser, wenn Sie ... wenn Sie jemanden extra dazu einstellen? Vielleicht könnte Mrs. ..."

„Kommt nicht in Frage. Der Boß hält nichts von Weibsbildern, die sich in seinem Haus zu schaffen machen."

„Aber wenn Sie doch jemanden brauchen ..."

„Wir kommen schon zurecht", beharrte Charlie. Dann wechselte er das Thema. „Komm nur mit in die Küche. Ich mach' uns 'ne Tasse Kaffee."

Anna folgte ihm. Sie war noch nie in einer Küche gewesen, in der ein Mann das Zepter führte, und sie fragte sich schon, in welchem Zustand Gus sie wohl hielt. Wenn sie ihm in der Stadt begegnet war, hatte sie seine äußere Erscheinung nie übermäßig gepflegt gefunden. Die gleiche Nachlässigkeit erwartete sie nun auch in der Küche vorzufinden, doch zu ihrer Überraschung war die geräumige, vom Sonnenlicht erhellte Küche tadellos in Ordnung.

„Hier ist's aber prima aufgeräumt und sauber!" entfuhr es ihr.

Charlie grinste und sagte dann ernster: „Gus würde jeden skalpieren, der ihm seine Küche durcheinanderbringt. Darin ist er so pingelig wie'n altes Weib."

Er warf Anna einen Blick zu, um festzustellen, ob sie sich an seiner Ausdrucksweise gestört hatte, doch Anna hatte gar nicht richtig hingehört. Sie war viel zu beschäftigt damit, die große Küche mit den geräumigen Schränken und dem blitzenden Herd zu bestaunen.

„Richtig gemütlich ist's hier", murmelte Anna. Es galt eher ihr selbst als Charlie. Er nickte nur und gab eine Handvoll Kaffeepulver in die Kanne. Nachdem er sie mit Wasser aufgegossen hatte, stellte er die Kanne auf den Herd und schob ein paar frische Holzscheite nach.

„Setz dich nur", forderte er sie auf. „Setz dich und erzähl mir, was es bei euch Neues gibt. Seitdem das hier passiert ist, bin ich kaum noch aus dem Haus gekommen, und gehört hab' ich auch nichts."

„Da gibt's nicht viel zu erzählen", sagte Anna, während sie sich die Haube abnahm und sich auf einen Küchenstuhl setzte.

„Hat Thomas schon mit der Feldarbeit angefangen?"

„Ja, das hat er. Mit dem Pflügen ist er so gut wie fertig."

„Hat er vor, sein neues Saatgut auszuprobieren?"

„Ja, aber nur ein bißchen davon. Er will nicht gleich alles aussäen, für den Fall, daß irgend etwas schiefgehen sollte. Dann wäre seine ganze Arbeit umsonst gewesen. Er hat Thane erzählt, daß die Probekörner gut keimen."

Charlie nickte, und in seinen Mundwinkeln zuckte ein Lächeln. Anna wußte, daß er ihnen allen väterlich gesonnen war und daß er sich aufrichtig über Thomas' Erfolge freute.

Als der Kaffee kochte, füllte Charlie eine Tasse, schnitt ein großzügig bemessenes Stück von dem Kuchen, den Anna mitgebracht hatte, und ging zur Tür.

„Bin gleich wieder da", sagte er über die Schulter hinweg. „Ich bring' Gus nur schnell 'ne Stärkung und seh' nach dem Boß."

Anna nickte und saß steif auf ihrem Stuhl. Charlies schwerfällige Schritte waren bis in die Küche zu hören. Eine Tür wurde geöffnet, und Anna hörte Stimmen, doch sie konnte nicht ausmachen, was gesagt wurde.

Kurz darauf war Charlie wieder da. Sein Gesicht wirkte ernst.

„Gus sagt, er hat keine Veränderung beobachtet. Wir hoffen zwar immer das Beste, aber es steht nicht gut um ihn. Der Doktor meint, daß er ... daß er sich wohl nicht mehr davon erholen wird."

Anna wußte nicht, wer ihr mehr leid tat: der übelgelaunte Farmer oder seine treuen Angestellten Charlie und Gus. Es war den beiden anzumerken, wie sehr sie sich die Erkrankung ihres langjährigen Dienstherren zu Herzen nahmen.

„Gibt es irgend etwas, was wir für Sie tun können?" erbot sie sich. „Ich könnte eine Schicht der Krankenpflege übernehmen, wenn ..."

„Nein, laß nur. Du hast schon genug mit deinen Geschwistern am Hals. Gus und ich schaffen's schon allein."

„Aber was wird aus der übrigen Arbeit? Das Vieh und ..."

„Wir haben genug Männer, die sich um alles kümmern können. Bei manchen wird's sowieso höchste Zeit, daß sie sich mal 'n bißchen ins Zeug legen, wenn sie ihren Lohn kassieren wollen", winkte Charlie ab.

Sie tranken ihren Kaffee, und dann verabschiedete Anna sich.

„Und sagen Sie uns bitte Bescheid, wenn wir helfen können", sagte sie noch. „Sie können sich gern jederzeit an uns wenden." Den Zusatz *„... nach allem, was Sie in den letzten Jahren für uns getan haben"* sparte sie sich. Charlie verstand sie auch so.

„Wird gemacht", versprach Charlie. „Und vielen Dank für den Kuchen. Gus ist in letzter Zeit nicht so recht zum Backen gekommen."

Anna ging mit dem Vorsatz nach Hause, in ein paar Tagen mit einem Korb Backwaren wiederzukommen und das dann in regelmäßigen Abständen zu tun, bis sich die Lage im Strattonschen Haushalt verbessert hatte. Das war das wenigste, was sie beitragen konnte, um den Männern ein wenig von der Arbeit abzunehmen.

*

„Anna! Schnell! Du mußt sofort kommen!“ Sara stürzte atemlos in die Stube und packte Anna beim Arm.

„Was ist denn los?“ fragte Anna und nahm ihre Schwester bei den Schultern, um ihr ins Gesicht zu sehen.

„Louise!“ schrie Sara.

„Was ist passiert?“ fragte Anna und schüttelte die schmalen Schultern des Mädchens. „Wo ist sie? Was ist mit ihr los?“

„Das weiß sie selbst nicht.“

„Wo ist sie?“ wiederholte Anna und schüttelte sie erneut.

„In unserem Zimmer“, brachte Sara hervor.

Anna ließ sie los und hastete mit hämmerndem Herzen zu dem Zimmer. Dort lag Louise auf ihrem Bett und schluchzte heftig. *Wenigstens lebt sie noch!* dachte Anna erleichtert.

„Was hast du denn nur?“ fragte Anna und ließ sich neben dem Bett auf die Knie fallen, um Louise in die Arme zu nehmen.

„Ich ... ich glaube, ich sterbe“, schluchzte das Kind mit tränenübertrömten Wangen.

„Aber warum denn? Was ist denn passiert? Bist du krank? Bist du verletzt?“

„Ich weiß nicht. Ich ... das ganze Blut“, schluchzte das verzweifelte Mädchen.

Sara stimmte in Louises Weinen ein.

„Hört zu, ihr beiden. Schluß jetzt. Schluß mit dem Weinen. Sagt mir endlich, was passiert ist.“

Nachdem sie ein paar Fragen gestellt hatte, wußte Anna, daß ihre Schwester keineswegs sterbenskrank war. Anna stand von ihren Knien auf und setzte sich neben Louise auf das Bett, um ihre Schwester in die Arme zu nehmen.

„Du Arme. Du Arme“, tröstete sie sie und strich ihr die wirren Haarsträhnen aus dem rotgeweinten Gesicht.

„Ist ja schon gut. Du bist kerngesund. Wirklich. Du wirst jetzt langsam eine Frau, weiter nichts. Ich hätte es kommen sehen sollen ... hätte mir Gedanken machen sollen ... aber das habe ich vollkommen verschwitzt. Mama hätte besser vorgesorgt. Sie hätte mit dir geredet und dich darauf vorbereitet. Es tut mir leid. Es tut mir wirklich furchtbar leid."

Anna sah von dem einen Mädchen zum anderen. Beide hatten mit dem Weinen aufgehört. Ihre Gesichter waren zwar noch rot und tränennaß, und ihre Schultern zuckten hin und wieder noch, doch beide schienen ihre Fassung wiedergewonnen zu haben.

„Komm her, Sara, und setz dich zu uns", forderte Anna sie auf. „Du bist zwar noch reichlich jung, aber was sein muß, muß sein. Ich möchte, daß du auch hörst, was ich Louise jetzt zu sagen habe."

Anna schöpfte tief Luft und versuchte angestrengt sich an alles zu erinnern, was ihre Mutter ihr damals vor Jahren gesagt hatte. Sie wußte nicht, ob sie sich verständlich genug ausdrückte, doch sie tat ihr Bestes. Zum guten Schluß hatten die Gemüter sich wieder beruhigt. Louise brachte sogar ein gequältes Lächeln zustande. Anna war froh, als sie sich ihrer Aufgabe entledigt hatte und sich wieder in ihre Küche flüchten konnte.

Neuigkeiten

Thomas hatte den ganzen Tag schwer auf dem Feld gearbeitet und schwitzte noch immer, als er sich am Abend zu Anna auf die Veranda setzte, wo sie gerade ein neues Kleid für Louise säumte.

„Sie wächst wirklich furchtbar schnell, nicht wahr?" bemerkte er, und Anna nickte. *Viel zu schnell für meinen Geschmack,* dachte sie.

„Meinst du ...", begann er, doch Thanes Ankunft unterbrach ihn.

„Was machst du denn schon wieder hier?" rief Thomas seinem Freund augenzwinkernd zu. „Fällt deinem Pa denn rein gar nichts Nützliches ein, mit dem er dich beschäftigen könnte?"

Thane sprang von seinem Pferd und machte die Zügel am Pfosten fest.

„Menschenskinder", sagte er, „mein Pa ist ein solcher Sklaventreiber, daß ich zum Umfallen erledigt bin. Wenn ich mir nicht solche Sorgen um meinen Freund Tom machen würde, dann hätte ich mich einfach bloß noch ins Bett fallen lassen."

Schlagfertige Wortwechsel dieser Art hatte Anna schon oft miterlebt. Sie mußte schmunzeln, Thane war eine wahre Wohltat für Thomas. Mit seinen gutgemeinten Späßen nahm er ihrem Bruder die schwere Last für ein paar Stunden von den Schultern.

Anna legte das Kleid beiseite und machte sich auf den Weg in die Küche, um einen kleinen Imbiß zu holen.

„Wie macht sich denn die neue Saat?" erkundigte Thane sich bei Thomas.

„Erstklassig. Einfach erstklassig. Wenn es heller wäre, würde ich dir die Pflanzen zeigen. Warum mußt du auch immer im Dunkeln zu Besuch zu kommen?"

„Das kann ich dir verraten", antwortete Thane. „Wenn ich nicht im Dunkeln käme, dann käme ich überhaupt nicht. Pa spannt mich den ganzen Tag im Geschäft ein, er baut nämlich an. Einen riesigen Lagerraum, und ..." Anna war jetzt außer Hörweite. Sie konnte die Stimmen und das Lachen nur noch undeutlich hören.

Als sie mit der Milch und den Krapfen zurückkam, unterhielten sich die beiden jungen Männer gerade über Baseball. Anna servierte den Imbiß und nahm ihre Näharbeit wieder zur Hand. Inzwischen war es jedoch zu dunkel, um den Saum fertigzustellen. Mit einem Seufzen legte sie das Kleid wieder beiseite und machte es sich auf ihrem Stuhl bequem, um der Unterhaltung zuzuhören.

Es dauerte nicht lange, bis Thane auch sie in das Gespräch mit einbezogen hatte.

„Wie man hört, hast du den Strattonschen Haushalt mit Backwaren versorgt", sagte er.

Anna nickte.

„Gus war in der Stadt, um ein paar Sachen zu besorgen, und er hat in der ganzen Stadt verkündet, wie prima du dich aufs Backen verstehst."

Thane grinste und warf Thomas ein Augenzwinkern zu.

„Du und ich, wir haben über die Jahre hinweg genug von ihren Kochkünsten profitiert, um zu wissen, daß es nicht nur der Hunger ist, der's hineintreibt, was?" spaßte er, und Anna wußte, daß sie soeben ein aufrichtiges Kompliment bekommen hatte.

„Wie geht es Mr. Stratton denn?" erkundigte sie sich.

„Niemand weiß etwas Genaues", antwortete Thane. „Nicht einmal der Doktor läßt sich zu einem Kommentar bewegen. Ich für meinen Teil fürchte, daß es Mr. Stratton ziemlich schlecht geht." Doch dann änderte sich sein Tonfall: „Habt ihr schon das Neuste gehört?" fragte er.

Anna schüttelte den Kopf.

„Mr. Stratton hat einen Sohn.“

„Einen Sohn? Ich habe nicht einmal gewußt, daß er eine Frau hat.“

„Die hat er wohl auch nicht ... jedenfalls nicht mehr. Aber früher war das anders. Ein paar von den älteren Nachbarn haben sie gekannt – auch wenn sie fast vergessen haben, daß es sie je gegeben hat.“

Anna riß die Augen weit auf.

„Hat sie hier gewohnt?“ fragte sie.

„Ja, aber anscheinend nur kurz.“

„Deshalb ist das Haus so schön eingerichtet!“ Nun hatte Anna des Rätsels Lösung gefunden.

„Er hatte es für sie gebaut und hat versucht, alles genau nach ihren Vorstellungen zu gestalten. Aber ihr gefiel's nicht im Westen. Sie kam aus einer Großstadt an der Ostküste, und das Leben hier war anscheinend nicht nach ihrem Geschmack. Sie ist wieder abgereist; den kleinen Sohn hat sie mitgenommen. Die Leute sagen, daß Mr. Stratton seitdem weder sie noch ihn gesehen hat. Das ist jetzt schon viele Jahre her.“

Annas machte ein bekümmertes Gesicht.

„Wie traurig!“ murmelte sie leise. „Wirklich traurig. Kein Wunder, daß der arme Mann ständig so griesgrämig dreinschaut.“

„Aber das ist noch nicht alles“, fuhr Thane fort. „Die Leute sagen, daß der Sohn hierher unterwegs ist. Charlie hat es anscheinend für seine Pflicht gehalten, ihn über Mr. Strattons Zustand zu informieren, und der junge Mr. Stratton hat sich dazu entschlossen, die Lage selbst in Augenschein zu nehmen.“

Anna lächelte. Vielleicht würde alles doch noch ein gutes Ende nehmen; sie freute sich für Mr. Stratton. Sie hoffte sehr, daß es ihm gut genug gehen würde, um an seinem erwachsenen Sohn Freude zu haben.

„Gus war allerdings nicht sehr begeistert über all das“, erzählte Thane weiter. „Ich glaube, er befürchtet, daß der junge Mann bloß kommt, um das Strattonsche Vermögen einzustekken.“

Plötzlich ärgerte Anna sich. Warum mußte Gus ihr den

schönen Traum verderben? Warum sollte der junge Mr. Stratton nicht aus Besorgnis – oder sogar aus Liebe – zu seinem schwerkranken Vater geeilt kommen?

„Also, wenn ihr mich fragt", sagte sie trotzig, „dann sollte Gus erst einmal abwarten, bevor er dem Mann soviel Schlechtes nachsagt. Eine Chance wird er ihm ja wohl geben können!"

„Da hast du recht", antwortete Thane und wurde ernster. „Das sollten wir eigentlich alle tun."

„Wann kommt er denn an?" erkundigte Anna sich.

„Das weiß ich nicht. Nach dem zu urteilen, was Gus gesagt hat, wird er wohl recht bald kommen. Er hat's überall in der Stadt erzählt, aber besonders glücklich ist er nicht darüber."

„Das ist aber ungerecht", empörte sich Anna. „Der arme Mann hat überhaupt nichts verbrochen, und schon hat er die ganze Stadt gegen sich. Netter Willkommensgruß für einen, der seinen kranken Pa besuchen kommt!"

Anna faßte an Ort und Stelle den Vorsatz, niemals schlecht von einem Menschen zu denken, ohne seinen Absichten zu kennen. Sie nahm sich vor, noch einen Korb mit Gebäck bei den Strattons abzugeben, sobald sie von der Ankunft des Sohnes erfuhr.

Den Rest des Abends unterhielten sie sich über andere Dinge. Als der Mond schon hoch am Himmel stand, verabschiedete Thane sich.

Bevor er nach Hause ritt, langte er in seine Hemdtasche und zog eine kleine braune Papiertüte hervor. Ohne ein Wort reichte er sie Anna. Wie ein kleines Kind konnte Anna einfach nicht widerstehen und spähte hinein – rosafarbene Pfefferminzbonbons. Ihre Lieblingsbonbons! Sie bedankte sich mit einem warmen Lächeln bei Thane. Er erwiderte das Lächeln, tippte sich an seine Kappe und ritt los.

*

Mrs. Blackwell kam zu Besuch. Obwohl sie die Meinung vertrat, die jungen Petersons sollten voll und ganz auf eigenen Füßen stehen, betrachtete sie es als ihre Nachbarspflicht, hin und wieder bei ihnen nach dem Rechten zu sehen. Anna hatte sie schon von fern erblickt und wäre am liebsten zur Hintertür hinausgeschlüpft, um in den Feldern Zuflucht zu suchen, wo Thomas und Derek das Sommerheu aufschichteten.

Doch statt dessen legte sie ihre fleckenübersäte Schürze beiseite und schob den Wasserkessel auf die vordere Herdplatte, um eine Kanne Tee zu kochen.

Mrs. Blackwell kam gerade ächzend und schnaufend die Verandatreppe herauf, als Anna ihr die Tür öffnete und sie mit einem Lächeln willkommen hieß.

„Liebe Güte, die Sonne sticht heute mal wieder", sagte die Frau anstatt eines Grußes. Sie nahm sich die schwere schwarze Haube ab und wischte sich über das schwitzende Gesicht.

Anna trat zur Seite, um sie in die Küche zu lassen. Die Frau steuerte auf einen Stuhl am Tisch zu, dabei wanderte ihr Blick eifrig umher, um die Stube zu mustern.

„Kühl hast du's hier", bemerkte sie. „Hast wohl heut' noch nichts gebacken, wie?"

„Nein", bestätigte Anna langsam, „bei solchem Wetter bemühe ich mich, das Brot für die ganze Woche im voraus zu backen."

Mrs. Blackwell nickte, ohne sofort etwas zu antworten. Wieder wischte sie sich über das Gesicht und setzte sich schwerfällig auf den Stuhl.

„Und wie hältst du es frisch?" erkundigte sie sich ohne Umschweife.

„Wir haben einen zweiten Eiskasten draußen im Schuppen. Ich wickele das Brot ein und lagere es darin."

Die Frau legte die Stirn in Falten. Wie Anna wußte, besaß Mrs. Blackwell keinen zweiten Eiskasten. Vermutlich hielt sie es für höchst bedenklich, daß so junge Leute etwas hatten, was ihr selbst versagt geblieben war.

„Hast wohl schon die Sache mit dem armen Mr. Stratton gehört, was?" fragte Mrs. Blackwell.

Anna nickte. Sie konnte es kaum erwarten, daß das Wasser endlich kochte.

„Schlimm, schlimm. Aber da sieht man's mal wieder: Der

Herrgott läßt sich keine Sünde gefallen. Der Mensch erntet, was er sät – so steht's ja schon in der Schrift."

Anna war froh, nicht darauf antworten zu müssen, da sie gerade die Teekanne aus dem Regal holte.

„Was, die nimmst du für alltags? Meine Güte, Kind, deine Mama hätte sie bestimmt für besondere Gelegenheiten aufgehoben."

„Für Mama war Besuch aus der Nachbarschaft immer eine besondere Gelegenheit", antwortete Anna freundlich und warf der Frau ein Lächeln zu.

Mrs. Blackwells Gesicht rötete sich um eine Schattierung tiefer. Einen Moment lang war sie damit beschäftigt, sich kühle Luft zuzufächern; dann hatte sie ihre Sprache wiedergefunden.

„Dieser Mr. Stratton – 'nen Sohn hat er. Wußtest du das schon? Herkommen will er. Mir scheint, das hätte er besser schon vor Jahren getan, um seinem Pa zu helfen. Hätte sein Herz geschont, oder wo's ihm auch fehlen mag, wenn der Sohn ihm zur Hand gegangen wäre. Aus dem Doktor ist einfach kein Wort rauszukriegen, was mit dem Mann nun eigentlich los ist."

Anna stellte zwei Porzellantassen mit Untertassen auf den Tisch und holte die Sahne und den Zucker.

„Ich rechne jedenfalls damit, daß er zusammenrafft, was er nur kriegen kann und sich schnurstracks wieder auf den Weg nach Osten zu seiner Mama macht – ist doch klar wie Kloßbrühe. Der Apfel fällt nicht weit vom Stamm. Der Bursche wird genauso knauserig und sauertöpfisch sein wie sein Pa. Ich erinnere mich noch an die Frau – muß der Tee nicht 'n bißchen länger ziehen? –, ein flatterhaftes Ding war sie, sag' ich dir. Bildhübsch – und dementsprechend auch aus Pappe. Konnte ja keinen Handschlag in der eigenen Küche verrichten. Und der Mister, der hat ihr jeden Wunsch von den Augen abgelesen, damit sie nur ja glücklich sein sollte. Wir haben doch alle gleich gewußt, daß bei ihr Hopfen und Malz verloren war. Aber auf uns hat er ja nicht hören wollen. Tja, so ist es dann gekommen, wie's kommen mußte."

Anna servierte Mrs. Blackwell den Tee und holte den Biskuitkuchen.

„Sind deine Brüder draußen beim Heumachen?“ fragte die Frau.

Anna nickte.

„Na, wenn das mal bloß trocken genug ist. Man kann das beste Heu verderben, wenn man’s nicht richtig trocknen läßt.“

Anna biß sich auf die Unterlippe und kündigte dann mutig ein Tischgebet an. Mrs. Blackwell schaute überrascht drein, als sei sie der Meinung, für Tee und Kuchen brauche man dem Herrgott nicht ausdrücklich zu danken.

Annas Gebet war schlicht und aufrichtig. Als sie den Kopf wieder gehoben hatte, reichte sie ihrer Nachbarin ein Stück Kuchen.

„Sind deine Schwestern eigentlich schon groß genug, um dir von Nutzen zu sein?“ fragte Mrs. Blackwell, während sie die Sahne und den Zucker in ihrem Tee verrührte.

„Sie waren uns schon immer sehr von Nutzen“, antwortete Anna eine Spur zu energisch.

„Im Haushalt, im Haushalt natürlich“, beeilte Mrs. Blackwell sich zu erklären. „Können Sie dir schon mit dem ...“

„Aber ja!“ kam Anna ihr zuvor. „Mit dem Helfen haben sie angefangen, als sie ganz klein waren – und sie tun es von allein“, teilte sie der Nachbarsfrau nicht ohne Stolz mit.

„Wo stecken sie denn jetzt gerade?“ wollte Mrs. Blackwell wissen, und ihr Blick wanderte suchend umher, als sei sie der Meinung, die beiden Mädchen gehörten zu jeder Tageszeit in die Küche.

„Ich habe sie zum Erdbeerpflücken losgeschickt, damit ich Marmelade kochen kann“, antwortete Anna.

„Na hör mal, die Erdbeerzeit ist aber vorbei, liebes Kind.“

„Aber nein. Gestern haben mir die Mädchen einen ganzen Eimer voll gepflückt. Ich habe fünf Gläser Marmelade gekocht.“

Die Frau schien vorübergehend um Worte verlegen zu sein. Sie aß einen Bissen ihres Biskuitkuchens und wandte sich dann wieder Anna zu.

„Wenn mich meine feine Zunge nicht täuscht, bist du mit den Eiern aber ziemlich verschwenderisch umgegangen. Ich habe da eine Methode, wie man denselben Kuchen mit der Hälfte an Eiern hinkriegt. Eier sind kostbar, weißt du. Jedes Ei, das man spart, bedeutet ..."

„Wir haben jede Menge Eier", sagte Anna leise.

„Trotzdem. Du kannst sie schließlich in die Stadt bringen und verkaufen. Tausch sie gegen etwas, was ihr nötig habt. Verschwendung ist 'n übles Laster ..."

In dem Moment kam Louise zur Tür hereingestürzt. In der Hand trug sie einen Eimer voller saftig-roter Erdbeeren.

„Wir haben eine prima Ecke entdeckt ..." rief sie vergnügt, doch sie verstummte schlagartig, als sie die Frau am Tisch erblickte. „Verzeihung", sagte sie leiser. „Guten Tag, Mrs. Blackwell."

Sara schob sich neben ihre Schwester, das Gesicht rot und die Schürze voller Schmutzspuren. Doch ihre blauen Augen tanzten, und Anna konnte ihr anmerken, daß sie vor Begeisterung über ihre bahnbrechende Entdeckung fast platzte. Doch auch Sara hielt an sich und machte einen Knicks.

„Guten Tag, Mrs. Blackwell", sagte sie beinahe flüsternd mit gesenktem Blick.

Anna hätte ihren beiden Schwestern um den Hals fallen mögen, denn beide hatten sich auf ihre guten Manieren besonnen. Anna war mächtig stolz auf sie. Ihre Mama hätte sich riesig gefreut.

„Wascht euch die Hände", sagte sie, und ihre Stimme klang vor Rührung fast ein wenig brüchig. „Danach dürft ihr euch ein Stück Biskuitkuchen und ein Glas Milch nehmen."

Mrs. Blackwell äußerte: „Wird ihnen das nicht den Appetit aufs Abendessen verderben?"

„Sie haben fleißig gearbeitet", antwortete Anna mit Bestimmtheit. „Und wachsende Kinder brauchen viel Nahrung."

Sie schnitt zwei großzügig bemessene Stücke Kuchen ab und füllte zwei Gläser mit kühler Milch, während die Mädchen sich am Spülbecken in der Ecke die Hände wuschen.

„Bitte schön, das dürft ihr euch mit auf die hintere Veranda nehmen. Da sitzt ihr im Schatten“, sagte sie zu Louise und Sara und reichte ihnen Kuchen und Milch.

Möglicherweise glaubte Mrs. Blackwell, Anna wollte es nicht wagen, zwei lebhafte, lärmende Kinder mit einer Dame aus der Nachbarschaft an den gleichen Tisch zu setzen. In Wirklichkeit hätte Anna es aber einfach nicht übers Herz gebracht, ihren beiden Schwestern die nervtötende Unterhaltung zuzumuten, die sie gerade über sich ergehen ließ.

Der Sohn

„Er ist hier“, verkündete Thomas und hievte eine Kiste mit Lebensmitteln auf den Küchentisch. „Thane sagt, Gus sei vor Aufregung ganz aus dem Häuschen.“

„Wer ist hier?“ fragte Anna und nahm die Zuckertüte aus der Kiste.

„Der junge Mr. Stratton. Weiß nicht einmal, wie er mit Vornamen heißt. Niemand scheint das zu wissen.“

„Ist er ... ist er so wie sein Vater?“ fragte Anna zögernd.

Thomas lachte.

„Ich habe ihn noch nicht mit eigenen Augen begutachtet, aber nach dem zu urteilen, was die Leute so sagen, muß er wohl ein ziemlicher Großstadtmensch sein. Glaube kaum, daß er’s lange hier aushalten wird.“

„Thomas, sei nicht wie die anderen. Denk nicht gleich schlecht von ihm. Er hat ja noch überhaupt keine Gelegenheit gehabt, sich vorzustellen“, wies Anna ihn sanft zurecht.

Thomas ging zur Ecke und schöpfte sich eine Kelle kalten Wassers. Er trank in kräftigen Zügen, bevor er die Kelle wieder senkte. Mit einer schnellen Handbewegung ließ er den Rest des Wassers in das Spülbecken spritzen und tauchte die Kelle wieder in den Eimer.

„Du hast recht“, sagte er ernst. „Wir müssen ihm gegenüber fair sein.“

Auf dem Weg zur Tür streckte er die Hand aus und zerzauste Annas Haare.

„Ich muß jetzt auf das letzte Heufeld. Schick mir Derek nach draußen, sobald er mit seiner Arbeit hier fertig ist.“

Anna nickte und nahm Salz und Backpulver aus der Kiste. Dabei überlegte sie fieberhaft: Sollte sie einen Schokoladenkuchen oder lieber Fondantplätzchen für die Strattons backen? Sie fand es nach wie vor einfach unerhört, wie die Leute dem jungen Mr. Stratton einfach Schlechtes nachsagten, ohne ihn überhaupt zu kennen.

*

Es waren Fondantplätzchen, die Anna später am selben Tag zu den Strattons brachte. Wesentlich beherzter als bei ihrem ersten Besuch in dem großen Haus klopfte sie an die Tür. Über die Wochen hinweg war ihr der Gang über das Feld, um Charlie – oder Gus – zu besuchen, zur willkommenen Abwechslung geworden.

Bevor sie die Hand zum Anklopfen hob, blickte sie um sich. In dem Blumenbeet dort rechts blühten Blumen. Sie fragte sich, wer nur die Zeit oder das Interesse dazu aufgebracht haben mochte, um diese Blumen zu pflanzen. Es konnte eigentlich nur Charlie gewesen sein, der zwar nicht mehr der Jüngste war und den das Zipperlein plagte, doch der ein Auge für hübsche Dinge hatte.

Anna klopfte an und wartete darauf, daß Charlie seinen Kopf zur Tür herausstreckte. Als die Tür jedoch geöffnet wurde, stand ein Fremder vor ihr. Anna blinzelte, trat dann hastig einen Schritt zurück und spürte, wie sie rot wurde.

Sie hatte noch nie jemanden in einer solchen Kleidung gesehen. Unter dem langen, maßgeschneiderten Gehrock mit Kragenaufschlägen aus Samt trug der Mann eine dazu passende Weste. Eine Goldkette spannte sich von einem Kopfloch quer über seine Brust bis zur Seitentasche. Ein sorgfältig gebundenes Seidentuch, das er sich über den blendendweißen Stehkragen gebunden hatte, verlieh seiner ansonsten steif wirkenden Garderobe eine lässige Note. Als letztes fielen Anna noch die gestreifte Hose und die auf Hochglanz polierten Stiefel ins Auge, bevor sie sich auf ihre Manieren besann. Blitzschnell richtete sie den Blick wieder auf das Gesicht des Mannes.

Sein Teint war blaß und wirkte babyweich, als seien ihm

jegliche Sonnenstrahlen oder Regentropfen fremd. Und seine Haare sahen aus, als wären sie noch nie vom Wind zerzaust worden. Jede glänzende Strähne lag perfekt an ihrem Platz. Leichte Wellen deuteten auf von Natur aus lockiges Haar hin, doch Anna war sich irgendwie völlig sicher, daß keinerlei Widerspenstigkeit geduldet wurde, was diese Locken betraf.

Er wirkte so fremd, daß Annas Verwirrung groß war. Dieser Mann gehörte nicht der Welt an, in der sie zu Hause war. Sie wußte nicht einmal, wie sie ihn anreden sollte. Ihr Gesicht rötete sich noch tiefer.

„G...guten Tag“, stotterte sie endlich. „Ich ... ich hätte gern Mr. Stratton gesprochen.“

Der Gentleman tippte sich leicht an den Kopf, während sie sich anschickte, eine ihrer silberblonden Haarsträhnen zu befestigen, die sich in der Nachmittagsbrise gelöst hatte. Ihre blauen, vor Staunen geweiteten Augen und ihre geröteten Wangen verrieten, wie verlegen sie war.

Dann entbot er ihr ein Lächeln, kein kameradschaftliches Grinsen, wie Anna es von Charlie gewohnt war, sondern einfach nur ein Lächeln: weich, gerundet und beherrscht.

„Ich habe hoffentlich die Ehre, eine junge Dame aus der Nachbarschaft zu begrüßen“, sagte er mit einer tiefen, klangvollen Stimme, „aus der allernächsten Nachbarschaft.“

„Ich ... ich bin Anna“, murmelte sie und kam sich dabei sogar noch unbedarfter vor. „Ich ... ich hatte erwartet, daß Charlie ...“

„Charlie hat zu tun.“

„Oh, versteht sich. Eigentlich bin ich gekommen, um Mr. Stratton zu sprechen und ...“

„Tut mir leid“, sagte er freundlich, aber bestimmt. „Er kann keinen Besuch empfangen. Sein Zustand ist recht ernst.“

„Ich meine nicht den alten Mr. Stratton“, beeilte Anna sich zu erklären. „Ich meine den ... den neuen Mr. Stratton.“ Nun hatte sie sich zu allem Überfluß auch noch vollkommen ungeschickt ausgedrückt. „Mr. Strattons Sohn.“

Die Tür öffnete sich zu ihrer vollen Breite, und der jugendlich wirkende Gentleman trat zurück, um sie mit einer Handbewegung zum Hereinkommen einzuladen. Das Lächeln von vorhin war zurückgekehrt.

„Dieser Mr. Stratton würde sich über Ihren Besuch natürlich überaus freuen." Er bedeutete Anna, den Flur zu betreten. „Bitte kommen Sie doch in den Salon."

Anna stolperte hinter ihm her.

„Nehmen Sie Platz", fuhr er fort. „Ich lasse Gus einen Kaffee kochen – oder ziehen Sie Tee vor?"

Im Salon war Anna noch nie gewesen. Mit großen Augen studierte sie ihn nun, wobei ihr Blick von dem goldenen Damast des Sofas und der Sessel zu dem satten Mahagoni des Klaviers wanderte. Am liebsten hätte sie einfach nur dagestanden, um alles in sich aufzunehmen, doch der Mann neben ihr schien sie etwas gefragt zu haben. Sie richtete ihre Aufmerksamkeit wieder auf ihn und schüttelte den Kopf.

„Verzeihen Sie ... wie bitte?" murmelte sie.

„Tee oder Kaffee?" wiederholte er.

„Ich ... ich hätte lieber Tee", antwortete sie mühsam und besann sich dann auf die Blechdose, die sie noch in den Händen hielt. „Ich ... ich habe etwas Selbstgebackenes mitgebracht", sagte sie, „als Willkommensgruß für den ... den jungen Mr. Stratton ... als neuen Nachbarn sozusagen." Sie streckte dem Fremden die Blechdose entgegen.

So durcheinander war sie noch nie gewesen. War dieser junge Mann etwa Mr. Strattons Anwalt? Vielleicht war er als Begleiter seines Sohnes gekommen. Wenn er doch nur endlich aufhören wollte, sie anzusehen! Wenn doch Charlie endlich auftauchen würde!

„Bitte", sagte der junge Mann wieder, „nehmen Sie Platz. Ich bin sofort wieder da." Sobald Anna sich auf den Sessel gesetzt hatte, den er ihr angeboten hatte, verschwand er mit den Plätzchen.

Anna zog ihre Röcke sorgfältig zurecht und wischte sich die Hände an ihrem Taschentuch ab. Bevor sie sich weiter mit der Identität des rätselhaften Fremden oder der faszinierenden Umgebung beschäftigen konnte, hörte sie auch schon Schritte im Flur und sah Charlie den Salon betreten. Sie hätte ihm um den Hals fallen mögen. Er kam auf sie zu und nahm ihre zitternde Hand.

„Bist doch nicht etwa krank, Mädchen?“ fragte er, als ihm ihre geröteten Wangen und klammen Finger auffielen.

„Ach Charlie“, gestand sie, „ich habe mich ja so danebenbenommen! Ich ... ich bin gekommen, um Mr. Strattons Sohn als Willkommensgruß etwas Selbstgebackenes zu bringen, und ich ... ich hatte Sie – oder Gus – an der Tür erwartet, und dieser ... dieser Fremde hat mich vollkommen aus dem Konzept gebracht, und da habe ich wie ein dummes Schulmädchen dahergeplappert.“

Charlie musterte Anna argwöhnisch. Dann festigte sich sein Händedruck.

„Aus dem Konzept hat er dich gebracht, sagst du?“ Anna hörte Verärgerung aus seiner Stimme heraus.

„Nein, so meine ich's nicht. Er war natürlich die Höflichkeit in Person“, sagte sie hastig. „Es war halt nur so, daß ich Sie – oder Gus – erwartet hatte, oder vielleicht sogar Mr. Strattons Sohn, aber ...“

„Anna“, sagte Charlie und rüttelte sanft an ihrer Hand, „das *war* Mr. Strattons Sohn.“

Anna starrte Charlie aus großen Augen an. Das konnte Charlie unmöglich ernst gemeint haben. Sie wußte selbst nicht recht, wie sie sich den jungen Mr. Stratton eigentlich vorgestellt hatte; vielleicht eine jüngere Ausgabe des alten Mr. Stratton mit einem mißmutigen, wettergegerbten Gesicht, staubigen Stiefeln und einer groben Lederjacke.

„Doch nicht der?“

Charlie nickte nur.

„Aber ... aber er ist ja noch so jung!“

Wieder nickte Charlie.

„Er kann doch kaum älter als ... als Thomas sein!“ entfuhr es Anna.

„Nicht viel“, bestätigte Charlie.

„Aber ich dachte ... ich meine, ich habe ... nun ja, etwas ganz ... ganz anderes erwartet.“

„Verzeihen Sie, daß es so lange gedauert hat“, ertönte eine

kultivierte Stimme von der Tür her. „Ich konnte Gus nirgends finden; deshalb mußte ich den Tee selbst kochen. Ich hoffe sehr ..." In dem Moment bemerkte der junge Mann Charlie. „Ach, Charlie ..." sagte er und ließ die Worte unvollendet in der Luft hängen.

„Gus ist bei Ihrem Vater", erklärte Charlie und wandte sich wieder zu Anna um.

„Ich sehe zu, daß ich irgendwann mal abends bei euch hereinschaue", sagte er und drückte ihre Hand ein letztes Mal. Anna nickte und sah ihm nach, als er den Salon verließ.

„Zucker und Sahne?" erkundigte sich der junge Gastgeber nach einem peinlichen Schweigen.

„Nein ... nein, danke. Beides nicht", brachte Anna hervor, doch dann zwang sie sich zur Beherrschung. *Es gibt überhaupt keinen Grund zur Nervosität,* sagte sie sich. *Meine Mama hat mich gelehrt, mich wie eine Dame zu benehmen, und genau das werde ich jetzt auch tun.* Anna befahl ihrem pochenden Herzen und ihren zitternden Händen, sich zu beruhigen. Bald trank sie in dem großen Salon Tee, als hätte sie jahrelange Übung darin.

„Ich muß mich wirklich entschuldigen", sagte sie leise. „Ich hatte nicht damit gerechnet, daß Mr. Strattons Sohn so jung sein würde; deshalb war mir auch nicht klar, wer Sie waren, als Sie mir die Tür öffneten."

Er antwortete mit einem amüsierten Lächeln, das so vollkommen und gekonnt wie das vorige war.

„Ich habe Sie hoffentlich nicht allzusehr enttäuscht", sagte er.

Zu ihrem eigenen Entsetzen stellte Anna fest, daß sie zur Antwort mit den Wimpern geklimpert hatte.

„Nun müssen Sie mir aber etwas über sich selbst erzählen", forderte er sie charmant auf. „Sie sind also Anna. Haben Sie auch einen Nachnamen, Anna?"

Sie lachte ein silberhelles Lachen und sah dem jungen Mann geradewegs in die Augen. „Meine Güte, ich habe mich vorhin ja furchtbar dumm aufgeführt, nicht wahr?" gestand sie und beeilte sich fortzufahren: „Ich heiße Anna Peterson."

„Und wo wohnen Sie?“

Anna taute immer mehr auf und beschloß, den Nachmittagstee in vollen Zügen zu genießen.

„Man könnte sagen, ich wohne hinter dem Stoppelfeld“, antwortete sie, „aber richtiger würde es wohl heißen: Auf der Farm, die links an Ihren Grundbesitz angrenzt. Oder noch besser gesagt: Auf einer der Farmen auf der linken Seite. Ihr Grundbesitz erstreckt sich immerhin so weit, daß auf jeder Seite mehrere Farmen angrenzen.“

Diesen Hinweis auf das Strattonsche Vermögen quittierte er mit einem leichten Lächeln und einem Kopfnicken.

„Und Sie sind der Gnadenengel, der Charlie und Gus mit Nahrung versorgt hat, seitdem mein Vater krank ist.“

Es war als Kompliment an sie gemeint, doch einen Moment lang wollte ihr der Atem stocken. Eine vergessene Erinnerung wurde in ihr wach:

Ein kleines Mädchen mit silberblonden, im Wind flatternden Zöpfen, das in die ausgestreckten Arme eines Mannes mit derselben Haarfarbe gelaufen kam. Hochgewachsen war er, der Mann, und er hatte breite Schultern und kräftige Arme, und als er das kleine Mädchen auffing und an seinen Brustkorb drückte, hörte sie ihren Vater sagen: „Wie geht’s denn meinem kleinen Engel?“

Ach, richtig, dachte sie. *So hat Vater mich genannt. Ich hatte es schon ganz vergessen.* Anna zwang sich, zur Gegenwart zurückzukehren, um dem jungen Mann, der ihr da gegenüber saß, eine Antwort zu geben.

*

Die Petersons spielten wieder ihr Erinnerungsspiel. Anna konnte es kaum erwarten, an die Reihe zu kommen, um ihren Geschwistern von dem Kosenamen zu erzählen, mit dem ihr Vater sie angeredet hatte.

Wie immer durfte Sara zuerst erzählen.

„Ich weiß noch ... ich weiß noch ...“, sagte sie und zog vor lauter Nachdenken die Stirn kraus. Dann leuchteten ihre

Augen auf. „Ich weiß noch, wie Papa mit mir in den Zirkus gegangen ist und mir jede Menge Süßigkeiten gekauft hat, und riesige Elefanten hat er mir gezeigt, und Bären, die auf den Hinterbeinen gehen konnten, und ..."

„Sara", fiel Louise ihr ungnädig ins Wort, „du bist noch nie im Zirkus gewesen."

„Bin ich wohl", begehrte Sara auf, und ihre Unterlippe schob sich ein Stück vor.

„Nein, bist du nicht", beharrte Louise, bevor jemand anders einschreiten konnte. „Hier hat's doch noch nie einen Zirkus gegeben."

„Louise hat recht", sagte Anna bedacht. „Du mußt es wohl geträumt haben."

Louise ging längst nicht so diplomatisch wie Anna mit ihrer jüngeren Schwester um.

„Das ist gelogen", fällte sie ihr Urteil über Sara. „Wir sollen nie lügen."

Saras vorgeschobene Lippe begann zu zittern, und dann ergoß sich auch schon eine Tränenflut.

„Ich kann mich einfach an nichts erinnern", schluchzte sie. „Alle haben mehr zu erzählen als ich."

Anna nahm die kleine Sara in die Arme und tröstete sie.

„Ist ja gut", flüsterte sie. „Ist ja schon gut. Deshalb spielen wir doch gerade das Spiel, weißt du denn nicht mehr? Wir spielen es doch, damit die von uns, die mehr Erinnerungen haben, sie an dich weitergeben können. Ist doch schon gut!"

Endlich hatte Sara sich wieder beruhigt, und Anna betrachtete es als ihre Pflicht, ein paar klärende Worte zu sagen.

„Aber Louise hatte recht. Du darfst niemals eine Geschichte als wahr zum besten geben, wenn sie das gar nicht ist. Papa und Mama hätten so etwas nicht geduldet. Danach mußt du dich in Zukunft richten."

Nach dieser Ermahnung ging das Spiel weiter.

„Ich weiß noch", sagte Louise, „wie Papa eine riesig große Kiste Äpfel aus der Stadt mitgebracht hat, und wie er mir einen geschenkt hat – bevor Mama Kuchen oder Mus daraus machen konnte. Lecker hat er geschmeckt!"

Sogar Sara mußte lachen, als Louise die Augen verdrehte und sich den Magen rieb.

Als nächster war Derek an der Reihe. In letzter Zeit hatte er ein wenig offener mit seinen Geschwistern geredet, und seine Beiträge zu dem Spiel waren etwas ausführlicher geworden. Dennoch waren Thomas und Anna sich darüber im klaren, daß seine inneren Wunden noch tief waren.

„Ich weiß noch ...", begann Derek, doch dann grub sich eine Falte in seine Stirn. Er schluckte mühsam und schien sich zum Weitersprechen durchzuringen. „Ich weiß noch, wie ... wie Mama starb."

Annas Atem stockte. Thomas sah aus, aus wolle er seinem jüngeren Bruder eine Hand entgegenstrecken, doch dann zog er sie schnell zurück.

„Ja?" machte er ihm Mut.

„Ich weiß noch, wie ich ihr ... die Schale von einem Vogelei bringen wollte ... sie war in zwei Teile zerbrochen ... der kleine Vogel war schon ausgeschlüpft ... aber ich wußte, wie gern sie sie gesehen hätte."

Er unterbrach sich und schluckte noch einmal. Seinen Blick hatte er starr auf seinen leeren Teller geheftet.

„Ich bin auf Zehenspitzen in ihr Schlafzimmer gegangen ... ich dachte, daß sie vielleicht schläft ... und dann habe ich ... dann habe ich ihre Hand angefaßt."

Wieder machte Derek eine Pause, und Anna befürchtete schon, er werde nicht weitersprechen können.

„Sie war kalt", brachte er nach einiger Zeit hervor. „Ich ... ich habe ihr etwas zugeflüstert, aber sie hat die Augen nicht aufgemacht. Dann habe ich versucht sie wachzurütteln ... ganz vorsichtig."

Eiskalte Stille erfüllte die Stube. Niemand bewegte sich. Keiner nahm den Blick von dem blassen Gesicht des Bruders.

„Dann habe ich sie fester geschüttelt ... aber sie ist trotzdem nicht aufgewacht. Ich habe Angst bekommen. Ich habe sie noch einmal geschüttelt. Dann habe ich angefangen zu weinen, und dann ... dann ist Mrs. Barrows zur Tür hereingekommen und hat mich angeschaut, und dann hat sie so ein ernstes

Gesicht gemacht und gesagt: ‚Deine Mama ist nicht mehr, Junge. Darfst nicht weinen. Bist doch schon ein großer Junge‘, und ich bin an ihr vorbeigerannt und bin gerannt und gerannt, bis ich keine Luft mehr bekam, und ...“

Nun strömten ihm die Tränen ungehindert über das Gesicht. Thomas streckte den Arm nach ihm aus, zog ihn an sich und umarmte ihn. Mit tränenverschleierten Augen führte Anna die beiden Mädchen, die nun ebenfalls weinten, aus der Küche. Im Vorbeigehen hörte sie Thomas mit sanfter Stimme sagen: „Schon gut. Weine nur einfach. Wein dich ruhig aus. Papa hat nie gesagt, ein Mann dürfte nicht weinen, wenn er einen Grund dazu hat.“

Das rauhe Zittern in seiner Stimme verriet Anna, daß auch ihm die Tränen gekommen waren.

„Lieber Gott“, betete sie, „hilf du doch dem armen kleinen Derek. Wasch du diesen ... diesen entsetzlichen Schmerz aus seiner Erinnerung ... und heile du sein Herz. Laß ihn frei von dem werden, was gewesen ist, damit das Leben für ihn weitergehen kann.“

Der Geburtstag

„Geh du doch allein. Für Feste habe ich eigentlich gar keine Zeit“, sagte Anna zu Thomas. *Außerdem liegt Trudie sowieso nur an dir,* dachte sie, ohne es auszusprechen.

Thomas schüttelte den Kopf.

„Kommt nicht in Frage. Wenn du nicht gehst, dann gehe ich auch nicht.“

Über seine Antwort war Anna eine Spur verärgert und überrascht. So dickköpfig kannte sie ihren Bruder eigentlich gar nicht.

„Um ehrlich zu sein, habe ich mich auf dem letzten Fest nicht besonders gut amüsiert, und außerdem lasse ich nicht gern die ...“

„Sie haben sich letztes Mal prima selbst versorgt, weißt du noch?“

Anna mußte zugeben, daß die Kinder für ein paar Stunden glänzend ohne Thomas und sie zurechtgekommen waren.

„Ich sehe wirklich keinen Grund, weshalb ...“

Doch Thomas schnitt ihr kurzerhand das Wort ab.

„Du brauchst dringend eine Abwechslung. Letztes Mal hast du dich nicht gut amüsiert, weil du vergessen hast, wie man das überhaupt macht. Du bist doch keine alte Oma, Anna. Du bist erst siebzehn.“

„Achtzehn“, berichtigte Anna ihn mit einem tiefen Seufzer.

„Also schön, achtzehn“, stimmte Thomas zu. „Morgen wirst du achtzehn. Aber das sind noch längst keine achtzig, und so benimmst du dich im Augenblick. Jetzt mach dich mal schnell hübsch, und dann gehen wir zu dem Fest – und zwar möglichst, bevor es vorbei ist und die anderen uns alles vor der Nase weggegessen haben!“

Widerwillig riß Anna sich von ihrem Stuhl los und legte den Strumpf beiseite, den sie gerade gestopft hatte. Nach einem Fest war ihr ganz und gar nicht zumute, besonders nicht nach einem Gartenfest bei Trudie.

Sie brauchte nicht lange dazu, sich umzuziehen und ihre Haare ordentlich hochzustecken. Sie puderte sich leicht die Nase mit feinem Mehl und steckte sich ein sauberes Taschentuch ein. Der Abend würde ziemlich öde für sie werden, das wußte sie genau, doch Thomas schien sehr an diesem Fest zu liegen, und sie mochte kein Spaßverderber sein. Immerhin war auch Thomas noch kein Greis, und auch er hatte auf manches Vergnügen verzichten müssen.

Der Abend konnte recht kühl werden; deshalb nahm sich Anna vorsorglich einen Umhang mit. An der Küchentür wartete Thomas schon auf sie.

Anna war innerlich schon auf einige trotzige Widersprüche von Louise gefaßt, denn diese hielt sich für alt genug, um zu den verschiedenen Festen der jungen Leute aus der Umgebung eingeladen zu werden. Zudem war Louise natürlich ganz und gar nicht von den Pflichten angetan, die sie an diesem Abend erwarteten.

Anna hatte alle drei Kinder an den Küchentisch geschickt, wo sie ihre Lektionen wiederholen sollten. Sie hielt es für nützlich, daß die Kinder während der Sommermonate den Unterrichtsstoff vom vergangenen Schuljahr noch einmal durcharbeiteten. Oft protestierten sie lautstark und meinten, daß keine andere Mutter soviel von ihren Kindern verlangte, doch Anna ließ sich nicht erweichen, und ein Abend pro Woche wurde von ihr zum „Schulabend" erklärt.

Anna war schon im Begriff, sie ausnahmsweise von den Schularbeiten zu befreien und ihnen statt dessen zu erlauben, ein Buch ihrer eigenen Wahl zu lesen; es war irgendwie unfair, daß die Kinder zu Hause Schularbeiten machen mußten, während sie zu einem Fest ging. Als sie jedoch die Küche betrat, waren alle drei schon fleißig bei der Arbeit. Louise hob kaum den Kopf.

„Wir bleiben nicht lange fort", versprach Anna, was nur

Derek zur Kenntnis nahm, indem er kurz aufsah und nickte. Louise und Sara hatten den Blick auf ihre Bücher geheftet. Anna zuckte mit den Achseln.

Thomas half ihr auf den Kutschwagen, und dann fuhren sie auch schon los. Der Himmel war klar, und der Mond ging gerade auf. Anna beschloß, ihre schlechte Laune zu vergessen und die Kutschfahrt zu genießen. Die Felder mit dem reifenden Korn neben der Straße versprachen eine gute Ernte.

Lieber Gott, hilf doch, daß dem Getreide nichts zustößt, betete Anna im stillen. *Wir brauchen es so dringend. Die Kinder brauchen neue Kleidung für die Schule. Sie wachsen so schnell, daß ich kaum mitkomme. Und Thomas ... es ist schon Jahre her, daß er einen neuen Anzug bekommen hat; ich habe doch schon jeden Saum und jede Naht ausgelassen, und trotzdem sieht er eher wie ein kleiner Junge aus, der einen Schuß in die Höhe getan hat, als wie ein Mann. Das ist ihm bestimmt selbst peinlich, Herr, auch wenn er nie etwas darüber sagt.*

Anna warf einen verstohlenen Blick auf Thomas. Er hatte nun fast die Größe, die ihr Vater gehabt hatte. Jeden Tag erinnerte er sie mit seinem Aussehen und seiner Gestik mehr an Papa.

Thomas hatte wohl ihren Blick auf sich gespürt. Er wandte sich zu ihr um und warf ihr ein Grinsen zu.

„Bist du noch immer sauer?" spaßte er.

Anna senkte den Kopf. Wie konnte sie Thomas nur böse sein? Er hatte es verdient, auch einmal auf seine Kosten zu kommen. Wenn ihm so sehr an dem Fest lag, dann würde sie halt mitfeiern. Trotzdem war ihr noch immer nicht klar, weshalb er so felsenfest darauf bestanden hatte, daß sie mitkam.

Sie lächelte Thomas zaghaft an.

„Nein. Ich bin nicht sauer", antwortete sie, und dann wurde aus dem zaghaften Lächeln ein volles.

„Gut!" sagte er nur und wandte seine Aufmerksamkeit wieder den Pferden zu.

Eine Zeitlang schwiegen beide. Dann wandte Anna sich unvermittelt zu ihrem Bruder um und fragte ihn geradeheraus: „Thomas, wenn dir alle Möglichkeiten offenstehen würden ...

ich meine, wenn du dir frei aussuchen könntest, welchen Beruf du ausübst, wärst du dann gern ein Farmer?“

Thomas sah sie an, und seine Augen wirkten eine Spur dunkler. Er schien nicht recht auf die Frage antworten zu wollen, doch dann schüttelte er langsam den Kopf.

„Macht dir die Farmarbeit keine Freude?“

„So würde ich's vielleicht nicht gerade ausdrücken. Ich ... ich könnte mir eben etwas anderes vorstellen, was ich lieber täte.“

„Davon habe ich ja überhaupt nichts geahnt“, sagte Anna leise. „Andererseits habe ich auch noch nie darüber nachgedacht.“

Wieder herrschte Schweigen. Schließlich knüpfte Anna wieder an das Thema an.

„Und was schwebt dir da vor?“ fragte sie.

„Forschung“, antwortete er, ohne zu zögern. „Zuchtversuche mit Getreide und Obst und dergleichen.“

Anna nickte. Das hätte sie sich eigentlich denken können. Thomas war ja ständig mit seinem Getreide und seinen Saatkreuzungen beschäftigt.

„Aber das tust du doch jetzt schon“, wandte sie ein.

„Nicht in dem Ausmaß, wie ich es gern täte. Ich habe keinen Platz, keine entsprechende Ausbildung und keine Geräte; und viel zu wenig Zeit“, schloß er seufzend.

Anna nickte. Es stimmte; er hatte tatsächlich sehr wenig Zeit, und ihm fehlte die Ausrüstung und der Platz zum Arbeiten. Mehr als einmal waren ihm seine kostbaren Pflanzen erfroren, was ihn mit seinen Experimenten ein großes Stück zurückgeworfen hatte. Anna hatte noch nie darüber nachgedacht, wie enttäuscht er deswegen gewesen sein mußte.

Schweigend fuhren sie weiter. Anna dachte über den Traum nach, von dem Thomas ihr gerade erzählt hatte. *Wenn die Kinder nicht wären,* dachte sie, *dann könnte Thomas sich vielleicht vollzeitlich seinen Zuchtversuchen widmen. Ich könnte mir eine Arbeit suchen oder ...* Aber das waren alles nur Luftschlösser. Die Kinder waren darauf angewiesen, daß Thomas für ihren Lebensunterhalt sorgte.

„Und du?“ fragte Thomas.

Anna wurde aus ihren Gedanken gerissen und sah ihren älteren Bruder an. Sie zuckte mit den Achseln und zupfte an ihrem Umhang herum.

„Ach, ich weiß selbst nicht. Eigentlich gar nichts. Zumindest nichts in der Art wie du. Früher habe ich oft gedacht, ich wäre gern Lehrerin geworden, doch jetzt nicht mehr. Aber ich wäre gern noch länger zur Schule gegangen, einfach um dazuzulernen. Ich mußte schon so früh mit der Schule aufhören. Andererseits hört man ja eigentlich nie auf zu lernen – aus Büchern und ... und dem Leben selbst. Ich kann schließlich auch die Schulbücher lesen, die die Kinder aus der Schule mitbringen.“

„Ist das der Grund, weshalb du so ... so ...“ Thomas fehlten die Worte.

Anna wußte, daß Thomas fand, sie sei zu streng mit den Kindern, was deren Schulaufgaben betraf. Er war noch nie völlig damit einverstanden gewesen, daß sie während des Sommers Schulaufgaben verlangte, doch er hatte sie immer unterstützt.

„Ist das der Grund, weshalb du so fest darauf bestehst, daß die drei das meiste aus der Schule herausholen?“ beendete er seine Frage.

Anna nickte.

„Es ist eine solche Vergeudung, die Schuljahre nicht bis ins letzte auszunutzen. Sie sind ja ohnehin viel zu bald vorbei, und dann fängt der Ernst des Lebens an, so daß einem keine Zeit mehr bleibt, aus Büchern zu lernen“, sagte Anna nüchtern.

Thomas nickte.

„Trotzdem“, sagte Anna zögernd, „hätte ich ihnen die Schularbeiten heute abend beinahe erlassen. Ich fand es einfach nicht gerecht, daß wir zu einem Fest fahren, während sie mit ihren Fibeln am Küchentisch sitzen müssen. Aber sie waren derartig in ihre Arbeit versunken, als wir losfuhren, daß ich sie lieber nicht stören wollte.“ Dann wechselte Anna das Thema. „Wer kommt denn alles zu dem Fest?“ erkundigte sie sich.

„Die übliche Besetzung, schätze ich“, antwortete Thomas.

Anna wunderte sich darüber, daß seine leicht dahingesagte Antwort gar nicht zu seinem wissenden Gesichtsausdruck passen wollte.

„Sag schon: Wer kommt außer uns?“ wiederholte sie.

„Das werden wir wohl sehen, wenn wir dort sind.“ Mehr war aus Thomas nicht herauszubekommen, und er schnalzte den Pferden zu.

Als sie auf dem Hof der Sommers' ankamen und Anna die Zahl der Gespanne sah, die an den Zaunpfählen festgebunden standen, kam sie zu dem Schluß, die gesamte Nachbarschaft habe sich eingefunden.

„Trudie scheint ja ein riesiges Fest zu geben“, murmelte sie.

Thomas band das Gespann am Zaun fest und reichte Anna den Arm. Sie nahm ihn und ließ sich von Thomas um das Wohnhaus in den Garten führen. Niemand schien sich dort aufzuhalten, und Anna war im Begriff, Thomas vorzuschlagen, es statt dessen mit der vorderen Haustür zu versuchen.

Als sie um die Ecke kamen, explodierte ihnen plötzlich ein Stimmengewirr entgegen: „Da ist ja das Geburtstagskind!“ „Hoch soll sie leben!“ „Herzlichen Glückwunsch zum Geburtstag!“ Aus allen Richtungen schlugen Anna die Rufe entgegen, und hinter jedem Busch und Baum kam ein Kopf zum Vorschein.

Anna schnappte nach Luft, und Thomas mußte die Hand, die in seinem Arm ruhte, fester halten.

Erst jetzt fielen Anna die Luftschlangen auf, mit denen die Bäume geschmückt waren. Doch dann bot sich ihr ein noch erstaunlicherer Anblick: Da standen Derek, Louise und Sara in ihren besten Sonntagssachen und riefen mit den anderen um die Wette: „Hoch soll sie leben!“

„Wie kommt ihr denn hierher?“ stotterte Anna.

„Wir sind übers Feld gelaufen“, gab Louise fröhlich Auskunft, und jetzt wußte Anna auch, weshalb sie alle so fleißig über ihren Büchern gebrütet hatten. Wie schön, daß Louise endlich zu ihrem ersehnten Gartenfest kam!

Der ganze Abend war ein einziger Wirbel für Anna. Sie war noch nie der Ehrengast eines Festes gewesen – und sie wußte nicht recht, ob sie es genoß, nun im Mittelpunkt der allgemeinen Aufmerksamkeit zu stehen. Dennoch wußte sie all die Mühe zu schätzen, die Trudie sich mit dieser Feier gemacht hatte. Sie nahm sich vor, ihrer Freundin in Zukunft mit mehr Freundlichkeit und Toleranz zu begegnen – bis sie sie wieder um Thomas herumscharwenzeln sah. *Ist ja allerhand, wieviel Zeit und Geld sie aufgebracht hat, nur um Thomas hierher zu locken,* dachte Anna. Bis jetzt hatte Thomas alle Einladungen zu weiteren Festen ausgeschlagen, die Trudie organisiert hatte. Anna schüttelte den Kopf. Manche Mädchen waren unglaublich töricht.

Anna stellte fest, daß Thomas nicht den gesamten Abend in Trudies unmittelbarer Gesellschaft verbrachte. Er mischte sich unter die übrigen Gäste und unterhielt sich munter mit ihnen. Er schien das Gartenfest wirklich sehr zu genießen.

Derek blieb anfangs ein wenig am Rande des Geschehens, doch dann schloß er sich den anderen Jungen in seinem Alter an. Den größten Teil des Abends verbrachten sie damit, dazusitzen und die älteren Jungen zu beobachten. Anna vermutete, daß sie die Jugendlichen so genau im Auge behielten, damit sie Bescheid wußten, wie sie sich später einmal zu verhalten hatten.

Louise war geselliger veranlagt und versuchte mehrfach, sich unter die älteren Mädchen zu mischen. Anna wußte, wie sehnlich sie in deren Unterhaltung einbezogen werden wollte, doch wie unsicher sie sich zugleich dabei fühlte. Ihre Schwester tat ihr von Herzen leid. „Es braucht halt einfach Zeit“, flüsterte sie lautlos. „Überstürze nichts, Louise. Du wirst früh genug erwachsen!“

In den Augen der meisten Gäste war Sara noch ein kleines Mädchen und wurde daher mit allerhand Aufmerksamkeit bedacht. Sara genoß es, verwöhnt zu werden, und schien der Meinung zu sein, sie habe jedes freundliche Wort und jedes Lächeln voll und ganz verdient. Sie hüpfte putzmunter umher und nahm jeden Leckerbissen an, der ihr zugesteckt wurde.

Die jungen Leute spielten einige Gesellschaftsspiele und hatten viel Spaß miteinander. Dann mußte Anna den riesigen

Geburtstagskuchen anschneiden und jedem Gast ein Stück davon bringen. Als sie mit dem Servieren fertig war, hatten die ersten schon ihren Kuchen aufgegessen und plauderten und scherzten munter weiter. Trudie schlug vor, gemeinsam Lieder zu singen und sah Thomas fragend an.

„Lieber nicht heute abend", antwortete er. „Wenn ich einmal mit dem Singen anfange, mag ich nicht aufhören, und dabei muß ich die Kleinen bald nach Hause bringen."

Louise warf Thomas einen mürrischen Blick zu.

„Anna kann natürlich bleiben", fügte Thomas hinzu. „Ich lasse ihr das Gespann hier, und wir laufen übers Feld."

„Ich fahre sie gern nach Hause", erbot sich Thane.

„Aber ich ... ich muß eigentlich ..." wollte Anna widersprechen.

„Unsinn", wehrte Thomas ab. „Dies ist dein Geburtstagsfest. Du bleibst hier und singst. Ich bringe die Kinder schon allein ins Bett."

Louise schob traurig die Unterlippe vor, doch ein Wort ihres älteren Bruders brachte das Schmollen augenblicklich zum Verschwinden. Anna hätte gern gewußt, was Thomas ihr da zugeflüstert hatte.

Trudie machte ein ebenso unerfreutes Gesicht wie Louise. Einen Moment lang stand sie schweigend da. Dann warf sie ihre roten Haare über die Schulter und ging auf Thomas zu. Sie legte ihm eine Hand auf den Ärmel und sah zu ihm auf, wobei ihre langen Wimpern leicht flatterten.

„Du könntest doch wiederkommen, nachdem du sie zu Bett gebracht hast", hörte Anna sie sagen.

„Vielleicht. Mal sehen", nickte Thomas, als Anna sich umwandte.

Thomas rief die drei jüngeren Geschwister, und gemeinsam machten sie sich auf den Weg. Zum Abschied riefen sie ihr Dankeschön in alle Richtungen. Sie hatten das Fest in vollen Zügen genossen, und Anna war um ihretwillen froh, daß sie sich zum Mitkommen hatte überreden lassen.

Das Liedersingen begann, und Anna fand sich zwischen den beiden Pfarrerssöhnen wieder. Sie sangen aus voller Kehle mit, der eine Baß, der andere eine Art Tenor – es wollte ihm nie recht gelingen, den richtigen Ton zu erwischen.

Die schiefen Töne nahm Anna gern in Kauf, doch der unaufhörliche Wettstreit um ihre Aufmerksamkeit ging ihr auf die Nerven.

„Ich bin gerade neunzehn geworden", teilte Roger ihr mit.

Anna beglückwünschte ihn.

„Und ich bin nur ein halbes Jahr jünger", verkündete Peter auf der anderen Seite und rückte noch ein Stück näher an sie heran, was ihr ausgesprochen unangenehm war.

Ein neues Lied wurde angestimmt, und Anna sang von Herzen mit. Sie war froh, daß die Unterhaltung vorerst beendet war.

In der nächsten Pause flüsterte Peter ihr ins Ohr: „Möchtest du noch was? Kuchen oder Bowle oder sonst irgendwas?"

Anna lehnte dankend ab.

„Soll ich dir deinen Umhang holen?" erbot Roger sich und zeigte auf den Busch, an dem Annas Umhang noch hing.

Es war Anna ein Rätsel, wie er nur auf die Idee kommen konnte, sie brauche ihren Umhang. Sie fühlte sich dermaßen eingezwängt, daß ihr eher zu heiß als zu kalt war.

„Nein, danke. Das ist nicht nötig", antwortete sie.

„Schöner Abend heute, nicht?" sagte Roger. „Die Sterne sieht man bestimmt besser, wenn man ein Stück vom Lagerfeuer weggeht. Hast du Lust zu einem kleinen Spaziergang?"

Auch dieses Angebot schlug Anna aus.

Sie drehte sich ein wenig um und erblickte Thane, der links von ihr stand. Es war nicht schwer, seine Aufmerksamkeit zu erlangen.

Lautlos formte sie die Worte: „Ich möchte gern nach Hause", und er schien sie auch gleich von ihren Lippen abgelesen zu haben. Unverzüglich kam er auf sie zu, reichte ihr die Hand und half ihr vom Rasen auf.

Anna lächelte den beiden enttäuschten jungen Männern zu und bahnte sich einen Weg zu Trudie.

„Wenn du nach Hause kommst, richte Thomas doch bitte aus ...", begann Trudie.

Anna nickte, bedankte sich für das Geburtstagsfest und verabschiedete sich, bevor Trudie auf ihren angefangenen Satz zurückkommen konnte.

Es war ein herrlicher Abend. Selbst jetzt brauchte Anna ihren Umhang nicht. Sie warf ihn achtlos über die Rückenlehne des Wagensitzes und sah mit einem tiefen Seufzen zu dem Sternenmeer über ihr hoch. Der Mond tauchte die Welt um sie her in ein silberfarbenes Zauberlicht.

„Hast du dich gut amüsiert?“ fragte Thane.

„Eigentlich schon, glaube ich“, antwortete Anna. Mit Thane hatte sie seit jeher vollkommen offen geredet. Außerdem kannte er sie so gut, daß sie ihm kein X für ein U vormachen konnte. „Das war die größte Überraschung meines Lebens! Ich hätte mir ja nie träumen lassen, daß überhaupt jemand an meinen Geburtstag denken würde.“

Sie schwiegen eine Weile lang, doch dann fragte Anna unvermittelt: „Sag mal, hat Thomas eigentlich je mit dir darüber gesprochen, daß er gern Forschungen mit Saatgut betreiben würde?“

„Er zeigt mir immer seine neusten Pflanzen.“

„Nein, ich meine seinen Traum, Versuche mit Saatgut und dergleichen in ... Wo macht man eigentlich solche Versuche?“

„In einem Labor vielleicht – oder auf kleinen Versuchsfeldern oder so.“

„Egal, wo. So etwas würde er jedenfalls gern beruflich machen.“

Thane nickte. Das schien ihn keineswegs zu überraschen.

„Und du? Was würdest du gern machen?“ erkundigte Anna sich. „Angenommen, dir ständen alle Möglichkeiten frei.“

„Dann würde ich ein hübsches Mädchen heiraten“, kam Thanes Antwort wie aus der Pistole geschossen.

„Jetzt mal im Ernst!“ protestierte Anna und versetzte ihm einen Rippenstoß.

„Das war mein Ernst“, beharrte er, doch in seiner Stimme klang ein Grinsen mit.

„Nein, sag mal ehrlich. Was würdest du machen, wenn dir alle Berufe freiständen?“

„Dann würde ich eine Farm bewirtschaften“, sagte Thane, und Annas Überraschung hätte nicht größer sein können.

„Eine Farm bewirtschaften?“ wiederholte sie. Sie sah ihn an. Im Mondlicht waren ihre Augen groß. „Wirklich?“ fragte sie.

„Was glaubst du wohl, weshalb ich so häufig bei euch zu Besuch bin?“ fragte er zurück, und Anna konnte das Grinsen wieder aus seiner Stimme heraushören.

„Du machst ja nur Spaß“, sagte sie.

Seine Stimme wurde ernster.

„Du wolltest die Wahrheit hören. Die echte Wahrheit. Also gut. Ich würde tatsächlich am liebsten Farmer werden. Es hat mir schon immer großen Spaß gemacht, Tom zu helfen und mehr über Aussaat und Ernte und die Versorgung der Tiere zu lernen. Aber das ist nicht der Grund, weshalb ich jede freie Minute bei euch verbringe.“

Anna wußte, daß es ihm jetzt ernst war.

„Überrascht dich das?“

„Ja“, sagte Anna, „sehr. Weiß ... weiß dein Pa Bescheid?“

„Über meinen Traum vom Farmerdasein – oder über meinen Grund, ständig bei euch zu Besuch zu sein?“ Thane schwieg einen Moment lang und fuhr dann fort: „Die Aussichten, daß ich je eine Farm bewirtschaften werde, sind nicht gerade rosig. Deshalb habe ich auch noch keinem davon erzählt.“

Anna nickte langsam und streckte dann die Hand aus, um sie auf Thanes Arm zu legen. Thane erwiderte diese Geste, indem er ihren Handrücken drückte.

„Ist doch wirklich sonderbar“, sagte Anna. „Thomas bewirtschaftet eine Farm und würde dabei viel lieber etwas anderes machen. Du arbeitest bei deinem Vater in einem gutgehenden Geschäft in der Stadt – aber am liebsten wäre dir eine Farm. Das Leben ist zuweilen ein Riesendurcheinander, nicht?“ Anna seufzte tief.

„Und du?“ fragte Thane.

„Ich ... ich wünsche mir, daß ihr beide glücklich werdet“, antwortete Anna aus tiefster Seele.

„Aber für dich selbst?“ fragte Thane weiter. „Was wünscht du dir für dich selbst?“

„Ach, ich weiß selbst nicht recht“, seufzte Anna, doch ihre Augenwinkel füllten sich mit Tränen. „Vorläufig ... vorläufig will ich einfach nur für die Kinder dasein ... will versuchen, sie so großzuziehen, wie Mama es getan hätte. Aber das schaffe ich nie. Das ist viel zu schwer für mich, Thane.“

„Du machst deine Sache prima“, widersprach Thane und drückte ihr sachte die Hand.

Anna zog ihr Taschentuch hervor und tupfte sich über die Augen. Dann hob sie ihr Kinn ein wenig. Sie war bereit, ihre Aufgabe in Angriff zu nehmen.

„Und wie stellst du dir deine eigene Zukunft vor?“ bohrte Thane weiter. „Die Kinder werden dich nicht ewig brauchen. Meinst du nicht auch, daß es dir zusteht, dir Gedanken über deine eigene Zukunft zu machen?“ Er schaute sie eindringlich an.

„Das weiß ich selbst nicht“, sagte Anna wahrheitsgemäß. „Ich bemühe mich, nicht über den Punkt hinauszudenken, an dem die Kinder auf eigenen Füßen stehen können.“

Sie erreichten den Hof, und Thane stieg aus dem Buggy, um Anna beim Aussteigen zu helfen. Er begleitete sie bis zur Veranda und ging mit ihr die Stufen hinauf.

„Müde?“ erkundigte er sich.

Anna antwortete mit einem Achselzucken.

„Ja, ich glaube schon. Schlafen kann ich zwar bestimmt noch nicht, aber am besten gehe ich jetzt ins Haus. Vielleicht möchte Thomas gern zum Singen zurückgehen.“

„Wolltest du deshalb schon so früh aufbrechen?“

Anna lachte ein weiches, belustigtes Lachen.

„In Wirklichkeit“, vertraute sie ihm an, „wollte ich nach Hause, weil mich diese Merrifield-Söhne von beiden Seiten belagerten.“

„Das ist mir auch aufgefallen“, sagte Thane, und es klang eine Spur ungehalten. „Ich hätte sie am liebsten mit den Köpfen aneinandergestoßen ...“

„Eigentlich war es ohnehin Zeit zu gehen“, beeilte Anna

sich zu antworten. „Vielen Dank fürs Nachhausebringen. Jetzt muß ich aber ins Haus.“

„Ich ... ich habe noch etwas für dich, bevor du gehst.“ Thane langte in seine Jackentasche.

„Aber was ...“, begann Anna.

„Ein kleines Geburtstagsgeschenk.“

„Aber Thane!“ rief Anna. „Das hättest du nicht ...“

„Mach mir bloß keine Vorschriften, was ich zu tun und zu lassen habe“, lachte er. „Dreh dich mal um“, bat er sie, und Anna gehorchte.

Er griff mit den Armen um ihre Schultern und legte ihr etwas um den Hals. Im Mondlicht sah sie es glänzen, doch es war zu dunkel, um es deutlich zu erkennen. Thane befestigte es geschickt, und dann spürte Anna etwas auf ihrem Kopf. Ihr Atem stockte. Es war beinahe, als ... als hätte er sie auf den Kopf geküßt, wie ihr Papa es oft bei ihrer Mama getan hatte. *Aber nein. So etwas würde Thane nie tun.*

„So, bitte“, sagte er, die Lippen dicht an ihrem Ohr. „Herzlichen Glückwunsch zum Geburtstag! Und ich wünsch' dir noch viele, viele schöne Geburtstage.“

„Danke“, sagte sie und wußte selbst nicht, warum sie plötzlich so leise redeten. „Danke. Ich kann's kaum erwarten, ins Licht zu kommen, damit ich besser sehen kann ...“

Er lachte. Es war ein weiches, fröhliches Lachen.

„Na, dann lauf nur! Träum schön!“

Sie ging ein paar Schritte, dann überlegte sie es sich anders und kehrte um. Thane hatte sich noch nicht vom Fleck gerührt.

„Thane“, sagte sie mit fast atemloser Stimme, „hab Dank für ... einfach für alles.“ Sie stellte sich auf die Zehenspitzen und hauchte ihm einen Kuß auf die Wange. Dann lief sie hastig über die Veranda und ins Haus.

Thomas saß am Küchentisch und las in einem seiner Saatgutbücher. Er hob den Kopf, als sie die Küche betrat, und sie zeigte auf den Anhänger, der an einer Silberkette von ihrem Hals herabhing. Mit zitternden Fingern hob sie ihn und betrachtete ihn eingehend im Schein der Lampe.

„Von Thane“, sagte sie leise, und ihre Augen funkelten. „Zum Geburtstag.“

Thomas nickte. Er schien keineswegs überrascht zu sein.

„Ist es nicht ... nicht wunderhübsch?“ flüsterte Anna, und mit tränenfeuchten Augen ging sie zur Treppe. Daß sie Thomas eigentlich fragen wollte, ob er zu dem Fest zurückgehen wollte, hatte sie längst vergessen.

Die Ernte

Durch die herannahenden Erntezeit hatte Anna Berge von Arbeit. Thomas schlug vor, daß Louise ein paar Tage lang von der Schule zu Hause blieb, um ihr zu helfen, doch davon wollte Anna nichts hören. Thomas ließ es dabei bewenden.

Anna hatte kaum Zeit, sich Gedanken über die Nachbarn zu machen, doch eines Tages erkundigte sie sich bei Thomas, während dieser hastig sein Mittagessen draußen auf dem Feld verschlang: „Sag mal, hast du gehört, wie es Mr. Stratton in letzter Zeit so geht?"

„Welchem Mr. Stratton?"

„Du weißt schon, welchen ich meine", antwortete sie ungeduldig.

„Hast du denn in letzter Zeit nichts Selbstgebackenes dort abgegeben?"

„Du weißt selbst, daß ich dazu keine Zeit hatte – und Charlie ist schon seit ... ach, seit Urzeiten nicht mehr bei uns gewesen."

„Der arme Charlie", meinte Thomas, und Annas Augen wurden vor Besorgnis kreisrund.

„Tag und Nacht ist er im Einsatz, heißt es", sagte Thomas. „Wenn er nicht so sehr an dem alten Sauertopf hängen würde, dann wäre er sicher längst über alle Berge."

„Ich weiß auch nicht, wie er das alles nur schafft", pflichtete Anna ihm bei. „Mr. Stratton pflegen, die große Ranch bewirtschaften ..."

„Oh, die Ranch bewirtschaftet er nicht mehr", unterbrach Thomas sie.

Annas Kopf fuhr zu ihm herum.

„Der Sohn hat den ganzen Betrieb übernommen", erzählte

ihr Thomas. „Kaum war er hier angekommen, als er auch schon in aller Deutlichkeit erklärt hat, das Kommando führe ab sofort er selbst. Er hat Charlie zu verstehen gegeben, daß seine Aufgabe nur noch in der Krankenpflege besteht."

„Wie entsetzlich!" rief Anna aus. „Charlie hat doch seit eh und je das Sagen im Ranchbetrieb gehabt."

Anna sammelte das Geschirr und Besteck wieder in den Korb und machte sich auf den Rückweg zu ihrer Küche. Auf dem Weg über das Stoppelfeld ließ sie sich das soeben Gehörte durch den Kopf gehen.

Wenn Charlie wirklich eine andere Aufgabe übertragen bekommen hat, dann ist er bestimmt recht unglücklich darüber, überlegte sie. Charlie hatte sehr an der Ranch und der Arbeit mit den Rindern gehangen. Anna hatte immer den Eindruck gehabt, als seien die Rinder für den alten Charlie so etwas wie Verwandte oder Freunde gewesen.

„Ich muß ihn wirklich dringend einmal besuchen", sann Anna laut. „Er ist bestimmt völlig geknickt – und vor lauter Arbeit kann er nicht einmal auf einen Sprung bei uns hereinschauen."

Trotz ihrer Geschäftigkeit rührte Anna einen Kuchenteig und nahm sich vor, Charlie den Kuchen zu bringen, sobald er abgekühlt war.

Sie brauchte nicht lange dazu, die Felder, die zwischen den Petersons und den Strattons lagen, zu überqueren. Bald klopfte sie auch schon leise an die Tür des großen Hauses. Beim letzten Mal war es zu ihrer Überraschung der junge Mr. Stratton gewesen, der ihr geöffnet hatte. Ob er auch heute wieder an die Tür gehen würde? Sie errötete leicht, als sie an ihrem Sonntagskleid herabsah. Sie hatte sich geschwind umgezogen – sicherheitshalber. Die Haare hatte sie sich etwas sorgfältiger als sonst hochgesteckt, und sie hatte sich ihre hübscheste Haube aufgesetzt.

Doch dann war es Gus, der ihr die Tür öffnete. Er schien sich aufrichtig zu freuen, daß sie gekommen war, und bat sie munter ins Haus.

Nachdem sie sich von einem winzigen Stich der Enttäuschung erholt hatte, sagte sie: „Es tut mir leid, daß ich so lange nichts von mir hören ließ. Wir hatten mit der Ernte alle Hände voll zu tun."

„Versteht sich. Versteht sich", antwortete Gus und führte sie in die Küche. „Wir hatten sowieso nicht mit einem Besuch von dir gerechnet. Wo wir doch wissen, wieviel Arbeit ihr habt. Setz dich. Ich stell' nur eben den Kaffeekessel auf den Herd. Dann ruf' ich Charlie."

„Wie geht es denn ..." Anna wollte „Charlie" sagen, überlegte es sich aber blitzschnell anders. Von Charlies Wohlergehen wollte sie sich lieber mit eigenen Augen überzeugen. „Wie geht es denn Mr. Stratton?" fragte sie statt dessen.

„Schlecht. Schlecht", antwortete Gus; sich zu wiederholen war eine Angewohnheit von ihm.

„Das tut mir aber leid", sagte Anna. „Das ist bestimmt furchtbar hart für Sie alle."

Gus nickte.

„Ungeheuer. Ungeheuer", gab er zu, und seine Augen verdunkelten sich.

Gus brauchte die Küche nicht zu verlassen, um Charlie zu rufen. Anna hörte Schritte auf der hinteren Treppe, und dann kam Charlie auch schon. Müde und alt sah er aus. So abgekämpft hatte Anna ihn noch nie erlebt. Er war nicht einmal rasiert.

Als er sie erblickte, strahlte auch er, und er hielt seine gebeugten Schultern ein wenig aufrechter.

„Ich habe mir schon Sorgen um Sie gemacht", gestand Anna, und Charlie warf ihr ein Kopfnicken zu.

„Es geht ihm also noch kein bißchen besser, wie man hört", fuhr Anna fort.

Charlie setzte sich ihr gegenüber an den kleinen Küchentisch und rieb sich mit der Hand über das unrasierte Gesicht. Ein Ausdruck des Entsetzens erfüllte seine Augen, als sei ihm schlagartig klargeworden, welch einen ungepflegten Anblick er dem jungen Mädchen bot.

„Hab' keine Zeit gehabt ..." wollte er sich entschuldigen, doch Anna ließ ihn gar nicht erst ausreden.

„Sie pflegen den Kranken rund um die Uhr, habe ich gehört. Da müssen Sie ja ganz erschöpft sein!"

Charlie nickte und ließ seine Hand auf den Tisch fallen. Anna fragte sich, wie lange er diese Anstrengung noch aushalten würde.

„Ich geh' so lange für dich nach oben", sagte Gus. Er nahm sich ein Stück von dem frischen Kuchen und steuerte auf die Treppe zu.

„Bring mir 'ne Tasse Kaffee, wenn das Wasser kocht", rief er Charlie über die Schulter hinweg zu.

„Wie geht es Ihnen denn eigentlich?" fragte Anna, als Gus gegangen war.

Charlie machte ein verwirrtes Gesicht, und Anna fragte sich, ob er in letzter Zeit überhaupt zum Schlafen gekommen war.

„Thomas sagt, Sie versorgen die Rinder nicht mehr."

Charlie nickte, doch Anna merkte ihm nichts von der Enttäuschung an, die sie vermutet hatte.

„Der junge Stratton macht das neuerdings", sagte Charlie.

„Versteht er denn überhaupt etwas davon?" rutschte es Anna heraus.

Charlie nickte ein müdes Nicken.

„Clever genug ist er ja – auch wenn er 'n Großstadtmensch ist. Er liest sich's einfach an – und wenn er mal nicht weiterweiß, erkundigt er sich. Das muß man ihm lassen."

„Hat er ... hat er vor hierzubleiben? Das heißt ... ich dachte ... also, ich habe einfach angenommen, er würde wieder abreisen, sobald ..."

Anna brachte den Satz nicht zu Ende.

„Ich habe das Gefühl, daß er sich zum Hierbleiben entschlossen hat", sagte Charlie.

Anna spürte, wie sie ein Prickeln durchfuhr.

„Und was werden Sie machen?" erkundigte sie sich.

Charlie zuckte nur mit den Achseln.

„Das überleg' ich mir dann schon, wenn's soweit ist", antwortete er. Es klang weder besorgt noch begeistert.

„Was Ihnen fehlt, ist einfach genügend Schlaf", stellte

Anna fest. „Wie wär's, wenn ich komme und eine oder zwei Nächte bei Mr. Stratton bleibe und ..."

Doch Charlie schüttelte entschieden den Kopf. Es war seine erste heftige Bewegung.

„Wir werden schon allein mit allem fertig – und lange wird's ohnehin nicht mehr dauern, fürchte ich. So ein Krankenzimmer ist nichts für junge Damen."

„Aber ..."

„Nein, kleines Fräulein", bestimmte Charlie, und Anna sah ein, daß alle Widerworte zwecklos waren.

„Dann geh' ich wohl am besten wieder nach Hause." Sie stand auf und glättete sich den Rock ihres Kleides. Inzwischen kam sie sich ein wenig dumm vor und wünschte sich, sie wäre in ihrem einfachen Küchenkleid gekommen.

„Gus wartet bestimmt schon auf seinen Kaffee", erinnerte sie Charlie.

Charlie stieß ein gebrummtes Schimpfwort aus.

„Den hab' ich ja total vergessen", murmelte er, stand hastig auf und nahm eine große Tasse aus dem Regal.

Anna ging zur Haustür hinaus und machte sich bekümmert auf den Heimweg. Es war nicht zu verkennen, daß Charlie am Ende seiner Kräfte war. Wenn sie ihm doch nur irgendwie helfen könnte!

Sie war derartig in ihre Gedanken vertieft, daß sie das herannahende Pferd erst bemerkte, als der Reiter es neben ihr zum Stehen gebracht hatte.

„Guten Nachmittag, Miss."

Anna machte vor Schrecken einen Satz.

„Oh, verzeihen Sie bitte, Miss Peterson", sagte der junge Stratton eilig und saß gekonnt ab. „Ich wollte Sie nicht erschrecken. Ist alles in Ordnung?"

Er nahm ihre Hand und zog sie näher an sich heran.

Anna errötete und trat einen Schritt zurück.

„Ja ... ja, schon gut", stotterte sie. „Ich ... ich hatte Sie überhaupt nicht bemerkt. Ich war wohl zu sehr in Gedanken versunken." Sie trat einen weiteren kleinen Schritt zurück, und er ließ ihre Hand los.

Einen Moment lang standen die beiden da und musterten sich gegenseitig.

Anna verfolgte, wie sein Blick von ihrer Haube bis zu ihren Schuhen und zurück wanderte. Er lächelte anerkennend, und sie fragte sich, ob das bedeuten sollte, daß sie ebenso hübsch wie die Mädchen in der Stadt war.

Anna nutzte die Zeit, um den jungen Mann ebenfalls eingehend zu studieren. Er war sogar noch größer, als sie ihn in Erinnerung hatte. Heute trug er nicht die gediegene Kleidung, die er bei ihrer ersten Begegnung anhatte, sondern die übliche Arbeitskleidung im Westen, die ihm ausgesprochen gut stand. Seine Kleidung war neuer und sah teurer aus als die der meisten jungen Männer in der Umgebung. Das dunkle Leder seiner Chaps glänzte noch, und sein Hemd war noch nicht von der Sommersonne ausgeblichen. Sein breitkrempiger Hut trug noch keine Regen- oder Schneeflecken, und seine Handschuhe hatten noch nicht die Form gekrümmter Finger angenommen. Einen Handschuh streifte er jetzt ab, um den Hut abzunehmen. So stand er nun vor ihr, die dunklen Haare in der Sonne glänzend, die dunklen Augen voller Besorgnis um sie. Anna fand ihn ausgesprochen anziehend.

„Ich habe gerade ... bei Ihrem ... Ihrem Vater ... und Charlie nach dem Rechten gesehen“, sagte Anna unvermittelt und trat noch einen weiteren Schritt zurück.

Plötzlich war er wieder der junge Mann, der sie so aus dem Konzept gebracht hatte – trotz seiner so anderen Kleidung.

„Nun bin ich aber zutiefst beleidigt“, sagte er. „Ich hatte gehofft, Ihr Besuch hätte mir gegolten.“

Anna hatte sich von ihrer Verlegenheit erholt. Vermutlich gab sie in ihrem Sonntagskleid und ihrer besten Haube einen recht adretten Anblick ab. Sie richtete ihre blauen Augen geradewegs auf den jungen Mann und gönnte sich ein amüsiertes Lächeln. „Ich habe mir halt gedacht, daß der Boss für Nachmittagstees wenig Zeit hat.“

Der junge Mann legte den Kopf schräg und studierte eingehend ihr Gesicht. Anna spürte, wie ihre Wangen unter seinem prüfenden Blick aufglühten.

„Ich muß mich wirklich für meine Aufmachung entschuldigen", sagte er endlich, „aber wenn Sie mir ein paar Minuten Zeit geben, werde ich mich des Staubs und Schmutzes entledigen und mit Vergnügen eine Tasse mit Ihnen trinken."

Er bot Anna einen Arm, und einen unbedachten Augenblick lang war sie geneigt, ihn zu nehmen.

„Oh, das mit dem Tee habe ich doch nur im Scherz gesagt", gestand sie. „Ich ... ich muß wirklich dringend nach Hause. Ich habe tausend Dinge zu erledigen."

„Nein, wie schade!" Dem Klang seiner Stimme nach zu urteilen, meinte er das ernst, doch Anna konnte den Ausdruck in seinen Augen noch immer nicht recht deuten. Sie war verwirrt; sie hatte das Gefühl, daß sie soeben von ihm auf die Probe gestellt worden war, doch sie hatte keinen blassen Schimmer, was es damit auf sich hatte.

„Dann vielleicht ein anderes Mal?" fragte er. War es möglich, daß sie eine Spur von Überheblichkeit an dem jungen Mann entdeckte?

Sie legte den Kopf schräg und sah ihn offen an. Sie flirtete jetzt keineswegs mit ihm. Die jugendliche Unachtsamkeit von vorhin war verflogen.

„Ich werde es mir überlegen", antwortete sie einfach. „Vielleicht besuche ich Charlie demnächst wieder."

Sie wandte sich zum Gehen, doch er faßte sie beim Arm. Sein Griff war sanft, doch entschlossen.

„Und was ist mit mir?" fragte er leise. „Angenommen, ich würde Ihnen gern meine Aufwartung machen?"

Anna spürte, wie ihr Puls zu rasen begann. Sie wußte kaum, was sie sagen sollte. Sie war noch nie von einem jungen Mann um Erlaubnis gebeten worden, ihr Aufwartungen machen zu dürfen. Sie legte den Kopf auf die Seite, als ziehe sie seine Bitte in Betracht, doch in Wirklichkeit rang sie innerlich darum, Ordnung in ihre verwirrten Gedanken zu bringen.

„Aufwartungen sind wohl kaum angebracht, wenn ... wenn Ihr Vater so ... so krank ist", brachte sie endlich hervor.

„Natürlich. Natürlich. Ich meinte natürlich später. Wenn er ... wenn es ihm wieder besser geht."

Anna fragte sich, ob er eigentlich sehr um seinen Vater besorgt war. Es schien ihm überhaupt nicht peinlich zu sein, daß er sie soeben gebeten hatte, ihr seine Aufwartung machen zu dürfen, während sein Vater so ernstlich erkrankt war. Sie glaubte auch nicht im entferntesten, daß er tatsächlich mit der Genesung seines Vaters rechnete. Ein Schaudern durchfuhr sie. Nein, dieser Mann war wohl doch nicht nach ihrem Geschmack – auch wenn er sich selbst für einen besonders famosen Gentleman zu halten schien.

Anna befreite ihren Arm aus seinem Griff und sah ihn ein letztes Mal an. Sie war drauf und dran, ihm wortlos den Rükken zu kehren, als sie plötzlich an ihre Mama dachte. Mama hätte ihren Kindern niemals erlaubt, schlechte Manieren mit ebenso schlechten zu quittieren. Der junge Mann hatte ihr ein nettes Kompliment gemacht, und nun war sie im Begriff, ihn grußlos auf der Straße stehenzulassen. *Vielleicht sind die Bräuche in der Stadt ja anders als hier,* besänftigte sie sich. *Und außerdem hat er seinen Vater nie persönlich gekannt. Dieser alte Mann, krank und bettlägerig, wie er ist – nicht einmal denken oder reden kann er; keine besonders günstigen Voraussetzungen dafür, den Mann kennenzulernen, der eigentlich seinen Respekt und seine Liebe verdient hätte.*

Anna wandte sich mit einem freundlichen Lächeln auf den Lippen zu ihm um.

„Es ist durchaus jederzeit angebracht, das Haus des Herrn zu besuchen“, sagte sie ruhig. „Und es wäre sicherlich in Ordnung, anschließend von den Nachbarn zum Essen eingeladen zu werden.“

Er schwieg einen Moment lang, als überlege er, was sie mit diesen Worten gemeint hatte, und nickte dann.

„Und wo finde ich Ihre Kirche?“

„Es gibt nur eine am Ort“, antwortete sie.

„Nächsten Sonntag?“

„Nächsten Sonntag“, nickte sie. „Wir werden Sie also erwarten.“

Sie wandte sich um und machte sich entschlossen auf den Heimweg, ohne sich noch einmal umzusehen.

Unterwegs brannten ihr die Wangen. Was war nur in sie gefahren? Sie hatte sich ja genau wie ... wie Trudie in Thomas' Gegenwart aufgeführt. Dieses Verhalten hatte ihr noch nie an Trudie gefallen, und an ihr selbst gefiel es ihr jetzt ebensowenig.

Ich werde mich nie wieder wie ein albernes Schulmädchen benehmen, schalt sie sich. *Wenn er tatsächlich zum Gottesdienst kommt, dann werden wir ihn selbstverständlich als unseren Sonntagsgast bei uns willkommen heißen. Aber ich werde absolut nie wieder mit ihm flirten.*

Annas Wangen brannten noch heißer, als sie an ihren koketten Augenaufschlag und ihr gekünsteltes Lächeln dachte.

„Was ist bloß in mich gefahren?" schimpfte sie laut mit sich selbst. „So dumm habe ich mich ja noch nie aufgeführt. Ich weiß beim besten Willen nicht, was ich damit bezwecken wollte!"

Es war zwar nur ein Gefühl, für das sie keine Worte wußte, doch Anna begann zu ahnen, daß in ihr eine junge Frau verborgen steckte, die sich nach besonderer Aufmerksamkeit sehnte – nach der besonderen Aufmerksamkeit eines jungen Mannes.

Ein Sonntag

Anna hatte großes Herzklopfen, als sie sich am Sonntagmorgen zum Kirchgang anzog. Eigentlich hatte sie allen Grund, ebenso glücklich und erleichtert wie Thomas zu sein, denn die Ernte war unter Dach und Fach, und die Erträge konnten sich sehen lassen. Thomas war in einer erleichterten und dankbaren Stimmung. Für das nächste Jahr war der Unterhalt der Familie gesichert.

Auch Anna war dankbar. Nun konnte sie die Stoffe kaufen, aus denen sie die dringend benötigte Winterkleidung nähen wollte. Sogar neue Schuhe für jedes Familienmitglied konnte sie anschaffen. Mit einem dankbaren Herzen würde sie Wolle für Handschuhe und dicke Winterstrümpfe kaufen. Doch obwohl Anna wußte, daß eigentlich ein gesummtes Loblied auf ihre Lippen gehörte, war sie innerlich rastlos, und ihre Nerven waren aufs äußerste gespannt.

Sie hatte niemandem von der Einladung an den jungen Stratton zum Sonntagsessen erzählt, nicht einmal Thomas. *Wahrscheinlich kommt Mr. Stratton sowieso nicht in die Kirche,* sagte sie sich, *und das hatte ich ja eigentlich zur Bedingung gemacht.*

Vorsichtshalber hatte Anna trotzdem zwei junge Hähne gerupft und ausgenommen, und der Tisch war mit Mamas gutem Porzellan gedeckt.

„Heute herrscht bei uns Feststimmung, wie man sieht“, sagte Thomas, und als Anna nickte, lächelte er. Anna wußte, daß Thomas aus gutem Grund zum Feiern zumute war.

Wenn er tatsächlich kommen sollte – und damit ist wohl kaum zu rechnen, ermahnte Anna sich, *dann werde ich mich nicht wie ein mondsüchtiger Backfisch benehmen. Ich werde mich wie die junge Frau benehmen, zu der Mama mich erzogen hat.*

Anna machte sich sorgfältiger als sonst zurecht, und als sie endlich aus ihrem Zimmer auftauchte und sich für startbereit erklärte, warteten ihre Geschwister schon auf sie.

„Thanes Geburtstagsgeschenk macht sich prächtig zu deinem Kleid“, sagte Thomas anerkennend, als sie nach draußen zur Kutsche gingen. Anna war ganz seiner Meinung und nickte, wobei sie sich jedoch über sein vielsagendes Schmunzeln wunderte.

Die Fahrt zur Kirche war kurz, und bald gesellten sie sich zu den anderen, die sich zum Gottesdienst eingefunden hatten.

Die Merrifield-Brüder schlossen sich ihnen auf dem Weg in die Kirche an, und Anna befürchtete schon, sie würden versuchen, sich neben sie in die Kirchenbank zu zwängen. Es gelang ihr jedoch, sich zwischen Sara und Louise zu manövrieren, und sie lächelte den beiden jungen Männern höflich zu, während diese an ihrer Kirchenbank vorbeigingen.

Jenseits des Mittelgangs saß Familie Andrews. Anna winkte ihnen so diskret wie möglich zu, um ihnen zu bedeuten, daß der hübsche Kettenanhänger auf dem Oberteil ihres blaßblauen Baumwollkleids glitzerte. Mrs. Andrews lächelte, und Thane machte ein erfreutes Gesicht.

Anna richtete ihre Aufmerksamkeit auf die Sonntagsgemeinde.

Mit raschelnden Röcken und einem Seitwärtswerfen ihrer roten Haarpracht nahm Trudie direkt vor den Petersons Platz. Sie drehte sich um, begrüßte Anna und warf Thomas ein liebliches Lächeln zu. Anna nahm sich erneut vor, Abstand von einem solchen Verhalten zu nehmen.

Der Gottesdienst sollte gerade beginnen, als Trudie sich umdrehte und Anna zuflüsterte: „Du, guck mal. Dort drüben.“

Anna warf einen verstohlenen Blick in die Richtung, in die Trudies auf und nieder wippender Kopf deutete, und entdeckte den jungen Mr. Stratton in einer Kirchenbank. Auf Annas Blick antwortete er mit einem leichten Kopfnicken, und sie spürte, wie sie errötete. Schnell richtete sie ihre gesamte Aufmerksamkeit nach vorn und sah zu ihrer Erleichterung, wie Pastor Merrifield seinen Platz auf der Kanzel einnahm.

Vielleicht hätte sich Anna leichter auf die Predigt konzentrieren können, wenn Trudie nicht so unruhig gewesen wäre. Anna ertappte sie mehrmals dabei, wie sie sich zu dem jungen Besucher umdrehte. Dabei schien sie Thomas vollkommen vergessen zu haben.

So wankelmütig bist du also, Trudie Sommers, sagte Anna im stillen. Dann stieg Zorn in ihr auf. *Na, wenn du glaubst, du kannst Thomas einfach fallenlassen, weil du ein neues interessantes Gesicht entdeckt hast, dann irrst du dich aber gründlich. Wenn es nach mir gehen würde, dann würde Mr. Stratton dir nicht einmal „Guten Tag" wünschen.* Anna beschloß an Ort und Stelle, vielleicht doch ein wenig zu flirten, wenn das Trudie daran hindern konnte, die Aufmerksamkeit des jungen Mannes auf sich zu lenken.

Nun war es mit Annas innerer Beteiligung am Gottesdienst vollends vorbei. Sie schalt sich selbst und zwang ihre Gedanken zu dem zurück, was Pfarrer Merrifield gerade sagte, doch mit jedem Umdrehen und Herumschwingen der roten Haarpracht vor ihr verlor sie erneut den Faden der Predigt.

Kaum war der Gottesdienst zu Ende, als Trudie auch schon neben ihr stand.

„Hast du ihn gesehen? Hast du ihn gesehen? Wer mag er wohl sein?"

„Wie? Weißt du das etwa nicht?" fragte Anna, als würde sie den jungen Mann schon seit Jahren kennen.

„Weißt du es denn? Kennst du ihn?" Trudie rüttelte Anna am Arm, während sie sprach.

„Er ist unser Nachbar", antwortete Anna leichthin.

„Euer was?"

„Mr. Stratton", gab Anna Auskunft und glättete sich den Ärmel, an dem Trudie gezogen hatte.

„Mr. Stratton? Doch nicht der! Ich kenne doch Mr. Stra... – Ach, du meinst, er ist also Mr. Strattons Sohn?" zischte Trudie. „Wie heißt er denn? Sag schon, wie er mit Vornamen heißt!" verlangte Trudie.

Anna stellte plötzlich fest, daß sie das selbst nicht wußte, doch lieber hätte sie sich die Zunge abgebissen, als dies zuzugeben.

„Ich rede ihn stets mit ‚Mr. Stratton' an", antwortete sie.

„Oh, du mußt mich mit ihm bekannt machen. Unbedingt!" flötete Trudie.

Anna stand auf und forderte ihre Schwestern mit einem Kopfnicken dazu auf, sie zum Ausgang der Kirche durchzulassen.

„Also gut", sagte sie auf dem Mittelgang mühsam beherrscht zu Trudie, „ich mache dich mit ihm bekannt, wenn du darauf bestehst."

Sie hoffte, daß der junge Mann sich schon auf den Weg gemacht haben würde, wenn sie die Vortreppe erreichten. Doch statt dessen stellte Thane ihm gerade die anderen jungen Männer vor. Thane hatte schon mehrmals mit ihm zu tun gehabt, denn er war öfters im Geschäft gewesen, um Besorgungen zu erledigen. Die jungen Männer der Kirchengemeinde schienen den Besucher herzlich in ihrer Mitte zu begrüßen.

Als Anna auf dem Pfad näher kam, zog der junge Mann den Hut und trat auf sie zu.

„Guten Morgen, Miss Peterson", grüßte er höflich und verneigte sich. Wieder fiel Anna seine tiefe, kultivierte Stimme auf.

„Guten Morgen, Mr. Stratton", antwortete sie beinahe schüchtern. Als sie Trudie an ihrem Ärmel zupfen spürte, saß ihr plötzlich der Schalk im Nacken.

„Und bevor meine Freundin mir vor lauter Eifer den Ärmel vom Kleid reißt", fuhr sie fort, „darf ich Sie miteinander bekannt machen: Mr. Stratton, das ist Miss Trudie Sommers. Trudie wollte Sie gern kennenlernen."

Trudies rotes Gesicht hielt sie keineswegs davon ab, einen Schritt nach vorn zu machen und die ausgestreckte Hand des jungen Mannes zu ergreifen.

Mr. Stratton wünschte ihr einen guten Morgen, dann wandte er sich wieder zu Anna um.

„Darf ich Sie nach Hause fahren, Miss Peterson?" erbot er

sich, und Anna merkte, wie sie selbst leicht errötete. Sie hatte Thomas noch immer nicht davon in Kenntnis gesetzt, daß sie einen Gast zum Essen erwarteten, und nun schlug er auch schon vor, daß sie mit ihm anstatt mit ihren Geschwistern nach Hause fuhr.

Trudie stand mit offenem Mund und kugelrunden Augen neben ihr.

„Das wäre sehr nett", antwortete Anna. „Lassen Sie mir nur schnell eine Minute Zeit, damit ich meinem Bruder Bescheid sagen kann", und damit hastete sie zu Thomas herüber.

Thomas unterhielt sich gerade mit Thane. Anna platzte mitten in das Gespräch hinein.

„Thomas", sagte sie atemlos, „ich ... ich habe mich da in eine ... eine peinliche Lage gebracht. Ich habe Mr. Stratton zum Essen eingeladen – aber nur, wenn er zum Gottesdienst kommen sollte ... und jetzt ist er hier. Er hat ... hat mich gebeten, mit ihm zu fahren. Bis später dann!"

Anna machte schnell kehrt, ohne eine Antwort in den Gesichtern der beiden abzulesen. Sie befürchtete, daß Trudie womöglich ihre Pläne für den Tag über den Haufen werfen könnte, wenn sie zu lange unbeaufsichtigt blieb.

Das Essen verlief ohne Zwischenfälle. Thomas behandelte den Gast höflich und unterhielt sich angeregt mit ihm. Anna erfuhr durch das Gespräch der beiden allerhand Neues über den jungen Mann.

Aufgewachsen war er in Atlanta, dem Heimatort seiner Mutter. Er hatte seine Kindheit sogar in demselben Haus wie seine Mutter verbracht. Er hatte weder Tanten noch Onkel, doch dafür Großeltern. Anna hatte den Eindruck, als hätten diese ihn als Kind sehr verwöhnt.

„Und was haben Ihre Großeltern dazu gesagt, daß Sie in den Westen ziehen wollten?" erkundigte sich Thomas.

„Sehr glücklich waren sie nicht darüber."

„Und Ihre Mutter?"

„Es ist nicht ausgeschlossen, daß sie mich deshalb enterben wird", antwortete er in aller Offenheit.

„Warum sind Sie dann gekommen?"

„Das mußte ich einfach. Ich hatte über die Jahre hinweg so viel über meinen Vater zu hören bekommen, daß ich mich mit eigenen Augen davon überzeugen wollte, ob er ... ob er wirklich so ist, wie man ihn mir immer beschrieben hatte."

„Und ist er das?"

„Das weiß ich nicht. Ich habe versucht, mir ein Bild von allem zu machen. Manches mag vielleicht den Tatsachen entsprechen. Aber ... vielleicht werde ich die volle Wahrheit nie erfahren. Dieser Mann ist mir im Grunde genommen nach wie vor fremd."

Anna fand es bedauerlich, daß er erst zu einem Zeitpunkt gekommen war, als es für beide schon zu spät war.

„Wird Ihre Mutter Ihnen nachreisen?"

„Mit Sicherheit nicht. Ihr hat es hier ganz und gar nicht gefallen. Sie würde nie wieder hierher zurückkehren."

Anna ging diskret außer Hörweite. Sie kam sich in ihren eigenen vier Wänden beinahe wie eine Spionin vor. Es gab bessere Mittel und Wege, ihren Gast näher kennenzulernen. Sie nahm sich vor, abzuwarten, bis er ihr von sich aus mehr über sich selbst erzählte.

Seinen Vornamen brachte sie allerdings in Erfahrung, und zwar beim Kaffeetrinken.

„Nehmen Sie Sahne und Zucker, Mr. Stratton?" hatte sie ihn gefragt.

„Ach, bitte nennen Sie mich doch Carter", hatte er geantwortet, „Sie alle, und ich werde Sie mit Thomas anreden, wenn ich darf", hatte er mit einem um Erlaubnis bittenden Blick in Thomas' Richtung hinzugefügt.

Thomas hatte genickt, und von jetzt an nannten sie ihren Gast Carter.

Es war ein netter Nachmittag. In Trudies Abwesenheit fiel es Anna leichter, sich an ihren Vorsatz zu halten, nicht albern mit dem jungen Mann herumzuflirten. Ihr Verhalten war das einer tüchtigen Gastgeberin, die sich um das Wohl ihres Gastes und ihrer Familie kümmerte.

Bevor Carter sich verabschiedete, gelang es ihm, einen Moment mit ihr allein zu sein.

„Würden Sie mich an mein Gefährt begleiten?“ bat er. Es war das erste Mal, daß Anna die Bezeichnung „Gefährt“ für seinen Kutschwagen hörte. Andererseits war dies im Fall seines Buggys vielleicht das angebrachte Wort. Der Buggy war zweifellos eleganter als sämtliche Pferdewagen weit und breit.

Sie ging mit ihm zum Pferdepfosten.

„Es war ausgesprochen nett bei Ihnen“, sagte er. „Und Sie kochen viel besser als Gus“, fügte er scherzend hinzu, und als Anna lächelte, machte er ein erfreutes Gesicht.

„Darf ich Sie bald einmal wieder besuchen?“

Als Anna die Augenbrauen hob, beeilte er sich zu erklären: „Ich weiß zwar, daß es nicht ganz der Etikette entspricht, Ihnen meine Aufwartung zu machen, wenn mein Vater dem Tode so nahe ist.“ Seine Offenheit überraschte Anna. „Aber wir sind nun einmal Nachbarn, und ich finde Ihren Bruder – und auch Ihre anderen Geschwister – sehr sympathisch. Ich würde mich aufrichtig freuen, Sie bald wiederzusehen. Darf ich?“

„Vielleicht können Sie als Nachbar ... und Freund bei uns hereinschauen“, sagte Anna, „aber nicht als Verehrer. Jetzt noch nicht.“

„Ich verstehe“, sagte er leise, tippte sich an den Hut und verabschiedete sich.

Anna wartete nicht, bis er abgefahren war, sondern ging gleich ins Haus zurück. Es wurde merklich kühler draußen. Nur gut, daß Thomas die gesamte Ernte unter Dach und Fach hatte. Bald könnten sie von dem ersten Schnee überrascht werden.

*

Am nächsten Tag stand Trudie vor der Tür. Anna vermutete zuerst, sie wolle sich dafür entschuldigen, Thomas gestern die kalte Schulter geboten zu haben, doch statt dessen steckte sie voller Fragen über Mr. Stratton.

„Will er hier wohnen bleiben?“ erkundigte sie sich.

„Ich denke schon“, antwortete Anna.

„Oooooh, stell dir nur vor", flötete Trudie, „jedes Mädchen weit und breit wird ihn anhimmeln, und dabei habe ich ihn zuerst entdeckt!"

Anna fragte sich, wie Trudie nur zu diesem Schluß gelangt war. Immerhin war sie, Anna, es gewesen, die Trudie mit ihm bekannt gemacht hatte.

„Ich glaube, ich veranstalte demnächst wieder ein Fest", sprudelte es aus Trudie hervor. „Was für Hobbys mag er nur haben?"

„Er sagt, er sei ein Theater- und Opernfreund", sagte Anna. Dagegen würde Trudie mit ihren Gartenfesten nie ankommen können.

„Oooh", seufzte Trudie hingerissen, ohne sich einschüchtern zu lassen. „Er ist ja so gebildet. Ich finde ihn einfach umwerfend!"

Anna war froh, als Trudie sich endlich erhob. Ihre Freundin war schon fast an der Tür, als sie ihr zurief: „Du, Anna, eigentlich wollte ich dich doch fragen, was du zu der Hochzeit am Samstag anziehen wirst. Ich glaube, ich werde mein fliederfarbenes Satinkleid tragen."

Anna kannte das Kleid. Es war wunderschön. Der weit geschnittene Rock war überreich mit Seidenbändern und Spitze geschmückt. Anna hatte allerdings immer gefunden, daß Flieder nicht die geeignete Farbe für jemanden mit roten Haaren war.

„Ich weiß noch nicht", antwortete Anna. Sie hatte beinahe vergessen, daß Hazel Conroy sich den kommenden Samstag für ihre Hochzeit ausgesucht hatte. Sie hatte überhaupt noch nicht darüber nachgedacht, was sie – oder auch ihre Geschwister – zu diesem Anlaß tragen würde, doch sie wußte, daß sie alle zu der Feier erwartet wurden.

„Ich habe zufällig gehört, wie Hazel Mr. Stratton eingeladen hat", erzählte Trudie, „und er hat gesagt, er nähme die Einladung mit Vergnügen an."

Trudie warf sich ihre Haarpracht über die Schulter, lächelte und machte sich auf den Weg.

Als Anna mit der Wäsche fertig war, warf sie einen Blick

auf die niedrig hängenden Wolken und steuerte auf die Scheune zu, um Thomas zu suchen.

„Thomas“, fragte sie, „hast du etwas dagegen, wenn ich nach Carson fahre?“

„Noch heute?“

„Jetzt gleich. Ich hatte ganz vergessen, daß Hazel am Samstag heiratet, und in Carson ist die Auswahl an Meterware größer. Bei der Gelegenheit könnte ich auch gleich alles besorgen, was wir für den Winter brauchen.“

„Für eine Fahrt nach Carson ist es aber schon reichlich spät am Tag.“

„Ich beeile mich. Bis zum Ladenschluß habe ich noch jede Menge Zeit. Wenn die Kinder nach Hause kommen, kannst du sie gleich an die Arbeit schicken.“ Schnell berichtigte sie sich: „Nein, ist ja gar nicht mehr nötig. Sie wissen doch von selbst, was sie zu tun haben.“

Anna lief ins Haus zurück, um sich zur Abfahrt fertigzumachen, während Thomas ihr den leichten Buggy anspannte.

Die Hochzeit

Anna ließ die Stute lostraben und machte es sich in dem Buggy bequem. Sie hatte es zwar eilig, Carson zu erreichen, doch sie wußte, daß sie der Stute nicht zuviel abverlangen durfte. Die Straße war auch für ein gemäßigtes Tempo recht holperig, und Anna wollte ihr Pferd nicht überanstrengen.

In einem kleinen Karton neben ihren Füßen befanden sich einige Kleidungsstücke, die sie von zu Hause mitgebracht hatte. Thomas' Anzug wollte sie der Größe wegen mit den Anzügen im Laden vergleichen. Auch eine von Dereks Jacken und eine Fußschablone für jedes Kind hatte sie mitgenommen, um sich das Einkaufen zu erleichtern. Sie hoffte, vor Anbruch der Dunkelheit wieder zu Hause zu sein.

Die Fahrt dauerte länger, als Anna gedacht hatte. Immer mit einem Auge auf den dunkler werdenden Himmel wählte sie die Waren aus. Sie fand tatsächlich einen Anzug für Thomas. Nachdem sie den alten Anzug gegen den neuen gehalten hatte, war sie sich sicher, daß ihm der neue nach ein paar geringfügigen Änderungen wie angegossen passen würde. Dann suchte sie nach einem Anzug für Derek. Dies erwies sich als eine zeitraubende Aufgabe, und bis Anna etwas Geeignetes gefunden hatte, war sie recht nervös. Als nächstes kamen die Schuhe an die Reihe: Halbschuhe und Winterstiefel. Da die Auswahl hier nicht sehr groß war, hatte Anna sich schnell entschieden. Dann ging sie zu den Stoffen und befühlte die glänzende Ware mit sachkundigen Fingern.

Für Sara suchte sie einen zartgemusterten Baumwollstoff aus. Das kleine Mädchen würde sich bestimmt für ein Kleid daraus begeistern, besonders wenn der Kragen mit einem Stück Spitze verziert war. Etwas Passendes für Louise auszusuchen erwies sich als schwieriger. Anna wußte, daß ihre Schwester sich ein etwas erwachsener wirkendes Kleid wünschte, doch Anna mochte sie einfach noch nicht in ein Frauenkleid stecken. Es war schwierig, den goldenen Mittelweg zu treffen, doch nachdem sie die Stoffe und die Schnittmuster eingehend studiert hatte, entschied sie sich für etwas ihrer Meinung nach sehr Hübsches.

Danach suchte sie nach einem Kleiderstoff für sich selbst. Sie befühlte die feinen Seidenstoffe, ließ die Satinstoffe durch ihre Finger gleiten und warf einen sehnsüchtigen Blick auf die teure Spitze.

„Dummes Zeug!“ murmelte sie dann aber leise. „So weit kommt das noch, daß ich unsere gesamten Ernteeinkünfte für meine Eitelkeit ausgebe! Als ob ich’s nötig hätte, mich durch ein ausgefallenes Kleid in den Mittelpunkt der Aufmerksamkeit zu rücken! Hab’ ich nicht. Ich brauche einfach ein praktisches Kleid für sonntags, keinen Traum aus Rüsche und Spitze für Feste!“ Anna kehrte dem Regal mit den teuren Stoffen den Rücken und sah sich bei den festeren Stoffen um.

Zu guter Letzt entschied sie sich für einen blauen Wollkrepp. Er war sowohl solide als auch hübsch. Noch immer mit einem Auge auf dem dunkler werdenden Himmel suchte sie eilig Stoffe für warme Winterkleidung und Strickwolle für Handschuhe und Strümpfe aus. Als sie alle Einkäufe beieinander hatte, stapelte sie sie auf der Ladentheke auf.

Der Preis war astronomisch hoch. Anna war froh, daß Thomas ihr geraten hatte, etwas zusätzliches Geld mitzunehmen. Sie bezahlte die Waren, und der junge Ladenangestellte half ihr, die Pakete in ihrem Buggy zu verstauen.

„Haben Sie’s noch weit bis nach Hause?“ erkundigte er sich und musterte ebenfalls den Himmel. Anna nickte. Der Weg war weiter, als ihr lieb war.

„Sieht nach Schnee aus“, meinte der Junge, und Anna stieg schnell in den Buggy und schnalzte dem Pferd zu.

„Vielen Dank fürs Helfen“, rief sie dem Jungen nach, wendete den Buggy und ließ die Stute lostraben.

Die Stute brauchte nicht zur Eile angetrieben zu werden.

Auch sie war darauf erpicht, möglichst bald nach Hause zu kommen. Sie hob die Nüstern hoch in die Luft und schnaubte; dann reckte sie ungeduldig den Kopf und trabte flott aus der Stadt.

Anna brauchte nur die Zügel zu halten. Der Wind wehte inzwischen heftiger und drang durch ihren Mantel. Sie zog den Mantel dichter um sich und wandte dem Wind den Rücken zu. Wenn sie doch nur schon zu Hause wäre!

Als Anna endlich die Einfahrt erreichte, kam Thomas ihr am Tor mit der Laterne in der Hand entgegen. Es war schon längst dunkel, und an seinen unruhigen Schritten konnte sie ablesen, daß er sich schon um sie gesorgt hatte.

„Es hat länger gedauert, als ich gedacht hatte", rief sie ihm erklärend zu.

„Ich nehme Star. Geh nur schnell ins Haus", sagte er, und es klang erleichtert.

Anna protestierte nicht. Mit steifen Gelenken stieg sie aus dem Buggy. Derek und Louise kamen aus der Küche auf sie zu.

„Hast du alles gekriegt?" wollte Louise aufgeregt wissen.

„Ja, habe ich", antwortete Anna und stellte dabei fest, daß ihr die Zähne beim Sprechen klapperten.

„Am besten setzt du dich gleich ans Feuer", riet Derek ihr. „Die Pakete hole ich dann schon herein."

Anna murmelte einen Dank und hastete ins Haus. Louise nahm ihr den Mantel ab und hängte ihn an seinen Haken, und Anna steuerte auf den warmen Küchenherd zu.

„Sara, hol einen Stuhl", rief Louise. „Sie ist ja restlos durchgefroren!" Louise schob Anna auf den Stuhl und legte frisches Brennholz in den Ofen. „Zieh dir die Schuhe und Strümpfe aus", ordnete sie an und ging das Waschfaß holen. „Ich bringe dir warmes Wasser für deine Füße."

Louise hatte Anna noch nie herumkommandiert, doch Anna gehorchte ihr jetzt ohne Widerworte. Eigentlich genoß sie es sogar, auch einmal bemuttert zu werden.

Bald kam Derek mit den Paketen, und die Mädchen bettelten darum, die Einkäufe auspacken zu dürfen.

„Nein. Wir warten lieber, bis Thomas kommt", sagte Anna zitternd und frierend. „Dann packen wir alles gemeinsam aus."

Zum Glück brauchte Thomas nicht lange, so schwer den Kindern das Warten auch fiel.

„So, jetzt könnt ihr anfangen – aber immer schön ein Paket nach dem anderen", sagte Anna. Sie sortierte die Pakete und zeigte ihren Geschwistern, wer welches öffnen durfte.

Alle schienen von Annas Einkäufen angetan zu sein. Louise freute sich besonders über den Stoff für ihr neues Sonntagskleid. Anna wußte, daß ihre Schwester sich im Geiste schon in dem hübschen grünen Kleid sah.

Thomas ging mit dem neuen Anzug in sein Zimmer und führte ihn kurz darauf vor. Der Anzug paßte ihm sogar noch besser, als Anna gehofft hatte.

„Derek, probier deinen doch auch an!" rief Sara, und Derek tat ihr den Gefallen. Mit einem erfreuten Grinsen kam er aus seinem Zimmer. Er schien glücklich darüber zu sein, daß seine Arme nicht unter den Ärmelsäumen hervorschauten. Die Hose war ihm etwas zu lang. „Platz zum Wachsen", kommentierte Anna und versprach, die Hosenbeine rechtzeitig vor der Hochzeit am Samstag zu kürzen.

Sie bestaunten die Schuhe, die warmen Stoffe, die Wolle und alles übrige, was Anna gekauft hatte. Ein paarmal nieste Anna, während sie neben dem Ofen auftaute, doch trotz aller Unannehmlichkeiten war sie froh, die Fahrt nach Carson gemacht zu haben.

Wieder spielten sie ihr Spiel. Thomas fing spontan damit an.

„Ich weiß noch", begann er, „wie Pa und Mama einmal nach Carson gefahren waren. Sie brachten uns allen neue Kleider mit, aber mir hatten sie auch einen neuen Zaum für Mini gekauft. Erinnerst du dich noch, Anna?"

Anna nickte. Es war schon länger her, daß sie überhaupt an das Pony Mini gedacht hatte.

„Und bei demselben Ausflug hatten sie auch neue Stiefel für Sara gekauft. Ich weiß noch, wie ich gedacht habe: ‚Solche winzigen Stiefel hab' ich ja noch nie gesehen!'"

„Waren sie das wirklich?“ fragte Sara mit leuchtenden Augen.

„Und ob! Ganz klitzeklein waren sie. Schwarz – mit Knöpfen.“

„Ich wünschte, ich hätte sie noch!“ rief Sara.

„Du hast sie restlos aufgetragen, wenn ich mich richtig erinnere“, sagte Thomas.

„Hatten sie mir auch etwas mitgebracht?“ wollte Louise wissen.

„Sie hatten etwas für jeden gekauft. Warte, ich will sehen, ob ich mich noch an ein paar Dinge erinnere. War das der Einkauf, bei dem sie ... Nein. Den weißen Muff haben sie dir bei einer anderen Fahrt mitgebracht. Ich glaube, sie hatten ihn bei Andrews' gekauft. Erinnerst du dich noch daran, Louise?“

„An den weißen Muff? Ja. Doch. Ich weiß noch, wie gern ich meine Hände in ihm vergraben habe. Ich habe die Handschuhe ausgezogen, damit ich den Flausch besser fühlen konnte. Er war so himmlisch weich!“

Anna nieste erneut und wandte sich zu Derek um.

„Ich weiß noch, was sie dir mitgebracht hatten. Den Kreisel. Den Kreisel, der in deinem Regal steht. Den hatten sie bei diesem Ausflug für dich gekauft. Erinnerst du dich noch?“

Derek nickte.

„Niemand konnte ihn so gut in Schwung bringen wie Papa“, sagte er, und Anna mußte wieder daran denken, wie sehr der Junge seinen Vater vermißte.

„Jetzt wird's aber Zeit, daß Anna ins Bett kommt“, sagte Louise unvermittelt. Anna wunderte sich schon darüber, wie besorgt ihre Schwester um sie war, bis diese lachend hinzufügte: „Wenn Anna uns nämlich krank wird, ist's aus mit den neuen Kleidern für die Hochzeit!“

*

Aber Anna wurde nicht krank. Sie verbrachte lange Stunden an ihrer Nähmaschine. Louise und Sara erklärten sich sogar dazu bereit, ihr einige ihrer Arbeiten abzunehmen, damit sie länger nähen konnte. Zum guten Schluß waren beide Anzüge geändert, und drei neue Kleider hingen an ihren Holzbügeln. Alles war rechtzeitig zu dem großen Tag fertig geworden.

Louise konnte einfach nicht widerstehen und probierte ihr Kleid immer wieder an, um sich im Spiegel zu betrachten. Dann begann sie, mit ihren Haaren zu experimentieren und sie bald so und bald anders hochzuhalten.

Ach du Schreck! dachte Anna. *Jetzt wird sie darauf bestehen, sich die Haare hochzustecken, und dazu ist sie noch zu jung. Da steht mir wohl eine Auseinandersetzung mit ihr bevor!*

Vor der Hochzeit stiegen die Temperaturen etwas an. Anna war froh darüber, denn der blaue Wollstoff war nicht sehr dicht gewebt.

Als sich alle für den feierlichen Anlaß zurecht machten, herrschte große Aufregung. Wegen Louises Frisur gab es in der Tat eine kleine Meinungsverschiedenheit. Sie hatte sich die Haare zu einer Frisur hochgesteckt, die sie viel zu erwachsen wirken ließ. Anna hielt die Luft an und wollte ihre Schwester gerade zurechtweisen, als sich die widerspenstigen Lokken über Louises Ohr aus der Spangen lösten und sich über ihre Schulter ergossen. Louise sah aus, als würde sie im nächsten Moment in Tränen ausbrechen.

„Soll ich dir helfen?“ erbot Anna sich. „Beim Hochstecken braucht man Übung, bis die Frisur hält.“

Louise nickte, und beim Neuordnen ihrer Haare gelang es Anna, ihr mädchenhaftes Aussehen größtenteils zu wahren. Zuerst wollte Louise sich über die veränderte Frisur beschweren, doch Anna brachte sie mit einem entschiedenen „So steht’s dir viel besser“ zum Verstummen. Louise betrachtete sich noch einmal im Spiegel, lächelte ihrem Spiegelbild zu und sagte kein Wort mehr über die Frisur.

Thomas scheuchte sie allesamt zum Buggy und lenkte das Gespann in Richtung der Conroyschen Farm.

„Wie kriegt Hazel nur all die Leute ins Wohnzimmer hinein?“ fragte Sara.

„Keine Ahnung“, gestand Anna.

„Wenn ich mal heirate, dann tue ich das jedenfalls im Juni oder Juli, damit alles draußen stattfinden kann", verkündete Sara. „Ist doch verrückt, im Oktober zu heiraten. Es hätte ja schneien können!"

„Sie mußte warten, bis die Ernte vorbei war", erklärte Anna ihrer Schwester.

„Seht ihr? Im Juli braucht man sich keine Gedanken um die Ernte zu machen!" beharrte Sara.

Thomas lachte und streckte eine Hand aus, um Sara die Haare zu zerzausen.

„Untersteh dich!" warnte Anna. „Ich habe einen großen Teil des Vormittags damit verbracht, ihre Locken und Haarbänder in Form zu bringen!"

Thomas zog die Hand schnell zurück und lachte weiter.

Trudie war die erste, die sie bei ihrer Ankunft begrüßte. Sie lief ihnen entgegen, wobei ihre fliederfarbenen Röcke über den Rasen hinwegrauschten. Sie warf sich die rote Haarpracht über die Schultern und bedachte Thomas mit einem koketten Blick, um festzustellen, ob er ihr genügend Beachtung gezollt hatte. Thomas war jedoch gerade damit beschäftigt, die Pferde festzubinden.

„Er ist noch nicht hier", flüsterte Trudie Anna zu, „aber Hazel sagt, er hat versprochen zu kommen."

Was interessiert Hazel das? dachte Anna im stillen. *Sie heiratet doch heute!*

Trudie hatte gerade den Mund zum Weitersprechen geöffnet, als Annas Blick auf Roberta fiel. Sie saß auf ihrem besonderen Stuhl, einem Stuhl, von dem sie nicht herunterfallen konnte. Anna ging auf das Mädchen zu, um sich mit ihr zu unterhalten. Trudie heftete sich an Annas Fersen, bis sie merkte, was diese vorhatte.

„Was, wenn er ausgerechnet jetzt kommt?" flüsterte sie besorgt. „Er wird dich dabei sehen, wie du mit ihr redest!"

Anna warf Trudie einen langen Blick zu und ging dann weiter auf das behinderte Mädchen zu.

Anna wußte nie sicher, ob Roberta sie erkannte oder ob sie sich bei allen Leuten gleich verhielt.

„Guten Tag", sagte Anna.

„Tag." Sie streckte ihr eine dünne Hand entgegen. Anna ergriff sie.

„Wie geht's dir denn, Roberta?" fragte Anna und lächelte das Mädchen an.

„Hazel ... Hazel hei'tet", sagte das Mädchen und zeigte auf das kleine Rednerpult, das unter den Bäumen aufgestellt worden war. Die Hochzeit sollte tatsächlich im Freien stattfinden, ob es nun Oktober war oder nicht.

„Ja, Hazel heiratet heute", nickte Anna. Roberta lachte entzückt, zappelte mit den Beinen und klatschte in die Hände.

Dann zerrte Roberta ungeduldig an den Gurten, die sie an ihren Stuhl fesselten.

„Raus!" verlangte sie.

„Ich kann sie dir nicht abnehmen. Sonst fällst du uns noch hin", versuchte Anna zu erklären. „Und wenn du hinfällst und dir wehtust, kannst du nicht zuschauen, wie Hazel heiratet."

Doch das Mädchen hörte nicht auf, an den Gurten zu zerren.

„Du hast aber ein hübsches Kleid an", versuchte Anna sie abzulenken. Das Kleid stand Roberta ganz entzückend. Bestimmt war es extra für diesen Anlaß genäht worden.

Doch Roberta ließ sich nicht beirren.

„Raus!" bettelte sie erneut, und Anna war erleichtert, als Ingrid kam, um dem Mädchen etwas zu trinken und ein Plätzchen zu bringen.

Kurz vor Beginn der Trauung spürte Anna, wie eine Hand sie am Ellbogen berührte. Es war Carter. Er war gekommen, wie er versprochen hatte. Einen Moment lang wünschte Anna sich, ein Kleid aus einem der feinen Seiden- oder Satinstoffe zu tragen, die sie in Carson bewundert hatte. Doch der Moment war schnell vorbei. Auf der anderen Seite des Gartens sah sie Trudie in ihrem aufwendig gearbeiteten fliederfarbenen Satinkleid. Anna konnte es sich nicht verkneifen, ihr schlichtes Kleid mit Trudies Satinkleid zu vergleichen.

Aber mein einfaches Kleid paßt besser zu mir, dachte Anna. *Ich bin eben ein einfacherer Mensch – nicht ausgefallen und lebhaft wie Trudie.*

Carter tippte sich an den Hut und machte Anna ein Kompliment mit seinen Augen, nachdem er ihr neues Kleid und die Haube mit dem neuen Spitzenbesatz begutachtet hatte.

„Sie sehen wunderhübsch aus, Miss Peterson“, sagte er dann, und Anna stockte der Atem. Sie wollte ihm nur zu gern glauben.

„Oh, vielen Dank, Sir“, antwortete sie, und in ihren blauen Augen funkelte die reinste Lebensfreude.

Dann fiel ihr Blick auf Thanes Gesicht. Wie immer stand Thane bei Thomas. Den beiden gelang es immer, zueinanderzufinden. Anna lächelte und winkte Thane zu. Thane nickte und erwiderte ihr Lächeln. Anna fiel jedoch auf, daß er nicht so fröhlich wie sonst dreinschaute. Stimmte etwas nicht? Sie verspürte Besorgnis. Am liebsten hätte sie Thane auf der Stelle gefragt, warum er so ernst war, doch dann führte Carter sie auch schon auf eine Bank zu. Selbst dann hätte sie sich um ein Haar einen Weg durch die Gäste gebahnt, um kurz mit Thane zu sprechen, wenn der Pfarrer nicht gerade seinen Platz vor der Hochzeitsgesellschaft eingenommen hätte. Die Trauung sollte gleich beginnen.

Hazel kam nach vorn, und alle richteten ihre Blicke auf die Braut.

Andere Zeiten

Eines Abends klopfte Charlie bei den Petersons an die Tür. Der Wind blies eisig, und Thomas bat Charlie schnell herein, damit er sich aufwärmte. Anna beeilte sich, eine Kanne Kaffee zu kochen. Ein Blick auf den armen Mann sagte ihr, daß die Lage sich verschlechtert haben mußte.

„Er ist nicht mehr", sagte Charlie und ließ sich auf den Stuhl sinken, den Thomas ihm angeboten hatte.

„Oh, das tut mir aber leid!" sagte Anna. Sie stellte den Kessel auf die Herdplatte und ging zu Charlie. „Wann ist es denn passiert?"

„Heut' nachmittag – so gegen vier."

„Sie brauchen dringend etwas Schlaf. Sie sehen ja vollkommen erschöpft aus. Bleiben Sie doch einfach über Nacht bei uns und ..."

„Nein. Gus braucht mich."

Anna ließ es dabei bewenden.

„Wann soll denn die Beerdigung sein?" fragte Thomas.

„Das haben wir noch nicht geregelt. Außerdem könnte es Schwierigkeiten geben."

„Schwierigkeiten?"

Charlie nickte.

„Der Boss hatte gesagt: ‚Keine Trauerfeier.' Er wollte einfach nur auf seinem eigenen Grund und Boden begraben werden. Aber der neue Boss findet das heidnisch. Es kommt für ihn nicht in Frage, seinen Pa einfach so unter die Erde zu bringen, ohne jede Trauerfeier."

Anna nickte. Carter stieg in ihrer Achtung.

„Da hat er eigentlich recht", meinte auch Thomas.

Charlie nickte.

„Gut, ich muß zugeben, daß ich da einer Meinung mit ihm bin. Trotzdem ... irgendwie müssen wir doch Rücksicht auf die Wünsche vom Boß nehmen.“

Anna legte ihm eine Hand auf die gebeugte Schulter. Sie hatte Verständnis für ihn.

„Sie haben ihm viele Jahre lang gute Dienste erwiesen“, sagte sie zu ihm. „Keiner hätte mehr von Ihnen erwarten können.“

Charlie blieb gerade lange genug, um eine Tasse Kaffee zu trinken und ein Stück Zitronenkuchen zu essen. Dann schlüpfte er wieder in seine warme Jacke und machte sich auf den Rückweg über das leere Feld.

„Wenn das noch lange so weitergegangen wäre, dann weiß ich nicht, ob Charlie das überlebt hätte“, sagte Thomas.

Anna stimmte ihm zu.

„Der Ärmste!“ flüsterte sie. „Er sieht ja wie ein bärtiges Gespenst aus! Mager ist er geworden, Thomas, und vor lauter Schlafmangel sind seine Augen ganz hohl.“

„Ja, aber jetzt ist es wohl vorbei.“

Wieder nickte Anna. Dann kam ihr ein neuer Gedanke.

„Aber nicht für den armen Mr. Stratton“, sagte sie. „Vor ihm liegt jetzt eine ganze Ewigkeit ... und mich schüttelt es, wenn ich daran denke, wie sie für ihn aussieht.“

Thomas sah zu ihr auf.

„Ach, Thomas“, gestand Anna, „ich habe kein einziges Mal versucht, ihm von meinem Glauben zu erzählen.“

„Pa hat's versucht“, antwortete Thomas.

„Das hat er?“

„Mehrmals sogar. Einmal war ich dabei. Ich erinnere mich noch gut daran. Pa hat zu ihm gesagt, sich um die Zukunft der eigenen Seele zu kümmern, sei das Wichtigste im Leben. Dann hat er ihn zum Gottesdienst eingeladen.“

Anna hörte ihm gespannt zu.

„Mr. Stratton hat Pa furchtbar beschimpft. Ich werde es nie vergessen. Ich war richtig erschrocken über die Art, wie er geredet hat. Dann hat er Pa mit der Faust gedroht. Pa hat nicht einmal mit der Wimper gezuckt. Dabei habe ich gehofft, Pa würde ihm einen kräftigen Kinnhaken versetzen." Thomas mußte unwillkürlich schmunzeln.

„Pa hat sich nicht einschüchtern lassen, aber er hat ihm seine Selbstachtung gelassen – obwohl er genau wußte, daß der andere auf dem Holzweg war. ‚Mr. Stratton', hat er zu ihm gesagt, ‚jeder hat das Recht, selbst über sich zu entscheiden. Das will ich Ihnen überhaupt nicht streitig machen. Aber ich werde auch weiterhin für Sie beten, und wenn Sie je darüber reden wollen - drüben hinter dem Zaun haben Sie einen Nachbarn und Freund, an den Sie sich jederzeit wenden können.'"

„Das hat er wirklich gesagt?"

„Ich war sehr stolz auf meinen Pa!" rief Thomas. „An diesem Tag wurde mir klar, daß mehr dazu gehört, eine versöhnende Hand auszustrecken, als zu einer Prügelei."

Anna räumte die leeren Kaffeetassen vom Tisch.

„Thomas", sagte sie, „wir waren wirklich reich gesegnet, du und ich, weil wir solche Eltern hatten. Es bekümmert mich nur, daß ... die Erinnerungen, an die wir so gern zurückdenken, ... den Jüngeren fehlen. Unsere Eltern haben durch ihr Beispiel ein solides Fundament für uns gelegt."

„Durch unser Spiel und durch das Erinnerungsbuch geben wir sie doch weiter."

„Aber das ist etwas anderes, als alles selbst erlebt zu haben", wandte Anna ein.

„Wichtig ist es aber trotzdem", meinte Thomas.

Anna ging an das Küchenregal, in dem sie ihr Erinnerungsbuch aufbewahrten. Inzwischen war es auf drei Hefte angewachsen, in denen die Erinnerungen an ihre Eltern niedergeschrieben waren. Anna strich zärtlich mit der Hand über die Hefte. Sie waren wirklich bedeutsam. Durch das Weitergeben von Erinnerungen war die Verbundenheit unter den Geschwistern noch inniger geworden.

„Ja", stimmte Anna ihm zu, „es ist das Beste, was wir tun können." Dann hob sie den Kopf und wandte sich erneut an ihren älteren Bruder. „Thomas, wir müssen ganz besonders nett zu Carter sein. Er hat ja nicht einmal eigene Erinnerungen an seinen Vater. Er kennt ihn nur vom Hörensagen. Und ich glaube nicht, daß er zur Zeit ein gutes Einvernehmen mit seiner Mutter hat. Das ... das konnte ich ihm anmerken, als er von ihr sprach."

„Ich habe den Eindruck, sie hat ihn vollkommen verwöhnt, und als er dann seine eigenen Wege gehen wollte, anstatt ihr kleiner Junge zu bleiben, hat sie ihm das übelgenommen", meinte Thomas.

„Jedenfalls braucht er dringend Freunde. Wer keine Familie hat, der braucht umso dringender Freunde."

*

Die Beerdigung fand zwei Tage später statt. Pfarrer Merrifield hielt eine kurze Ansprache, und dann wurde Mr. Stratton senior, der wohlhabendste Bürger der Ortschaft, auf dem Friedhof beerdigt. Ein Grabstein markierte die Stelle, wo er zur letzten Ruhe gebettet worden war.

Die meisten Leute aus der Umgebung fanden sich zu der Beerdigung ein. Nur ein paar wenige, darunter auch Mrs. Blackwell, verzichteten auf die Teilnahme.

„Ich hatte nichts mit dem Mann zu tun, als er noch lebte", beharrte sie unwirsch. „Wüßte nicht, weshalb sich das ändern sollte, seitdem er tot ist."

Ihr Mann kam jedoch in die Stadt, um ein Pferdegeschirr flicken zu lassen. Unauffällig mischte er sich unter die Trauergäste.

Die drei Trauernden am Grab waren einander sehr unähnlich. Carter überragte die beiden anderen um Haupteslänge. Er trug einen dunklen Anzug. Mit seinen breiten Schultern gab er einen stattlichen Anblick ab, und er hatte den Kopf tief genug verneigt, um ein angebrachtes Maß an Respekt vor dem Mann zu bekunden, der zwar sein Vater gewesen war, den er jedoch nie persönlich gekannt hatte. Die beiden kleingewachsenen Männer, die neben ihm standen, trugen dieselben Anzüge, die sie seit vielen Jahren zu Beerdigungen getragen hatten. Der Stoff war abgetragen und zerknittert, worin er den Trägern der Anzüge glich. Doch die Gesichter dieser beiden kleinen

Männer waren von aufrichtiger Trauer gezeichnet. Charlie wischte sich hin und wieder eine Träne ab, ohne sich vor den übrigen Trauergästen zu schämen.

Es gab nicht viele Worte des Trostes, die Pfarrer Merrifield den trauernden Hinterbliebenen sagen konnte. Daher wandte er sich in seiner Ansprache an die Trauergäste.

„,Ich gehe hin, euch die Stätte zu bereiten'", zitierte er und richtete dann seinen Blick auf die Nachbarn.

„Liebe Freunde, diese Worte hat Christus gesprochen, und daher wissen wir, daß sie wahr sind. Er ist hingegangen, um uns eine Stätte zu bereiten – jedem von uns. Doch um seine Güte für uns in Anspruch zu nehmen, müssen wir unsere Herzen für diesen Ort vorbereiten.

Habt ihr euch je klargemacht, was ihr zu tun habt? Christus wird sein Wort halten. Die Stätte wird für uns bereitstehen. Sie wird uns erwarten, wenn wir diese Welt verlassen - aber nur, wenn wir die richtigen Vorbereitungen getroffen haben.

Gott hat uns in seinem Wort gesagt, was wir tun müssen: ,Glaube an den Herrn Jesus, so wirst du und dein Haus selig!' Tut Buße – kehrt euch ab von euren Sünden und hin zu Gott. Bittet Gott um Vergebung für eure Missetaten – für die Sünden der Vergangenheit; bittet ihn, euch ein neues Herz zu geben – reine Gedanken und reine Taten –, damit ihr in die Stätte kommen dürft, die er bereitet hat. Nehmt die Vergebung Gottes durch den Tod seines Sohnes an, und laßt euch im Glauben taufen."

Die Ansprache ging weiter. Anna sah sich unter den versammelten Nachbarn um. Wie viele von ihnen mochten wohl die Worte, die der Pfarrer gerade sprach, dringend nötig haben? Hatte sie eigentlich je über das ewige Schicksal dieser Menschen nachgedacht, oder war sie mit der Versorgung ihrer Familie zu beschäftigt gewesen? *Mama hätte sich die Zeit genommen; das weiß ich genau*, dachte Anna. *Ich muß aufpassen, daß ich nicht vor lauter Arbeit vergesse, an andere Menschen zu denken.*

Annas Blick wanderte wieder zu den drei Männern vor dem Grab. Carter stand würdevoll, doch irgendwie verschlossen da.

Es gab nichts, aus dem Anna seine Gedanken oder Gefühle ablesen konnte. Charlie weinte dagegen ganz offen. Der arme kleine Charlie. Die lange Krankheit seines Chefs und Freundes hatte ihm arg zugesetzt. Gus sah aus, als wünschte er sich sehnlich, der Pfarrer würde sich mit seiner Ansprache beeilen. Er stützte Charlie, indem er ihn beim Ellbogen faßte. Es war bewegend, diese beiden alten, wettergegerbten kleinen Männer so miteinander trauern zu sehen.

*

„Wie geht das Leben denn jetzt für Sie weiter?" erkundigte Anna sich bei Charlie und Gus.

Sie hatte ein paar frischgebackene Brote in ein sauberes Geschirrtuch gewickelt und sie über das Feld zur Nachbarsfarm getragen. Gemeinsam saßen sie in der großen Küche. Gus hatte inzwischen wieder mehr Zeit für seine regulären Pflichten, und er hatte seine Küche auf Hochglanz poliert.

„Ich werd' wohl wieder den Kochlöffel schwingen", sagte Gus leichthin.

„Und Sie?" wand Anna sich an Charlie. „Werden Sie wieder reiten?"

Charlie schüttelte bedächtig den Kopf.

„Zum Reiten bin ich zu alt. Mich zieht's nicht mehr in den Sattel bei Wind und Wetter. Ich hab' die Gicht in den Gelenken, und dann und wann plagt mich ein alter Knochenbruch. Am besten such' ich mir irgendwo 'ne kleine Hütte und sitze den ganzen Tag im Schaukelstuhl."

Anna lächelte. Wenn sich jemand den Schaukelstuhl redlich verdient hatte, dann war es Charlie.

„Aber wozu brauchen Sie eine Hütte? Hier ist doch jede Menge Platz."

„Das sag' ich ihm auch schon die ganze Zeit", meldete Gus sich zu Wort. „Wüßte keinen Grund, weshalb er sich nach was anderem umsehen sollte. Keinen Grund."

Charlie schüttelte den Kopf. „Ich bin zu nichts mehr nütze", beharrte er. „Ich will nicht anderen zur Last fallen."

„Dann ziehen Sie doch bei uns ein!“ Annas Idee kam so spontan, daß sie sogar selbst davon überrascht war.

Charlie sah auf, als wollte er seinen Ohren nicht trauen.

„Wir können Ihnen ein Zimmer freiräumen“, fuhr Anna fort, und in ihrem Kopf überschlugen sich schon die Gedanken.

Charlie schüttelte abwehrend den Kopf.

„Aber natürlich können wir das“, sagte Anna. „Ich werde mit Thomas reden. Wir hätten Sie furchtbar gern bei uns – wir alle!“

„N...nein“, sagte Charlie, doch Anna war sich ganz sicher, daß er das Angebot verlockend fand.

„Wir haben eine schöne, breite Veranda, die Papa damals gebaut hat ...“

„Nichts gegen euer Haus“, unterbrach Charlie sie. „Es liegt an mir selbst. Ich tauge doch zu nichts mehr.“

„Das stimmt aber nicht! Sagen Sie doch nicht so etwas! Sie sind noch etwas erschöpft von der ganzen Tortur, aber davon werden Sie sich mit der Zeit schon erholen. Warten Sie's nur ab. Und wenn ... wenn das nicht passieren sollte, dann ... dann würden wir uns trotzdem freuen, wenn Sie bei uns einziehen.“

Charlie streckte seine schwielige Hand aus und klopfte auf Annas weiche, junge Hand.

„Du bist 'n herzensguter Mensch, Mädchen – genau wie deine Mama. Aber aus deiner Idee kann nichts werden.“

„Versprechen Sie mir, wenigstens in Ruhe darüber nachzudenken?“ beharrte Anna.

Charlie lachte.

„Nachzudenken? Menschenskinder, träumen werd' ich davon!“

Anna verabschiedete sich und hoffte dabei, daß sich mit Charlies Träumen und ihren Gebeten vielleicht doch noch etwas ausrichten lassen würde.

Herrenbesuch

Carters erster Besuch kam so überraschend für Anna, daß sie sich entschuldigen mußte, um sich schnell umzuziehen und frisch zu frisieren. In der Zwischenzeit unterhielten sich Thomas und Carter über das Wetter, die diesjährige Ernte und den bevorstehenden Winter.

Es dauerte nicht lange, bis Anna in die Küche zurückkam, und Carter widmete ihr seine gesamte Aufmerksamkeit.

Am liebsten hätte sie sich bei ihm nach Charlie erkundigt, doch das konnte sie nicht wagen. Immerhin ging sie dieses Thema nichts an. Trotzdem fand sie, daß Carter dem langjährigen Angestellten seines Vaters besondere Aufmerksamkeit schuldig war.

Sie unterhielten sich den ganzen Abend angeregt miteinander. Anna war versucht, Thomas zu bitten, ein Feuer im Kamin des Wohnzimmers zu machen, doch sie hielt es für klüger, für heute davon abzusehen. Zuerst mußte sie herausfinden, ob Carters Besuch ihr persönlich galt, oder ob er nur unverbindlich als Nachbar gekommen war.

Er wirkte so weltgewandt, so korrekt und elegant in seinem karierten Jackett mit den Kragenaufschlägen aus Samt und seiner brillantbesetzten Krawattennadel, daß Anna sich kaum vorstellen konnte, er interessiere sich für ein schlichtes Mädchen wie sie.

Doch seine Augen, sein Einstimmen in ihr Lachen, seine ungeteilte Aufmerksamkeit sagten ihr, daß er in der Tat sehr an ihr interessiert war. Anna stand vor einem Rätsel – einem Rätsel, das ihren Puls zum Rasen brachte.

„Wie bald darf ich wiederkommen?“ fragte er und sah sie dabei aus funkelnden Augen an, als sie ihn zur Tür brachte.

Nicht etwa: „Darf ich wiederkommen?“ sondern: „Wie bald?“. Anna hielt vor Überraschung die Luft an und sah zu seinen dunklen Augen auf.

„Ich ... ich ...“ Dann lächelte sie und legte den Kopf schräg, um im Scherz zu antworten: „Wie wär’s mit irgendwann im April?“

„So lange würde ich es nie aushalten“, sagte er und sah ihr dabei ernst in die Augen.

„Dann vielleicht etwas eher“, antwortete sie.

„Was halten Sie von Freitag abend?“ schlug er vor.

„Diese Woche Freitag? Heute ist Dienstag; das wären ja nur ...“

„... drei endlos lange Tage“, führte er ihren Satz zu Ende.

Anna holte tief Luft und nickte. Dabei spielte ein Lächeln um ihre Lippen.

„Gut, Freitag abend also“, sagte sie, und es war kaum mehr als ein Flüstern.

Er nickte. Beim Hinausgehen in die kalte Nacht setzte er sich seinen Stetson auf.

Anna schloß die Tür und lehnte sich gegen sie. Ob Thomas ihre Unterhaltung wohl gehört hatte?

„Ich geh’ jetzt schlafen“, sagte Thomas gerade.

Anna machte sich klar, daß Carters Besuch in Thomas’ Augen nichts weiter als eine Stippvisite unter Nachbarn gewesen war.

„Thomas, Carter kommt wieder ... und zwar am ... am Freitagabend.“

Thomas sah sich überrascht um.

„Ich wollte dich fragen, ob wir ... ob wir den Kamin in der Wohnstube anmachen können. Dann könntet ihr übrigen in Ruhe in der Küche lesen ... oder tun, was ihr möchtet, ohne daß wir euch dabei im Weg sind.“

Da! Sie hatte sich klar und deutlich ausgedrückt. Sie erwartete Herrenbesuch. Sie wollte einen ungestörten Abend mit Carter verbringen. Mit klopfendem Herzen heftete sie ihren Blick auf Thomas.

Thomas stand still da und sah sie nur an; dann nahm er den

Stuhl, der vor ihm stand, und rückte ihn an den Tisch. Er senkte den Blick auf den Fußboden, als studiere er eingehend sein Muster. Dann schluckte er. Anna sah, wie sich sein Adamsapfel auf- und abbewegte. Endlich fand er Worte.

„Willst du das denn wirklich?“

„J...ja, natürlich. Ich ... ich denke schon.“

„Bist du dir ganz sicher, daß er deinen Vorstellungen entspricht? Daß er denselben Glauben hat wie du?“

„Er geht doch in die Kirche – fast jeden Sonntag.“

„Anna, es ist nicht damit getan, sonntags in die Kirche zu gehen. Das weißt du ganz genau.“

Sie nickte. Nun war sie an der Reihe, mühsam zu schlucken. Sie knotete ihre Hände ineinander. Carter hatte so vieles an sich, was in ihren Augen so ... so perfekt war. Aber ob er tatsächlich den gleichen Glauben wie sie hatte, da war sie sich nicht absolut sicher.

Entschlossen hob sie den Kopf.

„Wenn sich herausstellt, daß er nicht gläubig ist, dann verabrede ich mich halt nicht mehr mit ihm“, sagte sie.

„Das ist leichter gesagt als getan“, antwortete Thomas.

„Wie meinst du das?“

„Dasselbe hat Hazel Conroy immer über ihren Fred gesagt. Ich habe gehört, daß er ihr kurz nach der Hochzeit verboten hat, sonntags in die Kirche zu gehen.“

Über diese Neuigkeit erschrak Anna.

„Aber Carter geht doch selbst in die Kirche“, erinnerte sie ihren Bruder.

„Das hat Fred früher auch getan“, antwortete Thomas nüchtern.

Anna wußte, wie recht er damit hatte.

„Und ... und was wird mit Thane?“ fragte Thomas jetzt.

„Mit Thane? Wieso?“

„Thane kommt doch fast jeden Freitagabend. Hast du das etwa vergessen?“

„Er kann doch trotzdem kommen“, antwortete sie. „Ihr beiden könnt Mühle oder etwas Ähnliches spielen, und ... und ich mache uns allen etwas zu essen.“

Thomas sah Anna aus fassungslosen Augen an, schüttelte traurig den Kopf und ging zur Treppe.

Anna merkte ihm an, daß etwas nicht stimmte. Thomas hatte ihr noch nie wortlos den Rücken gekehrt. Am liebsten hätte sie ihn zurückgerufen, doch dann kniff sie trotzig die Lippen zusammen. Er benahm sich vollkommen albern. Er hatte überhaupt keinen Grund, sich darüber aufzuregen, daß Carter ihr seine Aufwartung machen wollte. Immerhin war sie erwachsen. Sie hatte das Recht, sich ihre Freunde selbst auszusuchen.

Anna streckte die Schultern und hob das Kinn in die Luft, doch gegen die Tränen, die unter ihren langen Wimpern hervortropften, war sie machtlos.

Sie mußte an ihre Angst und Eifersucht denken, als Thomas sich allem Anschein nach in der Aufmerksamkeit sonnte, mit der Trudie ihn überschüttet hatte. Vielleicht war ihm jetzt genauso zumute.

Doch Anna würde die Familie nie im Stich lassen. Das müßte Thomas doch eigentlich wissen. Er hatte überhaupt keinen Grund zur Sorge.

*

Wie angekündigt kam Carter am Freitagabend. Thane kam nicht. Anna war enttäuscht darüber, aber dann schob sie alle Gedanken an ihn beiseite, um sich ganz Carter zu widmen.

Thomas machte ein Feuer im Kamin der Wohnstube, wie Anna es sich gewünscht hatte; anscheinend hatte er den Kindern auch begreiflich gemacht, daß Anna nicht gestört werden wollte, denn den ganzen Abend über ließ sich niemand in der Nähe der Wohnzimmertür blicken.

Anna versuchte, Carter durch gezielte Fragen dazu zu bringen, ihr von seinem Glauben an Gott zu erzählen, doch entweder verstand er nicht, worauf sie hinauswollte, oder er wich ihr geschickt aus, denn sie bekam einfach keine befriedigende Antwort.

Er erzählte ihr von seiner Mutter und von dem Haus, in dem er aufgewachsen war. Seine Beschreibung des Hauses war so anschaulich und lebendig, daß Anna förmlich den Duft der Geißblattblüten riechen und das Zirpen der Heuschrecken hören konnte.

„Es ist Ihnen doch bestimmt schwergefallen, das alles zurückzulassen", sagte sie mitfühlend.

„Im Gegenteil", antwortete Carter. „Ich fand das Leben dort entsetzlich langweilig. Schon mit fünfzehn wollte ich in den Westen ziehen, aber Mutter wollte nichts davon wissen. Ich habe jahrelang mit dem Gedanken gespielt, bis ich mich endlich dazu entschloß, Nägel mit Köpfen zu machen. Mutter war sehr dagegen, wissen Sie. Zu Anfang hatte ich gehofft, sie umstimmen zu können. Aber das ist mir nicht gelungen. Zu guter Letzt hat es Streit gegeben. Ich bedaure zwar sehr, daß es dazu kommen mußte – aber ich bedaure keineswegs, mich durchgesetzt zu haben."

Er nahm Annas kleine Hand, die auf dem Sofa zwischen ihnen ruhte, in seine, und Anna errötete ein wenig. Einen Verehrer zu haben war etwas Neues für sie; sie hatte keine Ahnung, was man in einer solchen Situation sagte und wie man es sagte. Trudie wäre sicherlich nicht um Worte verlegen gewesen – sie hätte etwas unglaublich Charmantes gesagt, was ihr ein weiteres Kompliment eingebracht hätte. Doch Anna saß da und brachte keinen Ton heraus.

Carter betrachtete ihre zierliche Hand, die er in seinen beiden Händen hielt.

„Wie halten Sie sie nur so zart, wo Sie doch so schwer arbeiten?" fragte er.

Wieder war Anna verwirrt. Sie wußte nicht, ob er eine Antwort auf seine Frage erwartete, oder ob er sie lediglich als Kompliment gemeint hatte. Sie sagte einfach gar nichts.

„Sie sollten sich eine Haushaltshilfe halten, anstatt sich selbst um die Familie zu kümmern", fuhr er fort.

„Ich ... ich kümmere mich gern um andere", stotterte sie.

„Das weiß ich." Er sah ihr tief in die Augen. „Sie sind das selbstloseste Geschöpf, das mir je begegnet ist. Es gibt keinen Mann, der sich nicht geehrt schätzen würde, so umsorgt zu werden."

Anna war sich nicht sicher, ob sie die volle Bedeutung seiner Worte erfaßt hatte, doch bestimmt wollte er ihr damit schmeicheln.

„Vielleicht sollte ich uns einen Imbiß zurechtmachen", sagte sie und stand auf, bevor er ihr widersprechen konnte.

In der Küche stellte sie überrascht fest, wie spät es schon war. Niemand saß mehr am Tisch oder auf dem großen Stuhl neben dem Ofen.

Liebe Güte! dachte sie. *Sie sind wohl schon alle im Bett. Ob sie sich wohl Plätzchen und Milch genommen haben?*

Anna beeilte sich nicht beim Zurechtmachen des Tabletts und mit dem Arrangieren der Kaffeetassen. Sie mußte innerlich ein wenig zur Ruhe kommen, damit sie einen klaren Gedanken fassen konnte.

Als sie in die Wohnstube zurückkehrte, hatte sie sich wieder in der Hand. Sie war die perfekte Gastgeberin. Ihr Verhalten war sogar geradezu liebenswürdig, ohne aufdringlich zu wirken.

Nach seiner dritten Tasse Kaffee zog Carter seine Taschenuhr hervor und machte ein erschrockenes Gesicht.

„Donnerwetter!" rief er aus. „Wo ist die Zeit nur geblieben? Da sehen Sie, welche Wirkung Sie auf mich ausüben, Anna. Ich verliere ja jedes Zeitgefühl!"

„Die Zeit ist wirklich wie im Flug vergangen, aber wir hatten auch viel Gesprächsstoff", sagte Anna und schickte sich an, das Geschirr auf das Tablett zurückzuräumen.

„Ja", sagte Carter und betrachtete sie mit ernsten Augen. „Das hatten wir. Und es gibt noch so viel, über das wir uns weiter unterhalten könnten. Ich fürchte, ich werde darauf bestehen müssen, daß Sie mir mehr von Ihrer Zeit schenken, liebe Anna." In seinen Augen und seiner Stimme tanzte wieder ein Schalk. Anna fiel es leichter, ihm zu antworten, wenn er scherzte.

„Tja, vielleicht ein ganz, ganz winzig kleines bißchen mehr Zeit", sagte sie und maß ein paar Millimeter mit Daumen und Zeigefinger ab. Sie lachte leise, und er lächelte sein bedächtiges, überlegtes Lächeln.

„Und wann dürfte ich dieses ganz, ganz winzig kleine bißchen Zeit in Anspruch nehmen?“ fragte er sie.

„Ja, also ...“

„Und bitte vertrösten Sie mich nicht auf April!“ sagte er mit einem gespielten Stöhnen.

„Was möchten Sie denn gern von mir hören?“ fragte Anna kokett.

„Wie wär's mit morgen?“

Sie hoffte, er habe auch das im Scherz gesagt.

„Samstag abends sitzen wir immer als Familie beieinander“, antwortete sie schnell.

„Dürfte ich Sie am Sonntag zum Essen ausführen? Wo gibt es hier in der Umgebung ein elegantes Restaurant?“

„Hier in der Umgebung sucht man vergeblich nach einem eleganten Restaurant“, lachte Anna. „Im Hotel bekommt man gute Hausmannskost. Aber nicht sonntags, und nicht mit mir. Ich koche sonntags immer etwas besonders Gutes für die Familie.“

Das Erinnerungsspiel und das Buch verschwieg sie ihm.

„Da sieht man's wieder“, sagte er. „Genau wie ich gesagt habe: Immer denken Sie zuerst an andere.“

„Aber ich ...“

Er streckte eine Hand aus und legte ihr seinen Finger auf die Lippen, und sie verstummte.

„Wann darf ich Sie wiedersehen?“ fragte er. „Ich möchte wirklich nicht sehr lange warten müssen.“

Anna hob eine Hand, um seinen Finger von ihren Lippen zu schieben. Seine Hand schloß sich schnell um ihre. Sie fühlte sich verwirrt ... bedrängt ... unfähig, einen klaren Gedanken zu fassen.

„Wie wär's, wenn wir uns am Sonntag darüber unterhalten?“ schlug sie vor.

Er wirkte enttäuscht, doch er nahm den Vorschlag an.

„Bis Sonntag also“, bestätigte er und nahm den Hut, den er auf dem Sofatisch abgelegt hatte.

Das Testament

Anna beschloß, Carter für Dienstag wieder einzuladen. Das erschien ihr zwar verfrüht, doch sie brachte es nicht übers Herz, das Flehen in seinen dunklen Augen zu ignorieren.

Am Montag kam ein anderer Besucher. Charlie hatte sich trotz des Wetters über das Feld gewagt.

Er trank Kaffee, ließ sich ihren Schokoladenkuchen schmecken und unterhielt sich über einige Neuigkeiten aus der Nachbarschaft, bis die drei jüngeren Kinder zu Bett geschickt worden waren. Als nur noch Thomas und Anna mit ihm am Tisch saßen, schnitt er das Thema an, das ihn hergeführt hatte.

„Das Testament ist heute verlesen worden."

Im ersten Moment wußte Anna nicht, was daran so bedeutsam sein sollte.

„Es war klug von Mr. Stratton, ein Testament aufsetzen zu lassen", meinte Thomas, und nun begriff Anna.

Charlie nickte.

Eine Weile schwiegen sie. Thomas und Anna merkten ihm an, daß er mehr auf dem Herzen hatte.

„Hat es Überraschungen gegeben?" fragte Thomas schließlich.

„Allerdings."

Charlie holte einen vergilbten Umschlag aus seiner Tasche hervor. Auf der Vorderseite stand in ungeübter Handschrift der Name Karl Peterson.

„Papa!" rief Anna überrascht.

Charlie nickte.

„Aber Papa ist doch schon seit ..." begann Anna.

„Der Boss muß diesen Brief wohl noch zu Lebzeiten eures Vaters geschrieben haben – und dann hat er wahrscheinlich vergessen, daß er ihn in die Schublade zu seinem Testament gelegt hat", antwortete Charlie.

Thomas nahm den Umschlag und drehte ihn in seinen Händen.

„Öffne ihn doch einfach", forderte Charlie ihn auf.

Thomas riß den Umschlag behutsam an einer Ecke auf und öffnete ihn an der Oberkante. Er zog einen kurzen Brief hervor, der dieselbe ungeübte Handschrift wie der Umschlag trug.

„Lieber Karl", las Thomas vor, „vielleicht war ich Ihnen all die Jahre kein guter Nachbar. Ich war über vieles verbittert, aber jetzt weiß ich, daß ich größtenteils selbst daran schuld bin. Für den Fall, daß mir etwas Unerwartetes zustoßen sollte, möchte ich Ihnen auf diesem Wege mitteilen, daß ich mir Gedanken über das gemacht habe, was Sie gesagt haben. Das Ganze klingt irgendwie einleuchtend. Ich weiß zwar nicht, wie ich mich entscheiden werde, aber Sie haben Ihren Teil getan. Es imponiert mir, daß Sie den Mut haben, so offen über Ihren Glauben zu reden."

Der Brief war einfach nur mit „Carter" unterschrieben.

„Dann ist Carter also nach seinem Pa genannt worden?" fragte Anna überrascht.

Charlie nickte.

„Den kleinen Gefallen hat sie dem Mann getan", sagte er und meinte die ehemalige Mrs. Stratton damit.

„Weiß Carter das?" fragte Anna.

„Die Sache mit dem Brief – oder mit dem Namen?"

„Ja, also ... eigentlich beides. Es ... es muß ihm doch viel bedeuten, den Namen seines Vaters zu haben. Und der ... der Brief. Stellt euch nur vor: Vielleicht hat Mr. Stratton tatsächlich über das nachgedacht, was Papa ihm gesagt hatte. Vielleicht hat er ja sogar um Vergebung für alles gebetet, was gewesen war!" Anna wurde plötzlich ganz aufgeregt. Wäre es nicht einfach wunderbar, wenn Mr. Stratton Frieden mit seinem Schöpfer geschlossen hätte?

Doch Charlie hatte noch mehr Überraschungen.

„Der Boss hat Gus und mich in seinem Testament bedacht", sagte er, und die Stimme versagte ihm.

Anna und Thomas sahen auf. Der kleingewachsene Mann war sichtlich gerührt. Er nickte und blinzelte gegen die Tränen an, die ihm kommen wollten.

„Gus hat er dreitausend Dollar vermacht."

Anna schnappte nach Luft. Soviel Geld konnte sie sich gar nicht vorstellen.

„Was hat Gus denn nun vor?" fragte sie, als sie ihre Stimme wiedergefunden hatte.

„Das weiß er selbst nicht. Mit so etwas hatte er überhaupt nicht gerechnet. Sagt, er weiß gar nicht, was er mit dem vielen Geld anfangen soll. Aber da wird ihm bestimmt noch was einfallen."

Charlie brachte ein Grinsen zustande.

„Und Sie?" fragte Thomas.

„Mir hat er die Bodenparzelle am Bach mit dem kleinen Blockhaus darauf vermacht."

„Aber Charlie!" rief Anna begeistert und warf ihm ihre Arme um den Hals. „Das ist ja ... das ist ja prima! Jetzt haben Sie Ihre eigenen vier Wände! Da können Sie den ganzen Tag im Schaukelstuhl sitzen ... oder angeln gehen ... oder einfach nur gar nichts tun!"

Charlie grinste.

„Das kleine Blockhaus hatte es mir eigentlich immer schon angetan", gestand er, als Anna mit ihrer Umarmung fertig war. „Das hat der Boss wohl irgendwie geahnt."

Dann fuhr er fort: „Er hat mir außerdem auch noch tausend Dollar hinterlassen. Am Hungertuch werd' ich nicht nagen müssen!"

„Ach, das ist ja fabelhaft! Einfach fabelhaft!" begeisterte Anna sich erneut.

Thomas streckte einen Arm aus und klopfte dem alten Mann auf den Rücken.

„Tja, ich weiß nicht", sagte Charlie zögernd. „Der neue Chef findet's gar nicht so fabelhaft."

„Wie meinen Sie das?" fragte Anna und zog die Stirn kraus.

„Die Sache mit dem Geld kümmert ihn nicht die Spur. Davon behält er ja genug übrig. Sein Pa hat ihm nämlich den ganzen Rest seines Vermögens vermacht. Aber die Sache mit dem Stück Land unten am Bach paßt ihm nicht. Er sagt, das ist das beste Weideland auf der ganzen Ranch."

Annas Augen verdunkelten sich. Einerseits tat Carter ihr leid. Es war doch irgendwie nicht gerecht, daß ein Sohn sein Erbe an einen Angestellten abtreten mußte. Aber andererseits würde er bei all den Ländereien, die ihm nun gehörten, doch bestimmt auf die kleine Parzelle verzichten können, die Charlie geerbt hatte.

„Hat er auf seinem übrigen Grund und Boden denn keinen Zugang zu Wasser?" fragte Thomas.

„Doch, doch", antwortete Charlie. „Daran fehlt's nicht. Aber ausgerechnet dieses Stück Land hat er wohl besonders ins Herz geschlossen."

Thomas schüttelte nachdenklich den Kopf.

„Tut mir zwar leid für ihn", sagte er, „aber ein Testament ist nun einmal ein Testament."

Charlie schüttelte ebenfalls den Kopf.

„Nicht unbedingt", widersprach er. „In dem Testament steht zwar, daß das Land mir gehören soll – aber dabei wird's wohl nicht endgültig bleiben."

„Wie meinen Sie das?"

„Der Anwalt meint, daß jedes Testament angefochten werden kann."

„Angefochten?"

„Ja – vor Gericht gebracht, um zu prüfen, ob es wirklich gültig ist, oder um es zu ändern."

„Wer könnte denn so etwas tun?"

„Der Mann, der seiner eigenen Meinung nach einen Anspruch darauf hat", antwortete Charlie.

„Carter?" fragte Thomas.

„Doch nicht Carter!" widersprach Anna schnell.

Doch Charlie nickte.

„Hat mir unverblümt angekündigt, er werde vor Gericht gehen und sein Eigentum zurückfordern", sagte Charlie. Der bloße Gedanke an einen Gerichtsstreit verlieh ihm sein müdes, altes Aussehen zurück.

„Aber Sie haben doch gesagt ...“ begann Anna.

„Klar. In dem Testament steht, daß es mir gehört. Carter sagt, daß es ihm gehört.“ In Charlies Augen kam Leben. Anna sah einen Funken in ihnen aufblitzen. Der alte Mann hob den Kopf und streckte trotzig das Kinn in die Luft.

„Was werden Sie denn jetzt tun?“ fragte Thomas.

„Zur Wehr setzen werd’ ich mich“, sagte Charlie aufgebracht. „So ohne weiteres kriegt er das Land nicht von mir. Der Boss hat es mir vermacht. Ich werde mich zur Wehr setzen.“

Anna spürte, wie sich eine Welle der Übelkeit durch ihren ganzen Körper schlich. Sie mußte sich auf den nächstbesten Stuhl setzen.

Oh, lieber Gott, betete sie im stillen, *und wir – besonders ich – stehen plötzlich mittendrin.*

Anna hätte die Sachlage liebend gern am nächsten Abend mit Carter erörtert, doch sie wagte es nicht, ein so heikles Thema anzuschneiden. Sie unterhielten sich über andere Dinge, über Unbedeutendes, Lustiges und über Erlebnisse aus ihrer Kindheit. Carter erwähnte das Testament mit keinem Wort; bestimmt ahnte er nicht im entferntesten, daß sie und Thomas etwas über dessen Inhalt wußten.

Thane würde einfach das sagen, was er denkt, fiel Anna unvermittelt ein, doch dann beherrschte sie sich. *Was hat Thane schon damit zu tun? Warum vergleiche ich Carter denn mit ihm?*

Annas Gedanken kehrten eilig zu dem zurück, was Carter gerade sagte. Er hatte große Pläne für die Ranch und das Haus, und irgendwie hatte Anna das Gefühl, daß er auch von ihr Begeisterung erwartete; er schien davon auszugehen, daß sie seine Träume mitträumte.

„Das klingt alles fabelhaft“, sagte sie, als Carter eine Atempause machte.

„Das wird es auch sein“, sagte er selbstbewußt. „Ich reise nach Atlanta, um dort die nötigen Einkäufe zu tätigen. Ich kenne mich dort mit den Geschäften aus und weiß genau, wo ich alles bekomme.“

„Wie wollen Sie das alles denn hierher schaffen?" fragte Anna erstaunt.

„Mit der Eisenbahn. Das dürfte nicht allzu lange dauern. Ich schätze, daß das Haus bis zum nächsten Frühjahr – oder spätestens bis zum Sommer – vollkommen renoviert sein wird."

„Mir gefällt es eigentlich so, wie es ist", sagte Anna.

„Warten Sie nur ab, bis Sie sehen, was ich damit anstellen werde. Sie werden begeistert sein!"

Anna hatte einen ausgefallenen Gedanken – und obendrein auch den Mut, ihn auszusprechen: „Kommt es wirklich darauf an, ob ich begeistert bin oder nicht?"

Carter machte ein überraschtes Gesicht. Er öffnete den Mund zu einer Antwort, doch Anna kam ihm schnell zuvor.

„Ihr guter Geschmack wird bestimmt im ganzen Haus zum Tragen kommen", lächelte sie, „aber was, wenn ich ... wenn ich zufälligerweise in solchen Dingen nicht den gleichen Geschmack wie Sie habe?"

Einen Moment lang schaute er etwas verwirrt drein, doch dann sah er sie so an, als habe sie soeben einen Scherz gemacht. Er lächelte, wenn seine Augen auch ernst blieben, und er spaßte: „Tja, dann ... dann werden wir wohl alles zum Fenster hinauswerfen und von vorn anfangen müssen!" Er lachte, doch es klang nicht sehr überzeugend.

Als er sich verabschiedete, versprach er, am Freitag abend wiederzukommen, und Anna ging in die Küche, um das Geschirr zu spülen.

Sie war noch immer innerlich aufgewühlt, als sie sich zum Schlafengehen umzog und sich unter der warmen Patchworkdecke ausstreckte, die ihre Mutter genäht hatte.

„Ach, lieber Gott", betete sie ernst, „ich wünschte, ich hätte meine Mama jetzt bei mir. Ich brauche sie so sehr. Ich weiß genau, daß sie mir helfen würde, das Durcheinander auszusortieren, wenn sie jetzt hier wäre."

Zu guter Letzt fiel Anna in einen unruhigen Schlaf.

Am Freitagabend kam Carter nicht. Er meldete sich am Mittwoch kurz bei Anna, um ihr mitzuteilen, daß er mehrere Tage lang verreisen würde. Er versprach ihr, bei seiner Rückkehr auf der Stelle zu Besuch zu kommen, und zu ihrer Überraschung zog er sie sanft an sich und küßte sie auf die Stirn.

Anna vermutete, daß die Reise etwas mit dem Testament seines Vaters zu tun hatte. Am Nachmittag zog sie sich warm an und ging über das Feld zu dem großen Haus. Sie hatte zwar nichts Selbstgebackenes zu verschenken, doch inzwischen war Gus ja wieder in seiner Küche am Werke, so daß er nicht mehr so dringend auf Annas Gebäck angewiesen war.

Sowohl Gus als auch Charlie hießen sie willkommen. Dies überraschte Anna nicht, bis Gus beiläufig erwähnte, wie sehr Charlie ihm fehlte, seitdem er nicht mehr in dem Ranchhaus wohnte.

„Sie wohnen nicht mehr hier?“ rief Anna. „Ja, wo wohnen Sie denn neuerdings?“

„Bin in meine kleine Hütte gezogen“, sagte Charlie mit dem Brustton der Selbstzufriedenheit.

„Ist es denn da warm genug?“ fragte Anna und dachte an den eisigen Winterwind und das Schneetreiben.

„Und ob“, sagte Charlie stolz. „So warm wie ‘n Bärennest, und hinter der Hütte liegt jede Menge Brennholz aufgeschichtet.“

Anna war erleichtert.

„Wie kommt’s dann, daß Sie hier sind?“ erkundigte sie sich.

„Hin und wieder schau’ ich auf ‘ne Tasse Kaffee herein, wenn ich weiß, daß Gus allein ist.“

„Und das haben Sie gewußt?“

„Wir haben ein kleines Signalsystem erfunden“, sagte er grinsend, und Gus warf Anna ein Augenzwinkern zu.

Anna zwang die beiden nicht dazu, ihr Geheimnis preiszugeben.

„Ja, das haben wir. Das haben wir“, lachte Gus.

„Dann wissen Sie also, daß Carter in die Stadt gefahren ist – und auch, aus welchen Gründen?“

Charlie nickte.

„Er setzt alle Hebel in Bewegung, um ein Gerichtsverfahren wegen des Testaments in Gang zu bringen. Sucht sich den allerbesten Anwalt.“

Anna nickte nachdenklich. Sie hatte befürchtet, daß das der Grund war.

„Und Sie?“ fragte sie Charlie.

„Ich trete als mein eigener Verteidiger auf“, teilte Charlie ihr mit. „Ich und das Stück Papier, auf dem zu lesen steht, daß das Land mir gehört.“

„Aber ...“ wollte Anna einwenden.

„Natürlich hab’ ich mir bei dem alten Ed Stern Rat geholt. Er hat gemeint, daß Inanspruchnahme schon neun Zehntel des Gesetzes ausmacht, oder so ähnlich. Hat mir geraten, ich soll schnurstracks in mein Häuschen ziehen.“

Anna nickte. Jetzt war ihr manches plötzlich klar.

„Außerdem wollte ich sowieso hier ausziehen. Hab’ ja nichts mehr zu tun, außer Gus auf die Nerven zu gehen.“

In Charlies Augen blitzte wieder das alte Funkeln.

„Und wie versorgen Sie sich?“ fragte Anna.

„Die Nachbarn meinen’s gut mit mir.“

Anna wußte, daß die Conroys und die Blackwells nicht weit von Charlies Hütte entfernt wohnten. Bevor sie etwas dazu äußern konnte, erzählte Charlie weiter.

„Der alte Blackwell ist ‘n patenter Kerl. Pech, daß er seit all den Jahren mit dieser Frau gestraft gewesen ist. Weiß nicht, wie er das nur aushält. Ab und zu kommt er zu ‘nem kleinen Schwatz und ‘ner ordentlichen Tasse Kaffee. Auf dem Weg in die Stadt war er kurz bei mir. Hat gesagt, das macht er jetzt immer, wenn er in die Stadt muß.“

Anna lächelte. Der Gedanke gefiel ihr.

„Wissen Sie eigentlich, wann ... wann diese Verhandlung stattfinden soll?“ fragte Anna. Irgendwie konnte sie leichter mit Gus und Charlie als mit Carter über diese Angelegenheit reden, doch sie dachte nicht lange darüber nach, weshalb das eigentlich so war.

„Carter will am liebsten alles bis Weihnachten über die Bühne haben“, sagte Charlie, „aber Ed Stern meint, solche Sachen können sich manchmal monatelang hinziehen.“

Anna nickte. Bis Weihnachten war es nun wirklich nicht mehr lange hin.

„So, jetzt muß ich aber wieder nach Hause“, sagte sie, schob ihre Tasse zurück und stand auf. „Vielen Dank für den Kaffee, Gus.“

„Gern geschehen“, sagte Gus. „Jederzeit. Jederzeit.“

„Kommen Sie uns doch besuchen, wenn Sie Zeit haben“, sagte Anna. Ihre Worte galten beiden Männern, doch ihr Blick ruhte auf Charlie.

„Tja, dazu müßte ich jetzt wohl wissen, wann's dir paßt“, sagte Charlie, der früher immer ohne besondere Einladung gekommen war. „Man hört, daß du neuerdings öfter Herrenbesuch hast.“

Anna errötete.

„Aber das bedeutet doch nicht ...“ begann sie.

„'türlich nicht“, sagte Charlie. „Ist nur ‘n bißchen peinlich, wenn du weißt, was ich meine.“

„Samstagabends oder sonntagnachmittags können Sie jederzeit kommen“, sagte Anna ihm und nahm sich vor, Carter zu diesen Zeiten bewußt nicht einzuladen.

*

Die Anhörung sollte am 15. Januar stattfinden. Carter erwähnte Anna gegenüber nichts davon. Sie erfuhr es von Charlie. Sie mußte sich eingestehen, daß sie ein wenig gekränkt darüber war, daß Carter die Angelegenheit nicht mit ihr besprochen hatte. Aber vielleicht wollte er ihr nicht unnötig wehtun, weil sie ein Herz für Charlie hatte.

Anna beschloß, die ganze Sache einfach abzuschütteln und sich statt dessen auf ihre Weihnachtsvorbereitungen zu konzentrieren.

Weihnachten

Anna ging zum Einkaufen in die Stadt. Sie hatte die Familie Andrews außer im Gottesdienst schon seit sehr langer Zeit nicht mehr gesehen. Sie beschloß, etwas Zeit zum Plaudern einzuplanen.

Mrs. Andrews begrüßte sie mit der gewohnten Herzlichkeit und führte sie in die Wohnung hinter dem Geschäft.

„Und wie geht es dir, mein Schatz?“ fragte Mrs. Andrews, während sie den Teekessel auf die heißeste Stelle der Herdplatte schob.

„Gut; ich kann nicht klagen“, sagte Anna. Sie zog sich den warmen Mantel aus und legte ihn über eine Stuhllehne.

„Wir haben gehört, daß du neuerdings Herrenbesuch von Mr. Stratton bekommst“, sagte Mrs. Andrews offen.

„Das stimmt“, gestand Anna. „Er macht mir seine Aufwartungen.“ Eigentlich hätte sie es mit einem Strahlen in ihren Augen und Freude in ihrer Stimme sagen sollen. Sie merkte selbst, daß beides fehlte.

„Ma Andrews“, redete Anna sie mit dem Namen an, bei dem sie sie schon seit vielen Jahren nannte, „haben Sie schon von der Gerichtsverhandlung gehört?“

„Davon hat wohl die ganze Stadt gehört“, antwortete die Frau.

„Glauben Sie ... meinen Sie, daß Charlie sein Land und seine Hütte verlieren könnte?“

„Das kann ich dir beim besten Willen nicht sagen, Anna. Ich kenne mich mit diesen Rechtsfragen nicht aus, aber die meisten Leute meinen, daß Charlies Aussichten ziemlich gut sind.“

Mit dieser Auskunft war Anna zwar nicht vollkommen zufrieden, doch sie ließ es dabei bewenden. Es wäre furchtbar, wenn Charlie sein kleines Blockhaus verlieren würde.

Mrs. Andrews fragte: „Was sagt Carter denn dazu?"

„Oh, wir sprechen nicht darüber", beeilte Anna sich zu antworten.

„Ach so", sagte Mrs. Andrews nur.

Die beiden unterhielten sich über Weihnachten.

„Ich hatte gehofft, daß du bei uns hereinschaust", sagte Mrs. Andrews. „Ihr kommt doch zum Weihnachtsessen zu uns, nicht?"

„Aber gern", antwortete Anna spontan. Die Peterson-Kinder waren seit dem Tod ihrer Mutter jedes Jahr zum Weihnachtsessen bei Familie Andrews eingeladen gewesen.

Dann dachte Anna an Carter. Erwartete er womöglich eine Einladung zu den Petersons? Nun, sie würde ihm einfach die langjährige Tradition erklären. Es war wohl nicht statthaft, daß sie ihn zum Mitkommen einlud. Oder etwa doch? Sie warf einen Blick auf die gutherzige Frau, die gerade den Tee einschenkte, und wäre um ein Haar mit ihrer Frage herausgeplatzt, als sie sich doch eines Besseren besann. Carter kannte Mr. und Mrs. Andrews kaum, während Anna sie schon seit Jahren fast als ihre eigenen Eltern betrachtet hatte. Unter solchen Umständen würde Carter sich bestimmt als Außenseiter fühlen.

Sie unterhielten sich weiter über Weihnachten, das Krippenspiel in der Kirche und die Kostüme, die Anna für Louise und Sara nähen mußte. Derek hatte rundheraus erklärt, für Krippenspiele sei er jetzt zu alt. Anna hatte ihm nicht widersprochen. Sie freute sich darüber, daß Derek seine eigene Meinung hatte und diese auch energisch vertrat.

„Trägt Louise ihre Haare dieses Jahr hochgesteckt?" erkundigte Mrs. Andrews sich. „Agnes redet ja schon seit Monaten von nichts anderem. Besonders seitdem sie Louise bei Hazels Hochzeit gesehen hat."

Anna sah die mütterliche Frau an.

„Was hätte Mama wohl getan?" fragte sie sie. „Ich möchte mich nicht ständig mit Louise anlegen, aber sie läßt mir kaum eine ruhige Minute; pausenlos verlangt sie von mir, ihr alles mögliche zu erlauben. Ich weiß beim besten Willen nicht, wann solche ... solche Sachen für ein ... ein Mädchen ihres Alters angebracht sind."

Mrs. Andrews lächelte.

„Weißt du noch, als du in dem Alter warst?" fragte sie.

Anna schüttelte den Kopf.

„Ich aber. Deine Mama ist ungeheuer klug mit dir umgegangen. ‚Ja', hat sie zu dir gesagt, ‚du darfst dir die Haare hochstecken, sobald du das Brotbacken in diesem Haushalt übernimmst. Eine Dame sollte niemals mit langen, offenen Haaren am heißen Ofen stehen.'"

Nun erinnerte Anna sich wieder. Sie war erst elf Jahre alt gewesen, als sie ihre Mama darum angebettelt hatte, endlich ihre Haare hochstecken zu dürfen. Sie errötete leicht.

„Jetzt fällt's mir wieder ein. Ich war sogar noch jünger als Louise jetzt", gab sie zu.

„Ja, aber nach der kleinen Unterhaltung mit deiner Mama hast du dann noch zwei Jahre damit gewartet."

„Ich war dreizehn – und das Brotbacken mußte ich notgedrungen übernehmen. Mama war ja viel zu krank dazu."

Mrs. Andrews nickte ernst und dachte an das junge Mädchen, dem schon so früh die Verantwortungen einer Erwachsenen aufgebürdet worden waren.

„Ja, wenn es Ihnen recht ist, können Louise und Agnes sich die Haare dieses Jahr hochstecken", sagte Anna.

Mrs. Andrews erklärte sich mit einem fröhlichen Lachen einverstanden. „Warte nur, bis wir's ihnen sagen – dann werden aber zwei Mädchen vor Freude Luftsprünge machen!"

Anna sah auf die Uhr.

„Ach du Schreck! Jetzt muß ich mich aber beeilen, wenn ich rechtzeitig zu Hause sein will, um das Abendessen zu kochen." Sie nahm ihren Mantel, umarmte Mrs. Andrews und hastete durch die Tür in den Laden.

Thane bediente gerade einen Kunden. Anna wartete, bis er fertig war, und ging dann auf ihn zu. Sie hatte ihn seit Wochen nur im Gottesdienst gesehen. Sie begrüßte ihn herzlich.

„Hallo, Thane! Dein Vater scheint dich ja furchtbar beschäftigt zu halten. Wir haben dich schon vermißt."

Thane lächelte, doch Anna glaubte, Traurigkeit in seinen Augen zu sehen. Sie mußte plötzlich an seinen Gesichtsausdruck bei Hazels Hochzeit denken.

„Stimmt etwas nicht?" fragte sie leise und ging auf den jungen Mann zu.

„Ich weiß nicht", antwortete er. „Bist du glücklich?"

Seine Frage überraschte Anna.

„Ja ... eigentlich schon."

„Dann bin ich's auch", sagte er, und diesmal war sein Lächeln echt. Er versetzte ihr einen kameradschaftlichen Stüber unter das Kinn. „Wie geht's Tom?"

Anna berichtete, daß es Thomas glänzend gehe, doch daß ihm freitags abends das traditionelle Mühlespiel mit seinem besten Freund fehle.

„Man hört, daß du freitags abends neuerdings anderweitigen Besuch hast", sagte Thane unverblümt.

Anna errötete leicht, doch sie fing sich schnell wieder.

„Das bedeutet aber nicht, daß wir keinen Platz für alte Freunde hätten."

„Na, ich weiß nicht. Es könnte etwas ... etwas ungemütlich werden bei so vielen Leuten, die sich in der Küche drängen."

„Keine Sorge", sagte Anna, „Carter und ich sitzen immer in der Wohnstube."

Die Traurigkeit kehrte in Thanes Augen zurück.

„Brauchst du Lebensmittel?" erkundigte er sich und wandte sich zu dem Regal um. Anna legte ihre Liste auf die Theke.

*

Carter war alles andere als erfreut, als Anna ihm ihre Weihnachtspläne mitteilte.

„Ich hatte gehofft, wir könnten gemeinsam feiern", sagte er mit einem enttäuschten Schatten über seinen dunklen Augen.

„Aber wir gehen doch jedes Jahr zu den Andrews'", widersprach Anna, „jedes Jahr seit Mamas Tod. Meine Geschwister wären furchtbar unglücklich, wenn ich etwas anderes planen würde."

„Dann schicken Sie sie doch getrost zu Ihren Freunden, und Sie und ich feiern getrennt", schlug er vor.

„Getrennt Weihnachten feiern?" Anna wollte ihren Ohren kaum trauen.

„Sie werden ja ohnehin nicht ewig zusammen feiern. Vielleicht ist dies eine gute Gelegenheit ..."

„Es gibt nie eine gute Gelegenheit dazu, eine Familie auseinanderzureißen", sagte Anna entschieden. Sie war selbst über ihre leidenschaftliche Antwort erstaunt.

Er nickte widerwillig.

„Also gut", sagte er, doch es klang enttäuscht. „Wie kommen wir dann zu unserem Weihnachten?"

„Wie wär's, wenn Sie uns an Heiligabend besuchen? Wir würden uns riesig freuen. Wir machen immer eine Bescherung, lesen die Weihnachtsgeschichte und kramen alte Erinnerungen hervor. Dann essen wir Popcorn, ziehen Toffee und ..."

„Anna", unterbrach Carter sie, „ich meinte nur uns beide."

Anna biß sich auf die Lippe. An diese Möglichkeit hatte sie überhaupt noch nicht gedacht.

„Tut mir leid", sagte sie, „aber das wird wohl nicht gehen. Uns liegt ungeheuer viel an einem gemeinsamen Weihnachten."

Carter machte ein verärgertes Gesicht, doch er gab nicht auf. „Wie wär's mit dem Abend des Weihnachtstages?"

„Wir bleiben immer bis spät am Abend bei den Andrews', und wenn das Wetter schön ist, machen wir eine Nachtfahrt im Pferdeschlitten."

„Und der Abend vor Heiligabend?"

Anna überlegte. Sie sah keinen Grund, weshalb Carter sie nicht am Dreiundzwanzigsten besuchen könnte.

„Das würde gehen", nickte sie und warf ihm ein Lächeln zu.

*

Die Tage vergingen wie im Flug, und Anna hatte kaum Zeit, das Weihnachtsgebäck und ihre selbstgemachten Geschenke fertigzustellen, als Weihnachten auch schon vor der Tür stand. Carter hatte sie zweimal wöchentlich besucht, und bei jedem Besuch hatte er ihre Verabredung für den Abend des Dreiundzwanzigsten erwähnt. Anna hatte das Gefühl, als wolle er sie behutsam daran erinnern, daß sie ihren Geschwistern den Vorrang vor ihm eingeräumt hatte, doch sie ließ sich nicht beirren und lächelte immer nur, wenn er von der bevorstehenden Verabredung sprach.

Er hatte noch immer nicht mit ihr über die Gerichtsverhandlung gesprochen, und Anna fand nicht den Mut, ihn danach zu fragen.

Am dreiundzwanzigsten zog Anna ihr blaues Wollkleid an. Seit Hazels Hochzeit hatte sie es nicht getragen. Sie glättete den Rock und betrachtete ihre zierliche Figur im Spiegel. Das Kleid bestach gerade durch seine Schlichtheit. Als nächstes steckte Anna sich die Haare hoch und ließ dabei ein paar kleine Locken um ihre Wangen spielen. Dann legte sie sich die Kette von Thane um den Hals und betrachtete ihre Erscheinung nochmals im Spiegel.

„Na, bitte“, sagte sie zu ihrem Spiegelbild, „hübscher geht's nicht. Mehr kann ich wirklich nicht tun.“ Damit ging Anna nach unten, um sich davon zu überzeugen, daß das Feuer im Kamin brannte und daß der Imbiß für später fertig war.

Pünktlich um acht Uhr kam Carter. Anna bat ihn ins Haus. Mit ihm wehte ein eisiger Windstoß herein.

„Es ist ja bitterkalt da draußen!“ rief sie. „Viel zu ungemütlich, um sich vor die Tür zu wagen!“

Carter lachte und gab ihr seinen schweren Mantel und breitkrempigen Hut. Anna hängte beides an einen Haken, während er die übrigen Mitglieder der Familie begrüßte.

Dann führte sie ihn in die Wohnstube.

„Wärmen Sie sich erst einmal am Kamin auf“, forderte sie ihn auf, und er folgte ihr in die Stube.

„Hier ist's aber gemütlich warm“, sagte er und setzte sich auf das Sofa.

„Kommen Sie“, lud er Anna ein, „setzen Sie sich zu mir, damit wir das Feuer gemeinsam genießen können.“

Anna folgte der Einladung.

„Und nun“, sagte er und nahm ihre Hand in seine beiden Hände, „erzählen Sie mir doch einmal, was Sie alles an Vorbereitungen für Weihnachten getroffen haben.“

Anna befürchtete, daß ihr Bericht reichlich langweilig ausfallen könnte, und antwortete daher nur: „Das meiste davon habe ich in der Küche erledigt. Erzählen Sie mir doch lieber, was Sie in letzter Zeit getan haben.“

„Nun, ich war wieder in der Großstadt“, sagte er.

Das Leuchten in seinen Augen entging Anna nicht.

„Geschäftlich?“ fragte sie.

„Nein. Rein privat“, antwortete er, und er hob ihre Hand, um ihre Finger zu küssen. Dabei beobachtete er sie aufmerksam.

Anna zog ihre Hand nicht zurück. Sie errötete auch nicht vor Verlegenheit.

„Wenn ich je in die Großstadt fahren sollte, dann würde ich es auch zu meinem Privatvergnügen tun.“

„Waren Sie denn noch nie in der Großstadt?“ fragte er.

Anna schüttelte den Kopf.

„Das müssen wir aber dringend einmal ändern“, sagte er und küßte ihre Finger erneut.

„Nun, was ist?“ fragte Anna. „Erzählen Sie mir von Ihrer privaten Reise in die Stadt oder nicht?“

In seinen dunklen Augen funkelte es.

„Aber gern“, sagte er so leise, daß Anna es kaum hören konnte. „Anna ... mein Liebling, ich habe etwas ganz Bestimmtes in der Stadt gekauft – für den Fall, daß eine reizende junge Dame, die ich kenne, meinen Heiratsantrag annimmt.“

Annas Augen weiteten sich, und ihr Atem stockte. Um ein Haar hätte sie ihre Hand zurückgezogen.

„Nun?“ fragte er. „Was sagst du? Ja oder nein?“

„Soll das etwa ...“ begann Anna.

„Ich habe dich gerade gefragt, ob du meine Frau werden willst.“

„Aber ... das hätte ich mir nie träumen lassen ...“

Anna verstummte. Sie hatte sehr wohl geträumt, ein wenig jedenfalls. Aber auf so etwas war sie überhaupt nicht gefaßt gewesen. Es war so früh, so plötzlich, so unwirklich.

Er zog sie an sich heran und küßte ihre Wange. Dann streifte er ihre Haare mit seinen Lippen und verharrte in der Nähe ihres Ohres.

„Willst du meine Frau werden, Anna?“ fragte er erneut. „Ich warte noch immer auf deine Antwort.“

Anna lehnte sich zurück und sah ihm in die Augen. Sie hob eine Hand, um seine Wange zu berühren.

„Sind Sie ... bist du ganz sicher?“

„Vollkommen sicher“, flüsterte er.

„Aber ... aber ist das nicht ein wenig überstürzt? Kennen wir einander lange genug? Kennen wir einander gut genug?“

„Anna, ich kenne dich gut genug, um mir hundertprozentig sicher zu sein. Du bist die liebenswerteste, warmherzigste, selbstloseste junge Frau, die mir je begegnet ist. Obendrein bist du bildhübsch. Mehr kann ein Mann sich nicht wünschen. Was würden wir schon durch Warten gewinnen? Bitte quäle mich nicht so. Ich brauche dich.“

„Ach Carter, ich möchte gern das Richtige tun. Ich möchte, daß du glücklich bist.“ Sie starrte in seine dunklen Augen. „Ja, ich werde dich heiraten. Ich werde gern deine Frau.“

Er zog sie an sich und küßte sie. Anna war noch nie so geküßt worden. Sie spürte, wie ihr das Blut durch die Adern raste und in ihren Schläfen hämmerte. Einen Augenblick lang fühlte sie sich einer Ohnmacht nahe.

Jetzt weiß ich endlich, wie es ist, verliebt zu sein, dachte sie, und sie hob ihm ihre Lippen erneut entgegen, damit er sie noch einmal küßte.

Ich heirate! Ich heirate! sang es in ihrem Herzen. *Ach, wenn Mama das doch nur erlebt hätte!*

Die große Neuigkeit

Erst am nächsten Morgen wurde Anna die volle Tragweite ihres Versprechens bewußt. Sie war gerade im Begriff, die große Neuigkeit am Frühstückstisch bekanntzugeben, doch als ihr Blick vom einen zum anderen wanderte, biß sie sich auf die Zunge. Thomas hatte es eilig, in die Stadt zu kommen, bevor das Wetter ihn daran hindern konnte. Er hatte eine Sau zu verkaufen, und von dem Erlös hing ab, wie reich der Gabentisch der Familie in diesem Jahr gedeckt sein würde. Derek, Louise und Sara wollten mit ihm in die Stadt fahren, um ihre Weihnachtsüberraschungen einzukaufen.

Mit mürrischer Miene teilte Louise die Hafergrütze aus. Ihre Haare hatten ihr beim Hochstecken nicht recht gehorchen wollen. Trotz der vielen Kämme, die die Locken bändigen sollten, sah die Frisur aus, als stehe sie kurz vor dem Absturz.

Derek war wieder wortkarg. Anna hatte eigentlich den Eindruck gehabt, als gehe er in letzter Zeit etwas mehr aus sich heraus, doch an diesem Morgen wirkte er regelrecht verschlossen. Sein Anblick bedrückte Anna.

Sara plapperte wie immer munter drauflos. Die Gemütslage ihrer Geschwister schien sie überhaupt nicht wahrzunehmen. Sie hüpfte auf und nieder, während sie ihrer Aufgabe des Tischdeckens nachging. Beim Hüpfen redete sie wie ein Wasserfall, was Louise heute besonders auf die Nerven zu gehen schien.

„Sara, kannst du nicht mal eine Sekunde lang den Mund halten?“ fuhr Louise sie zu guter Letzt an und machte vor lauter Unwillen eine heftige Kopfbewegung.

Dies erwies sich als ein Fehler. Die ganze Lockenpracht löste sich aus den Klammern und sank ihr über die Ohren herab, was Thomas unwillkürlich zum Lachen reizte. Mit einem lauten Wehgeschrei steuerte Louise auf ihr Zimmer zu, wobei ihre Locken hinter ihr herflatterten.

Anna warf Thomas einen vorwurfsvollen Blick zu, doch nur, um diesen mit einem angedeuteten Lächeln zurückzunehmen. Louise hatte tatsächlich einen belustigenden Anblick geboten.

Sara unterbrach ihren Wortschwall gerade lang genug, um fragend zwischen Thomas und Anna hin und her zu blicken.

Anna verteilte den Rest der Hafergrütze und ging dann unauffällig aus der Küche, um zu versuchen, sowohl Louise als auch deren widerspenstige Locken wieder zurechtzubringen.

Jetzt ist mit Sicherheit der falsche Moment für meine große Neuigkeit, dachte sie, als sie auf Louises Zimmer und das Schluchzen, das daraus hervordrang, zusteuerte.

„Louise." Sie sagte es leise und ging auf ihre unglückliche Schwester zu. „Du, Louise?"

Die einzige Antwort bestand aus noch lauterem Weinen.

„Louise", versuchte Anna es noch einmal, setzte sich auf die Bettkante und strich ihrer Schwester die wirren Locken aus dem Gesicht. „Sieh zu, daß du keine roten, verquollenen Augen bekommst. Deine Haare kann ich dir in Ordnung bringen, aber verquollene Augen nicht."

Dieses Argument schien Louise sich durch den Kopf gehen zu lassen, denn ihr Weinen ließ etwas nach.

„Komm, ich versuche sie dir wieder hochzustecken. Haare können schrecklich widerborstig sein – bis sie sich an die neue Frisur gewöhnt haben. Hier, laß mich probieren, ob ich deine Frisur retten kann."

„Ich fahre nicht mit in die Stadt!" heulte Louise.

Anna saß einen Moment lang still da. Dann antwortete sie mit einer Entschlossenheit, die sie selbst überraschte: „Oh doch, das tust du doch. Du hast noch kein einziges Weihnachtsgeschenk besorgt. Und wenn du das nicht tust, dann verdirbst du uns allen die Bescherung. Ein paar widerspenstige Locken werden dich nicht vom Einkaufen abhalten. Und jetzt steh auf, sonst verknitterst du dir obendrein noch das Kleid."

Anna nahm ihre Schwester beim Arm und zog sanft daran.

„Aber Anna“, protestierte Louise, „meine Augen sind ja jetzt schon rot und verquollen!“

Doch so leicht ließ Anna sich nicht umstimmen.

„Du hast eine lange Fahrt durch Wind und Wetter vor dir – und außerdem ist es eisig kalt heute morgen. Bis du in der Stadt bist, sind deine Augen wieder ganz normal – beziehungsweise vor Kälte rot und gereizt wie bei allen anderen auch.“

Louise stützte sich auf ihre Ellbogen und warf Anna einen geringschätzigen Blick zu.

„Jetzt auf der Stelle“, befahl Anna unerbittlich. „Sonst müssen die anderen noch auf dich warten.“

Louise stand auf und setzte sich vor ihren Frisiertisch, doch sie weigerte sich, den Spiegel zur Hand zu nehmen und Anna zu sagen, wie sie sich ihre Frisur vorstellte.

Anna versuchte das Schmollen ihrer Schwester einfach zu ignorieren. Mit der breiten Bürste strich sie die Haare glatt auf dem Hinterkopf zusammen und faßte sie mit ihrer anderen Hand. Dann begann sie, einzelne Strähnen zu drehen und mit Klammern am Kopf festzustecken. Es dauerte nicht lange, bis sie ihr Werk vollendet hatte, und Louise konnte der Versuchung nicht widerstehen, kurz in den Spiegel zu blicken.

Sie sagte zwar kein Wort, doch Anna blieb der Anflug eines zufriedenen Lächelns nicht verborgen, der über das Gesicht ihrer Schwester huschte, bevor diese es verstecken konnte.

„So, und jetzt wäschst du dir das Gesicht und kommst zum Frühstück“, sagte Anna. „Die anderen sind bestimmt längst mit dem Essen fertig.“

Louise war nicht die einzige, die den Blickkontakt mit den übrigen vermied, als die beiden Schwestern in die Küche zurückkehrten. Anna fürchtete, daß sie sich ein Lachen nicht verkneifen können würde, wenn sie ein Zwinkern in Thomas' Augen bemerkte. Zudem wollte sie nicht, daß Derek durch den Zwischenfall noch verstörter wurde. Und Sara wartete nur darauf, daß sich die Spannung legte, um mit ihrem munteren Reden fortzufahren, doch Anna war momentan nicht dazu aufgelegt, sich Geplapper über Belanglosigkeiten anzuhören. Deshalb ging sie an den Herd, holte die Schüsseln mit der Hafergrütze, die für sie und ihre Schwester bestimmt waren, und setzte sich an den Tisch, ohne den Blick zu heben.

Die übrigen waren schon fertig. Anna nahm es mit einem angedeuteten Kopfnicken zur Kenntnis und sagte so beherrscht, wie es ihr zugeschnürter Hals erlaubte: „Ihr dürft schon aufstehen."

„Aber wir haben doch noch gar keine Morgenandacht gehalten", protestierte Sara, und Anna hob den Blick. Fragend sah sie Thomas an, der die Bibel schon in der Hand hielt.

„Da hast du recht", gab sie zu, und ein Hauch von Rot überzog ihre Wangen. Dann wurde ihr Blick bittend.

„Es ist schon spät", sagte sie nur. „Vielleicht könntest du ausnahmsweise lesen, während wir noch essen."

Thomas nickte und begann mit der morgendlichen Bibellesung. Als er beim Gebet angelangt war, hatten Anna und Louise ihre Hafergrütze gegessen und hielten die Hände gefaltet auf dem Schoß. Sie beteten gemeinsam.

Nachdem sich die Tür hinter den vier Geschwistern geschlossen hatte, setzte sich Anna wieder auf ihren Küchenstuhl. Vor ihr stand eine Kaffeetasse.

Was wird Carter nur von alledem halten? war ihr erster Gedanke. *Nun ja, schließlich hat er mich gebeten, seine Frau zu werden. Ich habe es nicht bloß geträumt,* sagte sie sich. *Ach, es wird ja so ... so wunderbar sein, jemanden zu haben, mit dem ich die Verantwortung für die Familie teilen kann. Thomas war zwar immer für mich da ... aber jetzt steht es ihm frei, von hier wegzuziehen ... er kann dem Beruf nachgehen, von dem er immer geträumt hat. Er wird ja so glücklich sein ...*

Tränen stiegen ihr in die Augen. Thomas würde ihr fehlen. Er war ihr ein treuer Gefährte gewesen. Ärgerlich wischte sie sich die ungebetenen Tränen vom Gesicht.

„Heute ist der glücklichste Tag meines Lebens, und da sitze ich hier und heule wie ein Schloßhund!" schalt sie sich. „Ich sollte den ganzen Tag bei der Arbeit singen, anstatt in meinen Kaffee zu heulen!"

Anna beschloß, auf die zweite Tasse Kaffee zu verzichten. Sie ging mit der Tasse an den Eimer für Schmutzwasser und goß sie aus. Dann fing sie an, das Frühstücksgeschirr zu spülen.

Heute sind wir halt alle mit dem linken Bein zuerst aufgestanden, sagte sie sich. *Bald ist alles wieder im Lot.*

Sie warf einen besorgten Blick zum Küchenfenster hinaus. Der Himmel hatte sich verdunkelt, und ein heftiger Wind wehte.

Hoffentlich schafft Thomas es in die Stadt und zurück, bevor ein Sturm losbricht. Und hoffentlich haben sich die Kinder warm genug angezogen. Ob Louise ihren Muff mitgenommen hat? Sie ist in letzter Zeit so dickköpfig, daß sie lieber erfrieren würde, als altmodisch auszusehen. Liebe Güte, was mache ich nur mit dem Mädchen?

Aus Annas Gedanken wurde ein Gebet: „Lieber Herr, du weißt, wie kompliziert das Erwachsenwerden ist. Und Louise scheint sich damit ganz besonders schwerzutun. Wie kann ich ihr nur helfen, Herr? Mama hätte genau gewußt, was man da tun und sagen kann – aber ich mache so vieles falsch. Gib mir Weisheit, Herr. Gib mir Weisheit. Zeig mir, wie ich mit Louise umgehen soll. Und mit Sara. Gib mir Geduld für ihr ununterbrochenes Geplapper, Herr. Und für Derek mit seinem vergrabenen Kummer. Hilf mir, Herr. Und hilf mir auch, den richtigen Zeitpunkt zu finden, ihnen von meiner Verlobung zu erzählen. Ich hoffe, sie werden genauso begeistert über die Aussicht auf ein neues Zuhause sein, wie ich es sein werde ... wie ich es bin."

Anna sagte noch nicht einmal Amen. Sie wußte jetzt schon, daß ihr Gebet über den Tag hinweg häufig fortgesetzt werden würde.

*

Am Nachmittag kam Thane zu Annas Überraschung kurz zu Besuch. Er war in der Nähe unterwegs gewesen, um Lebensmittel bei der Witwe Thorson abzuliefern, und bei der Gelegenheit wollte er bei Anna hereinschauen, wie er ihr erzählte. Anna schob den Wasserkessel nach vorn und kochte eine Tasse heiße Zitrone, die ihm den Frost aus den Knochen vertreiben sollte.

Sie redeten und lachten miteinander wie zwei alte Freunde. Dann mußte Thane sich auch schon wieder auf den Heimweg machen, weil am Tag vor Weihnachten immer Hochbetrieb im Geschäft herrschte. Anna rief ihm nach, daß sie sich schon auf das Weihnachtsessen am nächsten Tag bei ihm daheim freue, und er rief zurück, er hoffe, daß kein Schneesturm sie am Kommen hindern würde. Dann machte Anna sich wieder an die Vorbereitungen für die Heiligabendfeier mit ihren Geschwistern.

In einem munteren Wirbel von Geheimnistuerei und Gelächter kehrten Thomas und die Jüngeren zurück und steuerten schnurstracks auf ihre Zimmer zu, um die soeben erstandenen Geschenke für die Bescherung weihnachtlich einzupacken. Anna verteilte die Arbeiten, die noch vor dem Abendessen erledigt werden mußten. Die Mädchen ließen sich das gutmütig gefallen, doch Derek war noch immer still und verschlossen. Anna war erleichtert darüber, daß Louise ihre schlechte Laune überwunden hatte – vermutlich unter anderem deshalb, weil Claude Sommers ihr ein Kompliment über ihre Frisur gemacht hatte. Dies erfuhr Anna von Sara, und obwohl Louise lautstark protestierte, wußte Anna, daß ihr Saras Geschwätzigkeit diesmal gar nicht so ungelegen war.

Nachdem die Tiere versorgt, die Holzkiste aufgefüllt und ein zusätzlicher Wasservorrat vom Brunnen ins Haus geholt worden war, setzten sich die Geschwister an den Küchentisch, wo die Lampe die verfrorenen Gesichter in ihr weiches Licht tauchte und der Herd eine wohlige Wärme verbreitete.

Anna sah sich in der kleinen Runde um. Ein jeder war froh, aus der eisigen Kälte heraus zu sein, und wartete mit großer Ungeduld auf die kleine Feier, so schlicht sie auch sein mochte.

Anna hatte sich beim Kochen besondere Mühe gegeben. Das Hühnchen hatte sie so gebraten, wie Thomas es am liebsten aß. Die Brötchen waren luftig und locker. Die Erbsen hatte Anna mit Rücksicht auf Sara püriert, und für Louise hatte sie Preiselbeerkompott aufgetischt. Das Früchtebrot mochte Derek besonders gern.

„Bekommen wir etwa Besuch?“ fragte Derek und sah sich suchend um.

Anna lachte.

„Wer würde sich schon an einem solchen Abend auf den Weg zu uns machen?“ fragte sie, und Derek zuckte nur erleichtert mit den schmalen Schultern.

„Thane hat das früher immer getan“, meldete Sara sich zu Wort.

Es wurde still in der Küche, und alle Augenpaare hefteten sich auf Anna.

„Warum kommt er bloß nie mehr?“ fuhr Sara bekümmert fort.

„Er kommt doch ab und zu. Gerade heute war er kurz hier.“

Anna glaubte, ein Lächeln um Thomas' Mundwinkel zu sehen, doch er sagte nichts.

„Was? Er war hier?“ ereiferte Sara sich. „Und ich hab' ihn verpaßt!“ Es klang bitter enttäuscht. „Aber er kommt nicht mehr so oft. Früher ist er viel, viel öfter gekommen. Warum macht er das nicht mehr?“

„Das ... das weiß ich nicht. Er ... er hat wohl furchtbar viel Arbeit, weil sein Vater den Laden erweitert“, sagte Anna. „Er hat erzählt, daß sie endlich damit fertig geworden sind. Da wird er jetzt wieder mehr Zeit haben.“

„Ich vermisse ihn schrecklich“, fuhr Sara fort. „Ich hab' ja schon seit ... seit Urzeiten keine Zitronenbonbons mehr gegessen!“

„Sara!“ wies Anna sie zurecht. „Ich hoffe doch sehr, daß Thane dir mehr als nur Zitronenbonbons bedeutet!“

Sara rutschte verlegen auf ihrem Stuhl hin und her, doch Derek hob den Kopf und sah Anna an.

Sie spürte etwas Prüfendes, Fragendes in seinen Augen, und sie fragte sich, was wohl in ihm vorgehen mochte. Unter seinem Blick wurde ihr geradezu unbehaglich zumute, doch sie wußte selbst nicht, warum das so war. Zu ihrer Erleichterung senkte er den Blick dann wieder auf seinen Teller.

„Habt ihr euch etwa gestritten?“ wollte Louise unverblümt wissen.

„Wer?“ fragte Anna, obwohl sie genau wußte, wer gemeint war.

„Ihr beide. Du und Thane.“

„Natürlich nicht! Was willst du denn damit sagen? Warum sollte ich mich mit Thane streiten?“

„Weil er dich früher immer besucht hat, und jetzt kommt er nicht mehr“, sagte Louise achselzuckend.

„Er ... er hat doch nicht nur mich besucht. Er ... er hat uns ... uns alle besucht“, protestierte Anna und errötete sichtlich.

„Stimmt gar nicht“, behauptete Sara altklug. „Er wollte immer nur dich besuchen. Das weiß ich ganz genau. Ich hab’ doch gesehen, wie er dich angeguckt hat.“

„Rede keinen Unsinn“, wies Anna ihre kleine Schwester zurecht und stand auf, um die Hühnchenplatte aufzufüllen, die eigentlich noch hochbeladen war.

Sie hatte eigentlich die Absicht gehabt, ihren Geschwistern von dem Heiratsantag zu erzählen, doch dies war wohl kaum der angebrachte Moment dafür.

„Sara, jetzt hast du aber genug geplappert“, sagte Thomas sanft. „Hör auf zu reden und iß deinen Teller leer, damit wir nicht mit der Bescherung auf dich warten müssen.“

Anna sah, daß jeder noch einen vollen Teller vor sich hatte. Sara aß nicht langsamer als die übrigen; dennoch war Anna Thomas dafür dankbar, dieser Unterhaltung ein Ende gemacht zu haben.

*

„Was ist eigentlich los mit dir?“ fragte Thomas, als die beiden allein in der warmen Küche beim schwachen Schein der Lampe beisammensaßen. Das alljährliche Toffeeziehen und Popcornrösten waren vorüber, und jedes Weihnachtsgeschenk war unter großem Jubel ausgepackt worden. Die drei jüngeren

Kinder waren jetzt im Bett. Anna und Thomas hatten die Küche aufgeräumt und wollten den Abend noch ein wenig in Ruhe genießen.

Anna hob den Kopf.

„Irgendwas beschäftigt dich doch“, bohrte Thomas weiter.

Anna stritt es nicht ab. Das wäre gelogen ... und zudem töricht von ihr.

„Ich ... ich habe einen Heiratsantrag bekommen“, antwortete sie und bemühte sich dabei um eine möglichst feste Stimme.

Das Gesicht ihres Bruders erhellte sich, und Anna tat einen Stoßseufzer der Erleichterung. Thomas schien sich über die Neuigkeit zu freuen, anstatt entsetzt zu sein.

„Und hast du schon eine Antwort darauf gegeben?“ fragte Thomas.

Anna konnte kein Wort hervorbringen. Sie nickte einfach nur, doch auch in ihren Augen stand nun ein Leuchten.

„Dem Funkeln in deinen Augen nach zu urteilen hast du ja gesagt“, vermutete Thomas.

Wieder nickte Anna. Ein Lächeln blühte auf ihren vollen Lippen, und eine sanfte Röte schlich sich über ihre Wangen.

„Wann?“ fragte Thomas geradeheraus.

„Wir haben uns noch kein Datum für die Hochzeit gesetzt“, antwortete Anna. „Wir hatten einfach noch keine Zeit zum Pläneschmieden.“

„Ja, ich weiß“, nickte Thomas. „Er hatte in letzter Zeit furchtbar viel zu tun.“

„Und es wäre einfach nicht angebracht, unter ... unter den gegebenen Umständen überstürzt zu heiraten.“

Thomas machte ein etwas verwirrtes Gesicht.

„Gegebene Umstände?“

„Er hat doch gerade seinen Vater beerdigt, und ...“

Thomas fuhr auf. Sein ganzer Körper spannte sich. Im schwachen Licht der Lampe sahen seine Augen erschrocken und ungläubig aus.

„Wovon redest du eigentlich?“ fragte er.

„Nun, Carter kann doch jetzt nicht so schnell heiraten. Sein Vater ...“

„Ich weiß selbst, was mit seinem Vater los ist.“

Jetzt begriff Anna. Thomas hatte nicht an Carter Stratton gedacht, als sie ihm von seinem Heiratsantrag erzählt hatte. Thomas hatte geglaubt, die Rede sei von jemand anderen. Aber von wem? Wen hatte Thomas für den Bräutigam gehalten? Wem hatte Thomas seinen Segen schon im voraus erteilt? Und warum waren Thomas' Augen nun so voller Kummer?

„Ich ... ich verstehe nicht, warum ...“ begann Anna.

Thomas hatte den Kopf gesenkt und fuhr sich nervös mit der Hand durch den blonden Haarschopf. Als er schließlich wieder aufsah, waren seine Augen vor Besorgnis dunkel.

„Es geht mir nicht um ... ich meine ...“ Er geriet ins Stocken und holte tief Luft. „Bist du dir ganz sicher? Hast du dir wirklich genau überlegt ...“

„Aber natürlich“, antwortete Anna zuversichtlicher, als ihr zumute war. Würde ihre Heirat schließlich nicht große Erleichterungen für sie alle mit sich bringen?

Thomas sah sie lange an.

„Dann hast du meinen Segen“, sagte er zu guter Letzt, doch es klang irgendwie furchtbar gequält.

Anna legte ihm ihre Hand auf die seine und warf ihm ein Lächeln zu, damit er zurücklächelte.

Er brachte tatsächlich ein Lächeln zustande. Er erwiderte auch den Druck ihrer Hand. Doch Anna fragte sich, ob er sich zu beidem gezwungen hatte.

„Weißt du“, sagte er schließlich, „ich ... ich meine, es wäre ... nun, es wäre klüger, wenn wir dein Geheimnis eine Weile für uns behielten, bis ... bis die Sache mit der Parzelle am Bach ausgestanden ist.“

Anna nickte. Die Streitigkeit wegen des Testaments hatte sie überhaupt nicht bedacht. Sie wußte zwar nicht genau, aus welchen Erwägungen heraus Thomas diesen Vorschlag gemacht hatte, doch sie wollte sich gern seinem Wunsch fügen.

Carter

Am Weihnachtstag fiel es Anna ungeheuer schwer, Mrs. Andrews ihr Geheimnis vorzuenthalten. Immer wenn sie sich versucht fühlte, ihrer mütterlichen Freundin von ihrer Verlobung zu erzählen, dachte sie an den Wunsch, den Thomas geäußert hatte, und hielt an sich. Über die Tatsache, daß Thane ihren Blicken auszuweichen schien, dachte sie gar nicht erst nach. Ihr schwirrte ohnehin schon der Kopf.

Am Ende des Tages hüllte sich die Familie in Mäntel und Decken und machte sich auf den Heimweg. Alle waren abgefüllt mit Putenbraten, anderen Leckereien und neuen Erinnerungen an einen fröhlichen Weihnachtstag mit ihren guten Freunden.

Doch beim Nachdenken über diesen Tag überkam Anna plötzlich ein großer Kummer. Dieses Weihnachten war wohl das letzte gewesen, das sie gemeinsam mit Familie Andrews gefeiert hatten. Bestimmt würde Carter darauf bestehen, daß sie von nun an Weihnachten bei sich zu Hause feierten.

Anna wischte sich ein paar Tränen ab, die ihr über die Wangen rannen. Sie hatte Familie Andrews von Herzen lieb. Diese Freunde waren ihr wie ihre eigene Familie.

*

Im Januar herrschte bitterer Frost. Anna mochte die drei Kinder kaum in die Schule schicken. Ein paar Vormittage behielt sie sie dann auch zu Hause und ließ sie ihre Lektionen am Küchentisch lernen.

Carter hatte sich nicht wieder gemeldet. Anna sagte sich immer wieder, daß es viel zu kalt für einen Gang oder eine

Fahrt ins Freie war, aber dennoch machte ihr sein langes Ausbleiben zu schaffen.

Der Tag, für den die Gerichtsverhandlung angesetzt war, rückte näher. Anna konnte die Spannung kaum ertragen. Am liebsten hätte sie sich warm angezogen, um zu der Strattonschen Farm zu gehen. Bestimmt wußte Gus Näheres. Vielleicht hätte sie sogar Charlie bei einem seiner Besuche dort angetroffen.

Doch was würde sie tun, wenn Carter zufällig zu Hause war? Nein, lieber wollte sie sich nicht übers Feld wagen. Zudem wußte sie, daß Thomas sie bei dieser Kälte nur ungern nach draußen gehen ließ. So blieb sie im Haus, versuchte, ihre nagenden Gedanken zu verdrängen, und wartete.

Thane kam trotz des Wetters ein paarmal zu Besuch.

„Du, ich habe gehört, daß du mich vermißt hast", sagte er augenzwinkernd zu Sara. „Oder waren es nur die Zitronenbonbons, nach denen du dich so gesehnt hast?"

Sara leugnete den Vorwurf mit einem heftigen Schütteln ihrer blonden Zöpfe, doch dann strahlte sie vor Freude, als Thane eine Tüte ihrer Lieblingsleckerei hervorzauberte.

Thane und Thomas bauten sich das Mühlebrett neben dem gemütlichen Küchenfeuer auf und verbrachten die nächste Stunde damit, einander lautstark herauszufordern. Anna verspürte eine sonderbare Geborgenheit bei dem vertrauten Scherzen und Lachen, das das Spiel begleitete. Sie mußte sich eingestehen, daß auch sie Thanes Besuche vermißt hatte.

Bis zum Tag der Gerichtsverhandlung war der Frost etwas milder geworden. Anna zog den Kindern eine zusätzliche Kleiderschicht an und schickte sie zur Schule. Sie widerstand der Versuchung, den Wagen anzuspannen und in die Stadt zu fahren.

Sie hatte gehört, daß die Verhandlung im Rathaus stattfinden sollte. Dies hatte sie jedoch keineswegs von Carter erfahren. Er hatte die Verhandlung mit keinem Wort erwähnt, und er hatte sich auch seit dem Heiratsantrag vor Weihnachten nicht wieder bei ihr gemeldet. Allmählich fragte Anna sich, ob sie alles nicht doch geträumt haben könnte.

Thomas mußte ihr die innere Unruhe angemerkt haben, doch er sagte nichts dazu.

„Ich glaube, ich fahre morgen in die Stadt“, sagte Thomas abends beim Essen. „Möchtest du mitkommen?“

Anna wurde blaß.

„Nein, ich glaube nicht“, antwortete sie zögernd.

Als Thomas am nächsten Tag losfuhr, sah Anna ihm nach und fragte sich dabei, welche Auswirkungen die Nachricht, die er aus der Stadt mitbringen würde, auf sie haben sollte.

Wenn Carter doch nur die Sprache darauf gebracht hätte, sagte Anna sich immer wieder im stillen, *dann hätte ich ihm vielleicht klarmachen können, wieviel die kleine Hütte Charlie bedeutet.*

In anderen Momenten versuchte Anna, die Angelegenheit mit Carters Augen zu sehen, und dann ärgerte sie sich über Charlie. *Er hätte sein Geld nehmen können und sich ein schönes Haus in der Stadt kaufen können,* protestierte sie bei ihren inneren Debatten. *Er war doch nun wirklich nicht auf Carters Grund und Boden angewiesen!* So sehr Anna sich auch bemühte, die Sache von allen Seiten zu beleuchten, so konnte sie einfach nicht darüber ruhig werden.

Als Thomas aus der Stadt zurückkehrte, berichtete er ihr, die Verhandlung sei noch nicht zum Abschluß gekommen. Anna war noch beunruhigter als zuvor.

Thomas brachte ihr jedoch auch einen Brief von Carter mit.

„Meine geliebte Anna“, schrieb er mit energischen, schwungvollen Buchstaben, „die Tage seit unserem letzten Wiedersehen waren unerträglich lang. Ich kann es kaum erwarten, bis diese Tortur vorüber ist und ich Dich wieder besuchen kann, um unsere gemeinsame Zukunft mit Dir zu planen. Schätzungsweise wird es nun nicht mehr lange dauern. Heute ist alles gut verlaufen – zu meinen Gunsten, genauer gesagt, und ich rechne damit, bald der rechtmäßige Eigentümer meiner Parzelle zu sein. Dieser kleine Dummkopf hat kein einziges logisches Argument vorzuweisen. Habe also bitte noch etwas Geduld. Ich werde Dich besuchen, sobald es mir möglich ist. In größter Zuneigung ergeben, Dein Carter“.

Anna war zwar erleichtert, einen Brief von ihm zu erhalten, doch die Art, wie er über Charlie dachte, gefiel ihr gar nicht.

Charlie ist kein kleiner Dummkopf, verteidigte sie ihn im stillen. *Er ist ein herzensguter Mensch, und er hat durchaus Anspruch auf das Stück Land. Es ist ihm immerhin vererbt worden.*

Doch über diese Gedanken konnte sie mit niemandem sprechen. Nicht einmal mit Thomas, denn dadurch hätte sie Carter indirekt beschuldigt, im Unrecht zu sein.

„Bald wird alles ausgestanden sein", sagte sie nur und gab vor, darüber erleichtert zu sein.

Anna hoffte, daß Carter bald zu Besuch kam, doch zwei Tage vergingen, ohne daß er sich bei ihr meldete.

„Die Verhandlung scheint sich ja unendlich lange hinzuziehen", beklagte sie sich. Thomas nickte und widmete sich wieder seinen Ertragszahlen auf dem Buchführungsformular.

Letztendlich war es Charlie, der mit der Neuigkeit kam. Als Anna das Klopfen hörte, sprang sie auf und strich sich zuerst über die Haare und dann über den Rock, weil sie fest damit rechnete, daß Carter zu Besuch gekommen war. Als Thomas die Tür öffnete, war es jedoch Charlie, der grinsend davor stand.

„Ist alles vorbei?" fragte Thomas.

Charlie grinste noch breiter.

„Kommen Sie rein", lud Thomas ihn ein.

Charlie kam in die Küche und nahm sich dabei den abgewetzten Hut vom Kopf. Er schlug den Hut ein paarmal gegen sein Bein, um ihn von dem losen Schnee zu befreien, warf ihn in die Ecke und steuerte auf den warmen Herd zu.

Anna hielt den Atem an. Sie hätte kein Wort hervorgebracht, auch wenn die Küche in Flammen gestanden hätte.

„Wie ist's denn ausgegangen?" fragte Thomas, obwohl Anna das Gefühl hatte, daß er die Antwort schon kannte.

„Ich hab's ihm gegeben!" prahlte Charlie. „In die Pfanne hab' ich ihn gehauen, und zwar gründlich!"

Anna hatte Charlie noch nie so große Töne spucken gehört. Einen Moment lang verspürte sie Übelkeit.

„Dann haben Sie Ihr Stück Land also bekommen?"

„Das Gericht hat gesagt, daß das Testament gültig ist – und zwar haargenau so, wie es geschrieben wurde."

Thomas nickte und sah von Charlie zu Anna. Er wußte nicht recht, was er sagen sollte.

„Das freut mich", sagte er dann endlich.

Anna schwieg nur.

„Ja", sagte Charlie und schlug sich mit einem dicken Handschuh auf den Oberschenkel. „Sagenhaft, nicht?"

Dann wechselte Charlie unvermittelt das Thema: „Hast du morgen viel zu tun?"

„Eigentlich nicht", antwortete Thomas.

„Könntest du wohl mit deinem großen Gespann kommen und mir helfen, meine Hütte zu versetzen? Ich hab' mir ausgerechnet, daß ich sie mit vier großen Gespannen hierher schaffen kann."

„Sie wollen mit der ganzen Hütte umziehen?"

Charlie wandte sich zu Anna um.

„Du hast mir doch mal gesagt, ich könnte hier bei euch wohnen, weißt du noch?"

Anna nickte. Das hatte sie tatsächlich gesagt ... aber jetzt war alles so anders. Was würde Carter dazu sagen, daß sie seinen Erzfeind bei sich beherbergte? Denn als solchen betrachtete Carter Charlie nun einmal; dessen war Anna sich sicher.

„Also, ich hab' mir gedacht, daß ich meine Hütte gern in der Ecke bei eurem Küchengarten aufstellen würde – das heißt, falls das Angebot noch steht."

Anna hielt diesen Zeitpunkt kaum für geeignet, um Charlie zu eröffnen, daß sie und ihre Geschwister voraussichtlich selbst nicht mehr lange auf der Farm wohnen würden. Wenn sie heiratete, würden die Kinder mit ihr umziehen, und Thomas würde seine Forschungsstelle antreten. Sie öffnete den Mund, um etwas zu sagen, doch Thomas schüttelte den Kopf. Schnell machte sie den Mund wieder zu und wandte sich zum Herd um.

„Habe ich Sie gerade richtig verstanden?" fragte Thomas. „Natürlich können Sie jederzeit zu uns ziehen. Aber wollen

Sie Ihre Hütte denn nicht auf Ihrem eigenen Grundstück am Bach stehen lassen?"

Charlie fing an zu kichern, als habe er soeben jemandem den größten Streich seines Lebens gespielt.

„Hab' kein Grundstück am Bach", teilte er den beiden Geschwistern mit.

„Aber Sie haben doch gerade gesagt, daß Sie den Prozeß gewonnen haben."

„Hab' ich auch. Hab' ich auch", sagte Charlie mit funkelnden Augen. „Ich hab' das Grundstück zugesprochen bekommen – und dann hab' ich die Urkunde genommen, und ich hab' dem jungen Mr. Stratton geradewegs ins Gesicht gesagt, daß ich meine Hütte woanders aufstelle und daß er sein Land von mir aus haben kann – und dann hab' ich ihm die Urkunde in die Hand gedrückt."

„Aber ... aber wenn Ihnen nichts an der Parzelle liegt, warum sind Sie dann vor Gericht gegangen?"

Aus Charlies Augen sprühte der Zorn.

„Ich laß' mich doch nicht von irgendeinem hergelaufenen feinen Pinkel aus der Großstadt rumkommandieren", ereiferte er sich. „Das Stück Land stand mir zu. Hundertprozentig. Ich hab's von dem *Eigentümer* persönlich vermacht bekommen. Der *Sohn* hat in dieser Angelegenheit überhaupt nichts mitzumischen. Er braucht nicht zu denken, er könne einfach hier auftauchen und verlangen, daß alle nach seiner Pfeife tanzen."

„Aber Gerichtsverhandlungen kosten doch ..."

„Mich hat's keinen roten Heller gekostet", sagte Charlie, und in seinen Augen funktelte wieder Belustigung. „Aber ihn. Er muß sämtliche Gerichtskosten bezahlen." Charlie kicherte weiter. „Und ausgelacht worden ist er obendrein. Das ganze Rathaus hat sich gebogen vor Lachen. Da gibt er 'ne Stange Geld aus, ich gewinne den Prozeß, und dann geb' ich ihm das Land freiwillig zurück. Wenn er mich von vornherein von Mann zu Mann darum gebeten hätte, wie sich's gehört, dann hätte ich's ihm gleich gegeben, aber ich laß' mich nun mal nicht gern mit 'nem Haufen Gerichtspapiere rumkommandieren."

Der arme Carter! dachte Anna. *Kein Wunder, daß er noch nicht hiergewesen ist.*

Dann spürte Anna, wie ein Zorn auf beide Männer in ihr aufstieg. Carter hätte Charlie nicht einfach seinen Willen aufzwingen dürfen. Aber es war genauso ungehörig von Charlie, es zu einer teuren Gerichtsverhandlung kommen zu lassen, nur um Carter eine Lektion zu erteilen. Anna fand, daß sie sich alle beide wie unerzogene Kinder benommen hatten. Sie kehrte Charlie den Rücken und steuerte auf die Treppe zu.

Auf halbem Weg blieb sie jedoch stehen. Sie verhielt sich ja selbst kein bißchen vernünftiger. *Sehet zu, daß keiner Böses mit Bösem vergelte*, hörte sie es deutlich in ihrer Erinnerung. Ihre Mama hätte sich für sie geschämt.

Sie brauchte einen Moment des stillen Gebets dazu, um ihre Fassung wiederzugewinnen, doch endlich gelang es ihr, sich umzudrehen und mit ruhiger Stimme zu sprechen.

„Tasse Kaffee, Charlie?“ fragte sie und brachte sogar ein kleines Lächeln zustande.

*

Der Januar war schon fast vorbei, als Carter endlich zu Besuch kam. Anna hatte bereits befürchtet, ihn nie wiederzusehen. Als er aber kam, war er so um sie bemüht wie eh und je, als läge sein letzter Besuch nicht schon einen ganzen Monat zurück. Er brachte weder eine Erklärung noch eine Entschuldigung für sein langes Ausbleiben vor.

„Die Verhandlung ist wohl endlich abgeschlossen, wie man hört“, flocht Anna in ihr Gespräch ein.

„Ja“, nickte er selbstzufrieden, „ich habe mein Stück Land anstandslos bekommen.“

Anna fragte sich, ob ihm die kleine Hütte aufgefallen war, die hinter dem Haus stand. Wenn er sie bemerkt hatte, wollte er sich anscheinend nicht dazu äußern.

„Ich fahre bald wieder nach Atlanta“, teilte er ihr mit. „Ich lasse die Schreiner mit der Arbeit am Haus beginnen, aber ich muß noch ein paar letzte Besorgungen erledigen.“

Er strahlte Anna an, und sie merkte ihm an, daß er Begeisterung von ihr erwartete. Sie nahm seine Mitteilung jedoch einfach mit einem Kopfnicken zur Kenntnis.

Er umfaßte ihre Hand. „Was darf ich dir denn als Verlobungsgeschenk mitbringen, meine Liebe?“ fragte er.

Seine Frage kam überraschend für Anna. An ein Verlobungsgeschenk hatte sie überhaupt noch nicht gedacht, und sie wußte auch nicht, was in dieser Hinsicht angebracht wäre.

„Ich ... ich weiß nicht“, stotterte sie. „Am besten überlasse ich dir das Aussuchen.“

Mit dieser Antwort war er sichtlich zufrieden. Er nickte, als habe sie soeben etwas ungeheuer Kluges gesagt.

„Wie lange wirst du denn fortbleiben?“ fragte sie.

„Das kann ich jetzt noch nicht absehen. Ich hoffe sehr, daß es nicht allzu lange dauern wird. Vielleicht läßt es sich einrichten, daß wir später einmal gemeinsam auf Reisen gehen. Es gibt ja so vieles, was ich dir zeigen möchte. Außerdem mußt du für deine Aussteuer einkaufen, und du hast noch viel über die richtige Haushaltsführung zu lernen.“ Er errötete leicht und fuhr hastig fort: „Natürlich weiß ich, daß du schon seit Jahren einen Haushalt führst. Aber jetzt wirst du Hilfe bei der Arbeit bekommen. Da wirst du es lernen müssen, deine Angestellten zu beaufsichtigen.“

Anna konnte es sich überhaupt nicht vorstellen, die Arbeiten im Haushalt zu beaufsichtigen, anstatt sie selbst zu verrichten.

„Wir haben viel miteinander zu besprechen“, fuhr Carter unterdessen fort.

„Ja“, gab Anna ihm recht, „das haben wir allerdings.“

„Wäre es dir recht, wenn ich mich bei der Gelegenheit gleich nach einer zusätzlichen Haushälterin umsehe?“

„Nach einer zusätzlichen Haushälterin?“

„Für hier. Für die Kinder.“

„Aber die Kinder bleiben doch gar nicht hier“, sagte Anna schnell und wußte selbst nicht, warum es nötig sein sollte, Carter dies zu erklären.

„Dann hast du also schon für eine Unterkunft gesorgt?“

„Sie werden doch bei mir wohnen", antwortete Anna.

„Aber meine liebe Anna", sagte Carter mit einem beherrschten Lächeln, „ich habe die Absicht, dich zu mir zu holen."

Anna nickte. „Natürlich." Endlich schien Carter zu begreifen.

„Du erwägst doch nicht etwa", sagte er gedehnt, „sie allesamt in mein Haus mitzubringen?"

Anna nickte, und ihr Magen verkrampfte sich. An seinem Gesichtsausdruck konnte sie ablesen, daß er vorhatte, die Kinder allein hier wohnen zu lassen.

Er schüttelte bedächtig den Kopf, doch dann funkelte es wieder in seinen Augen.

„Nein, wie du scherzen kannst", lachte er und schüttelte Anna belustigt.

„Carter", sagte Anna und richtete sich zu ihrer vollen Größe auf, „über so etwas Ernstes mache ich keine Witze."

Sie sah direkt in seine Augen und fand ihr eigenes Spiegelbild darin wieder: ein schmales junges Mädchen mit honigblondem Haar. Ihre blauen Augen hielten seinem Blick stand, und ihre kleine Gestalt wich nicht vom Fleck. Carter trat ungeduldig von einem Fuß auf den anderen.

„Das kannst du doch unmöglich ernst meinen!" rief er schließlich.

„Entweder kommen die Kinder mit, oder ich bleibe hier", stellte Anna klar. „Ich bin ihnen zwar nicht die beste Mutter der Welt gewesen – aber eine andere Mutter haben sie nicht. Ich werde so lange bei ihnen bleiben, bis sie erwachsen sind."

Wieder verlagerte Carter sein Gewicht.

„Das darf doch wohl nicht wahr sein", sagte er, und seine Augen verengten sich zu schmalen Schlitzen. Dann lächelte er, doch es war nicht sein gewinnendes, charmantes Lächeln.

„Ich fürchte, meine Liebe, daß aus dir dann eine alte Jungfer wird. Kein Mann der Welt würde eine Frau heiraten, die darauf besteht, drei jüngere Geschwister mit in die Ehe zu bringen – auch wenn sie noch so hübsch ist."

Anna schluckte mühsam und nickte. Sie nahm ihren gesamten Mut zusammen und sagte: „Dann eben nicht." Sie ging seinen Hut und Mantel holen und reichte sie ihm wortlos.

Er sah sie an; Zorn erfüllte seine Augen, und dann fing er an zu lachen, ein grobes, bitteres Lachen, bei dem Anna zu frieren begann. Ihr war zumute, als sei sie von ihm geschlagen worden, doch noch immer stand sie unbeweglich da.

„Gute Nacht, meine Liebe", sagte er.

„Auf Wiedersehen, Mr. Stratton", antwortete sie und drehte sich zum Kamin um, bis sie hörte, wie er die Stube verließ.

Erst als Anna in ihrem Zimmer allein war, ließ sie ihren Tränen freien Lauf. Sie zog sich nicht einmal das Kleid aus, bevor sie sich auf ihr Bett warf. Heftiges Schluchzen ließ ihre schmale Gestalt erzittern.

„Er hat recht", weinte sie in ihr Kissen hinein. „Er hat recht. Ich werde eine alte Jungfer. Niemand wird mich heiraten, weil ich drei Geschwister habe, die noch versorgt werden müssen. Niemand! Das weiß ich genau!"

Anna weinte lange und heftig, doch schließlich wischte sie sich die Tränen ab und stand energisch auf, um sich zum Schlafengehen umzuziehen.

„Dann heirate ich eben nicht", sagte sie zu ihrem Spiegelbild. „Von mir aus werde ich eine alte Jungfer. Schließlich habe ich Mama ein Versprechen gegeben – und mit Gottes Hilfe werde ich es auch halten. Ich werde die Kinder großziehen. Ja, das werde ich. Und ich werde nie wieder einen Mann ansehen – nie wieder. Wie konnte ich nur so dumm sein? Warum habe ich so vorschnell ja gesagt?

Eigentlich hätte ich's besser wissen müssen. Mama hat mir doch eine bessere Menschenkenntnis beigebracht. Thomas hatte recht. Ich kannte Carter überhaupt nicht. Ich hatte keine Ahnung, was für ein Mensch er im Grunde ist, und ich bin ja so froh ... so froh! ... daß ich's rechtzeitig gemerkt habe, um ... um einen entsetzlichen Fehler zu vermeiden."

Sie hob ihr Kinn und streckte entschlossen die Schultern – doch dagegen, daß ihr noch eine Träne über die Wange tropfte, war sie machtlos.

Neue Wege

Am nächsten Morgen kam Charlie zum Kaffee ins Haus. Anna merkte ihm an, daß er irgend etwas auf dem Herzen hatte, doch er sagte nichts darüber. Statt dessen unterhielt er sich mit Thomas über das letzte Unwetter, stellte Vermutungen darüber an, wie Gus wohl mit seinem neuen Boss zurechtkam, und versprach Anna, ihr im Frühjahr mit der Gartenarbeit zu helfen.

„Ist es Ihnen auch warm genug in ihrer Hütte?" erkundigte sich Thomas.

Charlie nickte stolz.

„Hab' dem Boss doch selbst geholfen, sie zu bauen. Solide Arbeit haben wir geleistet", sagte er, und in seinen Augen funkelte es wieder. „Hab' alles da, was man zum Leben braucht."

Warum sind Sie dann so unglücklich? hätte Anna am liebsten gefragt, doch sie tat es lieber nicht.

Thomas stellte dann die Frage, die Anna auf der Zunge gelegen hatte, wenn er es auch auf eine indirekte Art tat. Er gab Charlie einfach die Gelegenheit, über das zu sprechen, was ihm so zu schaffen machte.

„Was können wir für Sie tun, Charlie?"

Charlie verrührte die Sahne in seinem Kaffee. Wie ein Karussell kreiste der Löffel in der Tasse herum, und Anna malte sich aus, wie ihm die Gedanken im selben Muster im Kopf umherkreisten. Es dauerte lange, bis er zu sprechen begann.

„Hab' über manches nachgedacht", sagte Charlie endlich. „Eigentlich war's nicht richtig von mir, was ich mit dem jungen Mr. Stratton angestellt habe. Immerhin ... tja, immerhin ist er ja der Sohn vom Boss – und wenn ich's mir recht überlege, dann hätte ich an seiner Stelle auch das ganze Land meines Vaters für mich gewollt. Ich hätte ihm einfach sein Grundstück geben können ... und auf das öffentliche Spektakel verzichten können, das ich da veranstaltet habe."

Wieder herrschte Schweigen. Charlie hob den Kopf. Sein Gesicht wirkte bekümmert.

„Euer Pa hätte es bestimmt anders gemacht", sagte er schuldbewußt.

Thomas nickte. „Bestimmt", gab er ihm recht.

„Tja, ich glaub', jetzt schulde ich dem jungen Burschen wohl 'ne Entschuldigung", sagte Charlie.

Anna erstarrte. Noch vor kurzem hätte sie ihm recht gegeben, doch seit den Ereignissen des vergangenen Abends empfand sie herzlich wenig Mitleid mit Carter Stratton.

„Da geh' ich wohl am besten rüber und werd' meine kleine Rede los. Weiß zwar nicht, ob er sich anhören wird, was ich da zu sagen habe, aber versuchen muß ich's – das heißt, wenn ich mir selbst je wieder in die Augen sehen können will."

Thomas nickte. Wieder saßen sie schweigend da. Anna hätte am liebsten etwas gesagt oder sich bewegt oder sich in ihr Zimmer zurückgezogen, doch sie tat nichts von alledem. In ihrem Kopf schwirrte es.

„Ich hab' eure Eltern lange Jahre gekannt", fuhr Charlie nachdenklich fort. „Kann mir nicht vorstellen, daß sie's zu so etwas hätten kommen lassen – aus reiner Gemeinheit, wie ich. Ich kann natürlich nicht behaupten, so fromm zu sein, wie sie's waren – aber sie waren prima Menschen. Komisch ..." Charlie zögerte und lachte dann leise. „Ich ertappe mich oft dabei, wie ich an euren Pa denke und mich frage: ‚Was hätte Karl wohl jetzt getan?' Und eure Ma. Sie war die Freundlichkeit in Person. Hat in ihrem ganzen Leben nie 'ne Gemeinheit begangen, eure Ma. Einmal hat sie zu mir gesagt: ‚Charlie, der Herr sagt, wir sollen siebzig mal siebenmal vergeben', sagte sie. ‚Ich scheine irgendwie nicht über zehn hinauszukommen.' Das sagte sie, und sie lächelte, und ich denk' mir dabei, daß ich selbst kaum bis zweimal komme. Genauer gesagt schaffe ich's meistens nicht mal, überhaupt 'nen Anfang zu machen."

Anna spürte, wie ihr das Gesicht warm wurde. Auch sie hegte einen stillen Groll. Charlie hatte recht. Ihre Mama hätte gewollt, daß sie sich zum Verzeihen durchrang – falls sie überhaupt ein Recht hatte, Carter böse zu sein. Es war schließlich nicht das erste Mal, daß ein Mann es sich mit dem Heiraten anders überlegt hatte. Und gewiß hatte Carter ein Anrecht auf eine Ehefrau ohne ... nun, ohne eine ganze Familie, für deren Unterhalt er zu sorgen hatte.

Anna holte die Kaffeekanne. Sobald Charlie sich auf den Weg machte, um seine Entschuldigung loszuwerden, würde sie sich Zeit für ein Zwiegespräch mit ihrem himmlischen Vater nehmen.

*

„Thomas ..." Anna sprach langsam und zögernd. Sie wußte nicht recht, wo sie anfangen sollte. Sie spürte, wie ihr Tränen in die Augen stiegen, und sie zwang sich dazu, nicht wie ein kleines Kind loszuweinen.

Thomas hob den Kopf und wartete.

Anna richtete ihre Aufmerksamkeit wieder auf ihren Teller. Sie hatte sich vorgenommen, Thomas von den zerschlagenen Heiratsplänen zu erzählen, bevor die Kinder aus der Schule nach Hause kamen.

Anna hob den Kopf, holte tief Luft und sagte: „Aus der Hochzeit wird nichts." Ihre Stimme klang nüchtern und sachlich.

Die Augen ihres Bruders verfinsterten sich. Anna las Wut darin, und dabei wurde Thomas selten wütend.

„Hat er dich etwa sitzenlassen?" sagte er durch zusammengebissene Zähne.

„Drücken wir es lieber so aus: Wir haben's uns anders überlegt", erklärte Anna eilig. „Es gab da einige Dinge, über die wir noch nicht gesprochen hatten-- bis gestern. Und als die Sprache darauf kam, konnten wir uns nicht einigen", sagte sie einfach nur.

Seine Augen blieben finster. Anna beeilte sich fortzufahren.

„Es ... es tut mir so leid", flüsterte sie. „Ich weiß, daß jetzt alles ... alles nicht ...", doch sie konnte nicht weitersprechen.

Die Augen ihres Bruders erhellten sich ein wenig. Thomas seufzte leise auf. Anna fragte sich, ob es ein Seufzen der Erleichterung war. Er streckte den Arm aus und drückte ihr den Handrücken.

„Bist du furchtbar enttäuscht?“ fragte er.

Anna schüttelte den Kopf, und nun kamen ihr trotz aller guten Vorsätze die Tränen.

„Das ... das weiß ich selbst nicht“, brachte sie hervor. „Irgendwie wahrscheinlich schon ... Ich ... ich glaube, jedes Mädchen ist enttäuscht, wenn ... wenn nicht alles nach Plan geht.“ Anna hielt inne, schluckte und wischte sich die Tränen mit dem Taschentuch vom Gesicht. „Aber ich ... ich habe gebetet, und ich glaube ... ich glaube, daß ... daß es so am besten ist. Ich glaube einfach nicht, daß Carter und ich ... daß wir ... nun, daß wir zueinander passen. Aber für dich tut's mir furchtbar leid. Eigentlich ...“

„Für mich?“ unterbrach Thomas sie. „Was willst du denn damit sagen: ‚Für dich‘?“

„Du hättest doch dann von der Farm weggekonnt. Hättest deine Forschungsarbeit mit Pflanzensamen machen können, wie du's dir immer erträumt hast ...“

Thomas stand abrupt auf.

„Du willst doch wohl damit nicht etwa sagen, du hättest gedacht ...“

„Ich weiß doch, wieviel dir das bedeutet“, redete sie hastig weiter, „und solange du hier gebraucht wirst ... wegen der Kinder und mir ... ich weiß doch, daß du nie einfach von hier weggegangen wärst“, sagte Anna mit einem kleinen Achselzucken.

Thomas setzte sich wieder und beugte sich zu seiner Schwester vor.

„Hör mal zu, Anna“, sagte er leise, aber bestimmt, „untersteh dich je einen Mann zu heiraten – *egal wen* –, nur um uns übrigen das Leben leichter zu machen.“

„Aber das ... das war ja nicht der einzige Grund“, stammelte Anna. „Das heißt ... das heißt, ich ... ich mochte Carter wirklich gern. Er war ... er war ...“

„Arrogant, eingebildet und vollkommen uninteressiert an den Gefühlen anderer“, sagte Thomas mit harter Stimme.

Nun war es Anna, die aufstand. Ihre Augen waren vor Entsetzen geweitet, und ihre Unterlippe zitterte, so sehr sie sie auch mit ihren Zähnen ruhig zu halten versuchte.

„Das hast du gedacht?“

Doch Thomas bereute seine Worte schon. Er senkte den Kopf und fuhr sich mit der Hand durch die Haare.

„Tut mir leid. Entschuldige“, murmelte er.

„Thomas“, sagte Anna und streckte ihrem Bruder eine Hand entgegen, „warum denn? Warum hast du mir das nicht früher gesagt?“

Einen Moment lang konnte Thomas nicht antworten, doch dann sah er Anna direkt ins Gesicht.

„Weil ich dachte, daß du ihn liebst.“

Anna ließ sich wieder auf ihren Stuhl fallen.

„Das habe ich auch gedacht“, flüsterte sie. „Eine Zeitlang habe ich das auch gedacht.“

„Und jetzt?“ fragte Thomas.

„Ich habe einen großen Teil des Vormittags mit Beten verbracht. Ach, Thomas, ich glaube nicht, daß das richtig gewesen wäre. Mama hätte ... Mama hätte es von Anfang an gewußt, das weiß ich genau. Der ganze Kummer wäre mir erspart geblieben, wenn ich Mama nur besser ...“

„Tu’s nicht“, sagte Thomas. „Zerfleisch dich nicht in Selbstvorwürfen. Letzten Endes hast du doch die richtige Entscheidung getroffen. Und das ist jetzt die Hauptsache. Wir ... wir leben einfach so weiter, als wenn nichts gewesen wäre.“

Anna schüttelte den Kopf. Sie wußte genau, daß sie es nie vergessen würde, daß sie einmal verlobt gewesen war – um dann sitzengelassen zu werden. Doch sie hob das Kinn und sah Thomas an. Es stahl sich ein Funkeln in ihre Augen, und ihr Mund verzog sich zu einem schrägen Lächeln.

„Ich werd’s überleben“, sagte sie. „Ich war verliebt ... und dann bin ich versetzt worden ... aber das Schlimmste ist überstanden. Das Leben geht weiter.“ Sie blinzelte eine hartnäckige Träne fort.

Thomas stand auf und nahm sie in die Arme. Einen Moment lang lehnte sich Anna an seinen breiten Brustkorb und ließ sich von der Kraft der Arme trösten, die sie umschlossen hielten. Thomas hätte ihr unendlich gefehlt. Doch es tat ihr leid, unsagbar leid, daß sein Traum nun nicht Wirklichkeit werden konnte.

„Du liebes Mädchen", sagte Thomas.

Seine Stimme glich so sehr der Stimme ihres Vaters, daß Anna sich plötzlich in ihre Kindheit zurückversetzt fühlte, in die Geborgenheit, die sie in der Umarmung ihres Vaters empfunden hatte.

„Du liebes Mädchen", sagte Thomas noch einmal; dann ließ er sie los und holte seine Mütze und seine schwere Winterjacke.

*

Das Leben ging tatsächlich weiter für Anna. Über die geplatzte Hochzeit fiel kein Wort. Anna war dankbar, daß Thomas sie darum gebeten hatte, vorerst niemandem von ihren Hochzeitsplänen zu erzählen. Nun brauchte sie weder Nachbarn noch Freunden Rede und Antwort zu stehen. Doch tief in ihrem Herzen verspürte Anna ab und zu noch immer einen tiefen Schmerz.

Glücklicherweise begegnete sie Carter nur selten. Er habe viel zuviel auf seiner Ranch zu tun, um in die Kirche zu gehen, hieß es. Zum Ostergottesdienst kam er zwar, doch er saß weiter hinten in der Kirche, und Anna mußte ihn nicht begrüßen. Wenn er ihr hin und wieder in der Stadt begegnete, brachte Anna ein steifes Lächeln und ein „Guten Tag" zustande. Carter grüßte so kühl und unverbindlich zurück, als habe er Anna nie näher gekannt. Sie hörte, daß er neuerdings Trudie Sommers seine Aufwartungen machte, doch sie machte sich nicht einmal die Mühe festzustellen, ob dies der Wahrheit entsprach oder nicht.

Der Winter wich dem Frühling, und Charlie hielt sein Versprechen, Anna beim Anlegen ihres Gartens zu helfen. Anna stellte überrascht fest, wieviel Zeit sie sparte, seitdem Charlie die Harke schwang.

Thomas säte sein selbstgezüchtetes Saatgut auf einem großen Versuchsfeld aus, bevor er die reguläre Aussaat in Angriff nahm. Er konnte es kaum erwarten, daß das neue Getreide keimte und sproß, damit er seine Qualität begutachten konnte.

Die Schule ging zu Ende, und die Kinder waren wieder tagsüber zu Hause. Anna freute sich immer auf diese Jahreszeit. Es fiel ihr nicht schwer, ihre jüngeren Geschwister zu beschäftigen, weil es in einem Farmhaushalt immer viel Arbeit gab. Derek half Thomas draußen auf den Feldern. Er war ein ganzes Stück in die Höhe geschossen, und obwohl Anna in ihm noch immer einen kleinen Jungen sah, wußte sie, daß aus ihm nun schnell ein junger Mann werden würde.

Er schien seine Umwelt und sich selbst mit mehr Optimismus zu betrachten, doch diese Veränderung kam nur sehr langsam. Anna wußte, daß er den Schmerz in seiner Kindheit nie völlig überwinden würde. Noch immer spielten sie ihr Erinnerungsspiel, und Derek beteiligte sich bereitwillig daran. Manche Geschichten waren wehmütig, andere lustig, wieder andere besinnlich. Anna hoffte, daß ihr Spiel den Heilungsprozeß vorantreiben würde.

Louise interessierte sich bei weitem mehr für ihre Freunde als für den Haushalt. Sie bettelte und drängte, bis Anna versucht war, ihr zu sagen, sie solle doch einfach gehen und den Haushalt verschonen. Doch so etwas hätte ihre Mutter nie gesagt; das wußte Anna genau.

„Du darfst einmal pro Woche ausgehen“, sagte sie zu ihrer jüngeren Schwester. „Du mußt dich entscheiden, ob du an einem Abend, einem Nachmittag oder einem Sonntag ausgehen willst.“

Louise schmollte eine Zeitlang, doch letzten Endes erklärte sie sich mit dieser Regelung einverstanden.

Sara war während der Wintermonate so viel gewachsen, daß Anna ihr die Rocksäume bis zum letzten Zoll auslassen mußte. Bald würden ihr Louises abgelegte Kleider passen. Anna vermutete, daß Sara einmal recht groß werden würde, groß und schmal wie ihr Vater. Doch das Wachstum des Nesthäkchens machte Anna auch ein wenig besorgt. Hieß das, daß sie das muntere, schalkhafte, sorglose Energiebündel namens Sara verlieren würden, um sich statt dessen ein weiteres launenhaftes, schmollendes, herausforderndes junges Mädchen einzuhandeln? Anna bezweifelte, daß sie mit zwei mißgestimmten Heranwachsenden fertigwerden konnte.

Thane kam wieder häufiger. Er verbrachte jede freie Minute bei Thomas und Derek auf den Feldern. Er forderte Thomas zu Brettspielen heraus und hänselte Louise mit den jungen Männern aus der Umgebung. Er brachte Sara Zitronenbonbons und Lakritzstangen mit und half Derek, sein neues Reitpferd auszubilden. Er brachte Charlie Lebensmittel aus dem Laden mit und empfahl ihm Heilmittel gegen sein Rheuma. Er machte es sich auf der Veranda bequem und unterhielt sich munter, während die langen Dämmerstunden die Farm in einen weichen, dunklen Mantel hüllten. Er bestaunte Annas Garten, lud sie an Sommerabenden zu Spaziergängen ein, brachte ihr Bücher aus seiner eigenen Sammlung mit und ließ sich von ihren Plänen erzählen, neue Vorhänge zu nähen.

Und es stimmte: Er beobachtete sie aufmerksam – genau wie Sara gesagt hatte. Doch Anna merkte es kaum. Sie fühlte sich in Thanes Gegenwart einfach nur wohl. Es war, als gehöre er zur Familie. Eine große Sicherheit, Vertrautheit und Geborgenheit umgab sie in seiner Nähe. Anna verspürte diese Dinge, ohne sie benennen zu können. Doch wie ihre Geschwister war sie sehr glücklich darüber, daß Thane wieder da war.

Das Picknick

Der Tag war warm; nur die Andeutung einer Brise lag in der Luft. Anna verbrachte den Vormittag in der Küche, um Kartoffelsalat und russische Eier zuzubereiten. Der Ofen verströmte den verlockenden Duft eines Hühnchens. Anna hatte es in der großen Bratpfanne angebraten, und nun garte es in einer Sauce aus frischen Kräutern und Sahne im Ofen. Louise schnitt ein selbstgebackenes Brot in dicke Scheiben, die Sara dann großzügig mit Butter bestrich, wobei sie darauf achtete, daß auch die Ecken und Krusten nicht leer ausgingen.

„Thomas kann trockene Kanten nicht ausstehen", verkündete sie bei der Arbeit.

Louise begutachtete den Kuchen auf dem Tisch. Er stellte ihren ersten Beitrag zu einem Gemeindepicknick dar, und sie schien mit dem Ergebnis recht zufrieden zu sein, denn beschwingt fuhr sie mit dem Brotschneiden fort.

„Um wieviel Uhr essen wir eigentlich?" erkundigte sie sich.

Ohne von ihrer Arbeit aufzusehen, antwortete Anna: „Um ein Uhr."

Louise sah auf die Uhr über dem Herd. „Hoffentlich beeilen die Jungen sich; sonst kommen wir noch zu spät."

Auch Anna warf einen Blick auf die Uhr.

„Wir haben noch jede Menge Zeit", versicherte sie ihrer Schwester.

„Ist Trudie immer noch in Thomas verliebt?" fragte Sara ohne jede Vorwarnung.

Anna drehte sich zu Sara um. Obwohl sie das Kleid bis zum letzten Zoll ausgelassen hatte, war es ihr etwas zu kurz. Anna seufzte. Wie sollte sie je mit dem in die Höhe schießenden Kind Schritt halten?

„Ich ... ich habe gehört, daß ...“ Beinahe hätte Anna „Carter“ gesagt, besann sich aber gerade noch rechtzeitig. „... daß Mr. Stratton neuerdings Trudie besucht.“

„Prima!“ sagte Sara mit Nachdruck, ohne eine nähere Erklärung zu liefern.

Die Hintertür fiel ins Schloß, und mit leuchtenden Augen kam Derek in die Küche.

„Fertig?“ rief er ungeduldig.

Annas Herz schlug schneller. So begeistert hatte sie ihren Bruder noch nie erlebt.

„Wir brauchen nur noch alles einzupacken“, sagte sie zu ihm. „Wenn du uns die Kisten aus dem Schuppen holst, wikkeln wir das Brathühnchen inzwischen in Tücher ein, damit es heiß bleibt.“

Derek beeilte sich, ihrer Aufforderung zu folgen, und Anna holte alles, was eingepackt werden mußte. Ihre Schwestern halfen ihr beim Einpacken, und Thomas und Derek trugen die Kisten zu dem angespannten Kutschwagen. Charlie stand schon da und machte ein zufriedenes Gesicht.

„Ist ja schon Ewigkeiten her, seitdem ich zu ‘nem Picknick gegangen bin“, sagte er. „Und obendrein geh’ ich diesmal mit ‘ner richtigen Familie“, fügte er hinzu und sah lächelnd vom einen zum anderen.

Sein fröhlicher Gesichtsausdruck entging Anna nicht.

Alle kletterten in den Wagen und suchten sich Plätze; dann schnalzte Thomas den Pferden zu, und die Fahrt ging los.

Anna sah zu dem wolkenlosen Himmel auf.

„Verregnen wird uns das Picknick wohl kaum“, bemerkte sie. „Es könnte sogar ziemlich heiß werden.“

„Gerade richtig für ein Picknick“, meinte Derek und spielte mit seinem abgewetzten Baseball.

Anna wußte, warum Derek sich auf diesen Tag freute. Er war ein begeisterter Sportler, und er ließ sich keine Gelegenheit zu einem Ballspiel entgehen.

„Wenn du Baseball spielen willst“, riet Thomas ihm wohlmeinend, „dann iß am besten nicht zuviel. Mit vollem Magen spielt sich’s nicht so gut.“

„Warum spielen wir dann nicht vor dem Essen Baseball?" fragte Derek.

„Weil das heiße Essen sonst inzwischen kalt würde – und das kalte Essen warm", erklärte Anna ihm.

„Trotzdem würde ich lieber zuerst Baseball spielen", meinte Derek, dem die Temperatur des Essens nicht übermäßig wichtig war.

„Du würdest krank werden", sagte Louise mit ihrem typisch besserwisserischen Gesichtsausdruck. „In der Sommerhitze verdirbt das Essen ganz schnell."

Sie verfielen in Schweigen, und jeder hing seinen eigenen Gedanken nach. Anna fragte sich, ob sie Carter und Trudie Arm in Arm begegnen würde. Der Gedanke daran machte ihr zwar nun nicht mehr so zu schaffen wie noch vor ein paar Monaten, aber das reinste Vergnügen wäre eine solche Begegnung nicht für sie. Dennoch staunte Anna selbst darüber, daß sie sich so schnell von dem schweren Schlag erholt hatte.

Viele Gespanne standen schon da, als Thomas seine Pferde am Zaun festband. Sara war aus dem Wagen gesprungen, als dieser noch rollte, um zu ihren Freundinnen zu laufen. Anna hätte ihr beinahe nachgerufen, sie solle wie eine Dame gehen, anstatt zu rennen, doch dann schüttelte sie nur den Kopf und fing mit dem Ausladen an.

Für die Schüsseln waren lange Tische aufgestellt worden, und Anna schickte Thomas und Derek mit den Kisten dorthin. Auch Charlie half, so daß das Ausladen schnell erledigt war und Derek sich auf die Suche nach den anderen Baseballspielern machen konnte, um eine Spielstrategie zu entwerfen. Thomas steuerte auf seine Altersgenossen zu, die sich schon eingefunden hatten. Louise warf ihren Kopf in den Nacken und stellte ihren Kuchen auf den Tisch, wobei sie offensichtlich hoffte, danach gefragt zu werden, wer denn diesen verlokkenden Kuchen gebacken habe.

Das Essen stand als erstes auf dem Programm. Lange Schlangen von fröhlich plaudernden Nachbarn reihten sich auf, und ungeduldige Kinder drängelten sich vor. Anna stand neben Thane in der Schlange.

„Sara hat mir erzählt, daß Louise einen Kuchen gebacken hat“, flüsterte er ihr zu. „Zeig mir, welcher es ist, damit ich die Werbetrommel rühren kann.“

Anna lachte und deutete auf Louises Kuchen. Thane nickte, und Anna wußte, daß Louise gleich alle Anerkennung bekommen würde, die sie sich erhofft hatte.

Als sie in die Nähe des Kuchens aufgerückt waren, sagte Thane laut und vernehmlich: „Menschenskinder, sieh dir bloß mal den Kuchen dort an! Der sieht aber lecker aus. Wer hat denn den wohl gebacken? Können Sie mir sagen, wer ihn gebacken hat?“ Seine Frage galt Mrs. Blackwell, die auf der anderen Seite des Tisches stand.

Sie schüttelte den Kopf.

„Wissen Sie's vielleicht?“ fragte er Mrs. Sommers, doch diese gab ihm dieselbe Antwort.

„Er sieht einfach furchtbar verlockend aus“, sagte er und lud sich ein großzügig bemessenes Stück von dem Kuchen auf den Teller. „Muß eine prima Köchin sein. Louise, weißt du, wer diesen Kuchen gezaubert hat?“ Louise stand vor ihnen in der Schlange.

Sie errötete und gestand: „Ja. Ich habe ihn gebacken.“ Dabei legte sie ihren Kopf vor Verlegenheit schräg.

„Du ganz allein?“ fragte Thane erstaunt.

Louise nickte. Anna sah einen erfreuten Ausdruck in den Augen ihrer Schwester, während die Umstehenden sich zu ihr umdrehten.

Thane, der schon seine Gabel in dem Stück Kuchen auf seinem Teller versenkt hatte, als könne er keine Sekunde länger warten, leckte sich über die Lippen.

„Phantastisch! Er schmeckt sogar noch besser, als er aussieht. Einfach köstlich!“

Anna schmunzelte. Wenn Louise es auf Lob abgesehen hatte, dann war sie bei Thane an den Richtigen geraten. Anna wollte ihm gerade durch einen Rippenstoß zu verstehen geben, daß er es nicht zu weit treiben sollte, als er sich plötzlich zu ihr umdrehte und ihr ein Kompliment machte, das auch ihr die Röte ins Gesicht trieb.

„Kein Wunder, daß sie so prima backen kann“, flüsterte er ihr ins Ohr. „Immerhin hat sie die beste Lehrerin weit und breit!“

Anna fühlte sich gedrängt, Thane an weiteren peinlichen Komplimenten zu hindern, und führte ihn deshalb in den Schatten einer hohen Pappelgruppe, die an das Schulgelände angegrenzte. Familie Andrews gesellte sich zu ihnen, und bald drehte sich die Unterhaltung um weniger peinliche Themen als Kuchen und Köchinnen.

Nach dem Essen fingen die Wettkämpfe an. Thomas beteiligte sich an allem, was ihm Spaß machte. Manche Spiele gewann er, andere verlor er, doch er nahm beides mit Humor und Gelassenheit hin. Beim Holzhackerwettstreit belegte er mit Leichtigkeit den ersten Platz und verteidigte seinen Siegertitel im dritten Jahr in Folge.

Derek stellte großes Talent beim Sackhüpfen unter Beweis. Im Gegensatz zu Thomas beteiligte Derek sich jedoch nur an Wettläufen, bei denen er Aussicht auf den Sieg hatte.

Derek ist kein guter Verlierer, dachte Anna, der die verbissene Anspannung in seinem Gesichtsausdruck nicht entgangen war.

Louise verzichtete auf jegliche Wettkämpfe. Sie warf den Kopf zurück und bemühte sich, möglichst erwachsen auszusehen, was ihr jedoch nicht immer gelang. Sara dagegen hatte keinerlei Hemmungen und wäre auch zu den Wettkämpfen der Jungen angetreten, wenn dies erlaubt gewesen wäre.

Der Tag verging mit einem Wettkampf nach dem anderen, und jedermann kam auf seine Kosten. Dann wurde es Zeit für das Baseballspiel, und die Merrifield-Brüder wurden nach vorn gerufen, um sich ihre Mannschaften auszusuchen. Die Zuschauer brachten ihre Decken auf den Rasen in der Nähe des Baseballplatzes, wo sie es sich bequem machten, um die Mannschaften anzufeuern. Roger Merrifield suchte sich Derek für seine Mannschaft aus, und sein Bruder Peter rief Thomas auf.

„Bruder gegen Bruder“, hörte Anna jemanden sagen, worauf Gelächter ausbrach.

Als gerade der erste Wurf fiel, sah Anna Carters Gespann mit den Braunen in den Schulhof einbiegen. Neben Carter saß Trudie, die voller Stolz seinen Arm mit der einen Hand und ihren Hut mit der anderen hielt. Das Gespann kam inmitten einer kleinen Staubwolke zum Stehen, und majestätisch stieg Trudie aus. Auf dem Weg von der Kutsche zu den Picknicktischen lehnte sie sich eng an Carter und lachte übertrieben laut, während er ihre Decke ausbreitete. Anna richtete ihren Blick wieder auf das Baseballspiel. Der Anblick der beiden wurmte sie – zumindest ein wenig.

Doch bald galt ihre gesamte Aufmerksamkeit wieder dem Spiel. Bei jedem Inning erzielten beide Mannschaften die gleiche Punktzahl. Kaum war Dereks Mannschaft um einen Punkt voraus, als Thomas' Mannschaft auch schon aufholte, oder umgekehrt. Anna wußte kaum, welche Mannschaft sie anfeuern sollte; schließlich feuerte sie beide an.

Zu Beginn des neunten Innings herrschte Punktegleichstand. Thomas' Mannschaft stellte als erste den Schlagmann. Peter erwischte keinen der Bälle. Ernest schlug den Ball direkt auf das erste Mal zu, und Thane erledigte auch diesen Schlagmann. Der dritte Schlagmann schickte den Ball steil in die Luft. Anna hielt die Luft an. Der Ball flog geradewegs auf Derek zu. Nein, er zielte weiter nach rechts. Niemand anders würde ihn erwischen können. Derek jagte auf ihn zu, und Anna verzog das Gesicht vor Spannung. Bestimmt würde er den Ball nicht halten können; wenn er es versuchte, würde er sich womöglich dabei verletzen.

In allerletzter Sekunde machte Derek einen mächtigen Satz und rollte kopfüber ins Gras. Als er sich mehrmals überschlagen hatte, sprang er auf und hielt den Baseballhandschuh mit dem Ball darin hoch. Die Zuschauer jubelten, und Anna atmete auf, als sie ihren Bruder grinsend aus dem linken Feld zurücklaufen sah.

Die Punktzahl war noch immer gleich. Anna fand, daß man das Spiel eigentlich mit einem Unentschieden ausgehen lassen sollte. Kein Sieger, kein Verlierer. Doch dann sah sie Dereks Gesicht. Offensichtlich war er völlig anderer Ansicht als sie.

Derek wollte unbedingt gewinnen. Sie sah, wie er mit dem Schlagstock übte. Gleich würde er seinen Platz vor der Gummiplatte einnehmen. Sein Gesicht trug einen Ausdruck von Entschlossenheit, wie sie es noch nie an Derek gesehen hatte.

Thane war der erste Schlagmann. Er traf den Ball mühelos, doch Peter erwischte ihn trotzdem. Anna kannte den jungen Mann nicht, der als zweiter Schlagmann vor die Platte trat. Er und seine Familie waren neu am Ort. Er schlug den Ball ins Abseits, und der Fänger schnappte ihn auf. Als Derek sich vor die Platte stellte, gab es nur noch eine einzige Chance zum Sieg. Anna spürte, wie ihr Magen sich verkrampfte. Sie mochte kaum hinschauen, doch sie brachte es auch nicht fertig, wegzusehen.

Zu allem Unglück war Thomas der Werfer. Alle Welt wußte, welch ein guter Werfer er war. Anna verstand zwar nicht sehr viel von Baseball, doch sie glaubte dem Urteil der jungen Männer aus der Nachbarschaft. Wenn sie Thomas für einen erstklassigen Werfer hielten, dann war er das bestimmt auch.

Zwei Brüder, die sich gegenüberstanden. Thomas stand auf dem Wurfmal, das Gesicht heiter, seine Augen voller Freude über die Situation und zugleich voller Stolz auf seinen jüngeren Bruder. Derek starrte zurück, die Zähne zusammengebissen, seine Augen bohrend, sein ganzer Körper angespannt. Er hatte Thomas schon oft gegenübergestanden. Oft hatten die beiden ein paar freie Momente zu einer Runde Baseball auf der Farm genutzt. Doch dabei hatte Thomas die Bälle immer so geworfen, daß sein Bruder sie mit Leichtigkeit treffen konnte. Diesmal gab es kein Erbarmen. Das wußte Derek.

Derek hob den Schlagstock und machte kleine Zuckbewegungen damit, was Anna an das Schwanzzucken einer Katze auf Mäusejagd erinnerte. Thomas' Bewegungen waren langsam und überlegt. Er bekam sein Signal von dem Fänger, holte aus und warf den Ball mit voller Wucht. Derek schwang den Schlagstock – doch zu spät.

„Verfehlt", rief Mr. Andrews hinter seiner Schiedsrichtermaske hervor.

Derek trat von einem Bein aufs andere und bohrte seine Ferse verbissen in die Erde.

Thomas wartete auf das Signal des Fängers und bohrte dabei den Ball in seinen Handschuh.

Annas Hals war wie zugeschnürt. Überall waren Männer von ihren Decken aufgestanden und kniffen die Augen in der Nachmittagssonne zusammen. Hier und da ertönte ein Anfeuerungsruf, doch die meisten lehnten sich voller explosionsbereiter Spannung nach vorn.

Thomas warf zwei Bälle hintereinander.

„Hart an der Grenze“, hörte Anna den Mann rufen, der links von ihr saß. „Andrews hat geschlafen!“

Doch es blieb bei zwei und eins: zwei Fehlbälle, ein verfehlter Schlag.

Der nächste Ball kam herangesaust. Anna fragte sich, ob Derek ihn gesehen hatte, doch er schwang den Schlagstock, und der Ball landete hoppelnd vor seinen Füßen auf der Erde.

Zwei und zwei.

Der nächste Ball schoß geradewegs auf Derek zu. Einen entsetzlichen Moment lang befürchtete Anna, er würde ihn mit voller Wucht treffen, doch er drehte ab, und Derek sprang zur Seite.

Drei und zwei. Jetzt ging's um die Wurst. Die Zuschauer waren gebannt. Selbst Carter hatte Trudie im Stich gelassen, um sich zu den anderen Zuschauern zu stellen. Seine Kinnmuskeln waren angespannt, und sein Blick verriet, wie sehr das Spiel ihn fesselte.

Annas Blick richtete sich schnell wieder auf ihre beiden Brüder. Der eine stand auf dem Wurfmal und knetete den Ball in seinen Baseballhandschuh; der andere stand vor der Platte, Schweißtropfen auf der Stirn, den auf und nieder wippenden Schlagstock in den Händen, jeder Muskel gespannt.

Wieder ein Wurf. Anna konnte nicht hinsehen. Sie schloß die Augen, als der Ball fast die Gummiplatte erreicht hatte. Dann hörte sie ein scharfes, lautes Krachen.

Sie riß den Kopf wieder hoch und merkte selbst kaum, wie sie aufsprang.

„Lauf! Lauf!“ schrie sie, während Derek auf das erste Mal zurannte. Der Ball war noch in der Luft. Im hohen Bogen flog er weiter. Anna sah, wie Thomas mit dem Rücken zur Ausgangsbase dastand und den fliegenden Ball mit den Augen verfolgte.

Als Annas Blick Derek wiedergefunden hatte, hatte er zu ihrer Überrschung schon das zweite Mal umrundet und sprintete gerade auf das dritte zu. Der Ball war hoch über die Köpfe der Außenfeldspieler hinweggeflogen, und die Mittelfeldspieler jagten ihm nach. Der Ball landete, als Derek gerade das dritte Mal berührt hatte, doch er rannte mit ganzer Kraft weiter auf die Heimbase zu.

„Rutsch rein! Rutsch rein!“ rief jemand, und Anna glaubte, Thomas’ Stimme zu erkennen.

Derek stürzte sich kopfüber unter den Fänger. Der Ball klatschte im selben Moment in den Handschuh, in dem Derek die Hand nach der Platte ausstreckte. Er war der Berührung des Fängers um Haaresbreite entgangen. Lauter Jubel brach los. Die Zuschauer kamen wie auf Kommando auf das Feld gelaufen. Dereks Mannschaft hatte das Spiel gewonnen.

Anna spürte das Brennen von Tränen in ihren Augen. Sie wußte, wieviel dieser Sieg ihrem kleinen Bruder bedeutete. Daß Thomas sich die Niederlage zu Herzen nehmen würde, stand nicht zu befürchten. Sie bahnte sich einen Weg durch die nach vorn drängende Zuschauermenge auf ihre Decke zu. Vor Verlegenheit über ihre Tränen errötete sie.

Doch dann wurde es plötzlich seltsam still um sie her. Sie drehte sich verwundert zum Baseballplatz um. Irgend etwas stimmte nicht. Hatte Mr. Andrews etwa Dereks Sieg als ungültig erklärt? Das konnte er doch unmöglich tun; Derek hatte die Base eindeutig erreicht. Er hatte sich ins Ziel gestürzt.

Und dann sah Anna durch die dichter werdende Menschenmenge hindurch die Ursache der Stille. Derek lag noch am Boden, anstatt aufzustehen und sich den Staub abzuklopfen. Er lag da – so, wie er gefallen war. Thomas beugte sich gerade über ihn, rief ihn beim Namen und strich ihm über das Gesicht.

Anna sah Angst in seinen Augen. Derek lag still da. Viel zu still.

Mit einem leisen Aufschrei raffte Anna ihre Röcke und lief auf ihre Brüder zu. Sie wollte beten, doch mehr als „Oh Gott. Oh Gott!“ brachte sie nicht hervor.

„Hol ein Glas Wasser“, hörte sie jemanden sagen.

„Er muß sich wohl den Kopf gestoßen haben“, sagte jemand anderer.

Anna sank neben Thomas auf die Knie und streckte eine Hand nach Derek aus.

„Beweg ihn nicht“, warnte Thomas und schob ihre Hand beiseite.

Anna sah zu ihm auf. In ihren Augen stand das blanke Entsetzen.

„Ist er ...“

„Ich weiß nicht. Ich weiß nicht“, sagte Thomas. „Wir dürfen ihn auf keinen Fall bewegen, bis wir wissen, daß er sich nicht die Wirbelsäule gebrochen hat.“

Anna nickte, und Tränen rollten über ihr Gesicht. *Oh Gott, wenn Derek etwas zustößt* ... Sie konnte den Gedanken nicht zu Ende denken. Er lag so still da. So blaß. Anna strich ihm sanft über die Wange, um eine Schmutzspur abzuwischen.

„Sie holen schon den Doktor“, sagte jemand, und jemand anderer kniete sich neben sie, um Dereks Gesicht mit einem feuchten Handtuch zu kühlen.

Ein Stöhnen kam über Dereks Lippen. Es war das schönste Geräusch, das Anna je gehört hatte. Dann regte er sich schwach.

„Beweg dich nicht“, befahl ihm Thomas und hielt den Jungen fest. „Ist ja gut, Derek. Ist ja alles gut. Bleib still liegen. Beweg dich nicht.“

Derek stöhnte erneut.

Der Doktor kam von seinem Platz im Schatten auf der anderen Seite des Schulhofs herbei, und die Menschenmenge wich ein Stück zurück, als er sich neben dem Jungen auf den Boden kniete. Anna sah atemlos zu, wie er Dereks Hals, Schultern und Brustkorb abtastete.

„Nur etwas aus der Puste", stellte er dann fest. „Ihm hat's bloß den Atem verschlagen, weiter nichts."

Dereks Augen öffneten sich flatternd, und er sah zuerst verwundert, dann verlegen um sich.

„Bleib einen Moment ruhig liegen, mein Sohn", ordnete der Doktor an. „Nur ruhig liegen bleiben, hörst du? – Hier, Thomas, hilf mir, ihn auf den Rücken zu legen."

Ein älterer Mann legte seine Schirmmütze als Kissen für Derek auf den Boden, und gemeinsam drehten der Doktor und Thomas den Jungen auf seinen Rücken. Der Doktor kühlte sein Gesicht mit einem Handtuch, und Anna sah, wie Derek allmählich wieder Farbe bekam. Die Zuschauer lösten sich aus der Erstarrung.

„So ist's schon besser", sagte der Doktor. „Viel besser." Dann sagte er mit einem Augenzwinkern zu Derek: „Hab' gehört, daß ihr das Spiel gewonnen habt."

Derek verzog das Gesicht zu einem Grinsen, und die Umstehenden brachen in lauten Jubel aus. Das Eis war gebrochen. Derek war unverletzt.

Anna spürte, wie ihr die Knie versagen wollten. Sie war noch nie ohnmächtig geworden, doch jetzt wußte sie, daß es kein Entrinnen gab. Sie spürte, wie sie taumelte und begann umzusinken.

Doch jemand fing sie auf und half ihr zu ihrer Decke zurück. Sie hörte, wie jemand nach einem Glas Wasser rief. Sie spürte, wie ihr Kopf gegen eine Schulter gelehnt wurde, und sie ließ ihn dort ruhen, bis die Welt um sie her aufgehört hatte, sich im Kreis zu drehen. Dann nahm sie einen Schluck von dem Wasser, das man ihr reichte, und bald hatte sie ihr Gleichgewicht zurückgewonnen.

„Schon gut, mir geht es besser", murmelte sie verlegen.

„Ganz bestimmt?"

Sie nickte energisch und sah auf. Über ihr war Thanes Gesicht.

„Mir geht's wieder gut", versicherte sie ihm. „Ich habe wohl nur einen riesigen Schrecken bekommen."

Thane nickte. Dann funkelte es in seinen Augen.

„Du, er hat gewonnen", flüsterte er. „Er hat gewonnen. Er hat Thomas' besten Wurf geschlagen. Warte, bis du Thomas siehst. Jetzt, wo der Schrecken vorbei ist, platzen ihm vor Stolz sämtliche Knöpfe von der Weste!"

Besucher

Anna war gerade mit dem Waschen fertig, und Louise hängte die letzten Socken auf die Wäscheleine, als Mrs. Blackwell zu Besuch kam. Das Gehen hatte sie so angestrengt, daß sie erst einmal verschnaufen mußte. Anna bat ihre Nachbarin in die kühle Küche, denn sie befürchtete, sie könne einen Hitzschlag erleiden, wenn sie nicht bald aus der heißen Sommersonne kam.

Anna schob ihr einen Stuhl zurecht und bat sie, Platz zu nehmen. Mrs. Blackwell ließ sich auf den Stuhl fallen und warf einen Blick in die Richtung des Eiskastens.

„Möchten Sie ein Glas Limonade?“ bot Anna an.

Die Frau nickte, und Anna beeilte sich, ihr ein großes Glas zurechtzumachen.

Nachdem Mrs. Blackwell in großen Zügen davon getrunken hatte, stellte sie das Glas auf den Tisch zurück, ohne es loszulassen.

„Es soll ‘ne Hochzeit geben, hört man“, kündete sie an.

Anna hob die Augenbrauen.

„Dieser junge Stratton da hat sich mit Trudie verlobt“, fuhr Mrs. Blackwell fort.

„Tatsächlich? Das wußte ich noch gar nicht“, antwortete Anna. Dabei bemühte sie sich um eine möglichst ebenmäßige Stimme.

„Mein Mann hat’s heute morgen in der Stadt gehört. Sagt, die Hochzeit soll ziemlich bald sein – in der Kirche. ‘türlich wären ihre Eltern alles andere als begeistert, wenn sie nicht in der Kirche heiraten würde.“

Anna nickte.

„Also, mir gefällt das Ganze nicht“, redete die Frau weiter.

„Kommt mir ‘n bißchen überstürzt vor. Immerhin wohnt er noch nicht lange hier.“

Anna fragte sich, was ihre Nachbarin nur sagen würde, wenn sie wüßte, daß Carter Stratton seit seiner Ankunft am Ort schon mit einer anderen verlobt gewesen war.

Mrs. Blackwell nahm wieder einen großen Schluck aus ihrem Glas.

„Manch einer hier meint, das tät’ er bloß, um seiner Ma eins auszuwischen. Es hat nämlich Krach zwischen den beiden gegeben, bevor er von zu Hause weggegangen ist.“ Den letzten Satz hatte sie vertraulich flüsternd gesagt.

Als Anna nichts darauf antwortete, redete Mrs. Blackwell weiter.

„Seine Ma will, daß er ‘n Mädchen aus der Stadt heiratet. Hatte sogar schon eins für ihn ausgesucht. Jetzt hat er sich selbst ein Mädchen ausgesucht, bloß weil er’s ihr mal gründlich zeigen wollte.“

Sie trank ihr Glas leer und schob es auf Anna zu.

Anna füllte es neu und reichte es ihr wieder.

„Seine Ma kommt nicht mal zur Hochzeit.“ Diese Neuigkeit untermalte sie mit einem mißbilligenden Knurren.

Anna fragte sich, wieviel an diesem Bericht der Wahrheit entsprach. *Wenn es stimmt, daß Carter aus reinem Trotz heiratet ... dann wäre ich beinahe selbst das unglückliche Opfer geworden. Aber so etwas würde er doch sicherlich nicht tun,* überlegte sie. *Das würde er Trudie nicht antun. Niemandem würde er das antun.* Anna zwang sich dazu, nicht weiter über das Geschwätz der Leute nachzudenken und versuchte, das Thema zu wechseln.

„Was macht denn Ihr Garten?“ erkundigte sie sich.

„Fast jedesmal, wenn ich vorbeikomme, seh’ ich diesen Mann in eurem Garten arbeiten“, sagte die Frau anstelle einer Antwort. „Du glaubst doch wohl nicht im Ernst, daß eure Ma das gebilligt hätte: ‘n älterer Mann bei euch im Haushalt?“

„Er wohnt nicht hier im Haus“, berichtigte Anna sie. „Er hat seine eigene Hütte.“

„Kommt doch auf dasselbe raus“, beharrte die Frau mit finsterer Miene. „Er geht hier ein und aus, als gehörte er zur Familie. Und das bei zwei unschuldigen jungen Mädchen im Haus. Deine Mama ..."

„Meine Mama war eine gütige Frau", stellte Anna geradeheraus fest. „Sie hat nicht nach Haaren in der Suppe gesucht. Charlie brauchte einen Platz für seine Hütte – und Thomas freut sich, jemanden zu haben, der Erfahrung in der Landwirtschaft hat. Und was die Mädchen und mich betrifft, so ist uns Charlie wie ... wie ein Großvater ..., und wir brauchen alles an Verwandtschaft, was wir nur bekommen können."

Die Frau war sprachlos über Annas Unverblümtheit. Aus ihren Augen sprühte es förmlich, doch sie sagte nichts, sondern nahm noch einen Schluck aus ihrem Glas.

Anna kehrte ihr den Rücken. Wie konnte diese Frau es wagen, etwas daran auszusetzen, daß Charlie auf einer Ecke des Peterson-Grundstücks wohnte? Der bloße Gedanke daran ließ sie vor Wut erzittern. Doch nach zwei Schritten machte sie wieder kehrt. Einen Moment lang stand sie schweigend da und senkte dann den Kopf.

„Bitte entschuldigen Sie", sagte sie leise und hob das Kinn wieder. „Meine Mama hätte sich über meine spitze Zunge geschämt. Charlie ist wirklich ein guter Freund, und wir ... wir freuen uns, daß er so nahe bei uns wohnt. Aber Mama ... Mama hätte es nicht geduldet, daß einer von uns vorlaut oder respektlos mit älteren Leuten redet. Dafür bitte ich um Entschuldigung."

Die Frau lehnte die Entschuldigung weder ab, noch nahm sie sie an. Anna holte ein paar Zuckerplätzchen zu der Limonade. Als sie zurückkehrte, schien der Zwischenfall vergessen zu sein.

Gleich am nächsten Tag kam Trudie zu Besuch. Anna knetete gerade einen Brotteig. Louise stand am Bügelbrett, während Sara eine abgerissene Tasche an ihrem Kittel festnähte.

Trudie kam in die Küche gestürzt, ohne sich erst hereinbitten zu lassen. Ihre Augen leuchteten, und ihre rote Haarpracht, die sie sich locker auf dem Kopf aufgetürmt hatte, tanzte mit jeder ihrer lebhaften Bewegungen.

„Du rätst es nie!" quietschte sie und streckte Anna ihre Arme entgegen. Anna brauchte gar nicht erst zu raten, doch sie sagte nichts.

„Oh, du rätst es ja nie im Leben!" sprudelte es aus ihr hervor. „Ich heirate!" Mit einem begeisterten Aufschrei warf sie ihre Arme um Anna, die sich dazu zwang, die Umarmung zu erwidern. Das Gesicht der jungen Frau leuchtete, und ihre Augen strahlten.

„Ach, schau nur", rief Anna, als sich die beiden aus der Umarmung gelöst hatten. „Jetzt habe ich dir die ganze Schulter mit meinem Mehl verschmiert!"

Trudie lachte nur, als gehöre das Mehl wie selbstverständlich zu der rosaroten Welt, in der sie neuerdings lebte. Anna nahm ein Handtuch und versuchte, Trudies Kleid zu retten, doch Trudie lachte nur um so heftiger.

„Keine Sorge, keine Sorge", kicherte sie. „Carter nimmt mich sowieso zum Einkaufen mit in die Großstadt. Eine funkelnagelneue Garderobe soll ich bekommen. Mit allem Drum und Dran. Das hat er selbst gesagt."

Anna warf das Handtuch auf einen Stuhl.

„Ja, wenn das so ist", antwortete sie mit einem Lachen, „dann laß dich gleich noch einmal umarmen!" Anna war selbst überrascht darüber, daß sie sich so für ihre Freundin freuen konnte. Sie hoffte aufrichtig, daß Trudie an Carters Seite glücklich werden würde.

Trudie ließ sich mit derselben Begeisterung wie beim ersten Mal umarmen, und Anna versuchte nicht einmal, ihre bemehlten Hände von den Schultern des blauen Kleides fernzuhalten.

„Komm, setz dich und erzähl mir alles der Reihe nach", forderte Anna ihre Freundin auf.

„Wir heiraten in zwei Wochen – am Sonntagnachmittag in der Kirche. Das Essen findet bei uns auf der Farm statt. Du weißt ja, wie groß unser Hof ist – da laden wir einfach alle ein. Tu mir den Gefallen und bete um schönes Wetter. Ich würde es ja nie verschmerzen, wenn es regnen würde – oder wenn es ein windiger Tag wird. Carter sorgt für die Blumen – in der Großstadt hat man zu Hochzeiten Blumen, weißt du –, und ich bekomme ein Kleid aus einem Bekleidungsgeschäft. Carter hat es schon gekauft, aber er ich darf es erst am Hochzeitsmorgen sehen, hat er gesagt."

„Das ist ja eine interessante Version", meinte Anna. *Ich dachte immer, es sei der Bräutigam, der das Kleid erst am Hochzeitstag zu sehen bekommt.*

„Carter bezahlt alles. Er hat Mama haarklein erklärt, wie er die Trauung und das Essen haben will."

Anna sagte nichts.

„Aber meine Brautjungfer darf ich mir selbst aussuchen", fuhr Trudie fort, stieß einen hohen Quietschton aus und streckte Anna wie vorhin die Arme entgegen. „Da habe ich mir natürlich *dich* gewünscht."

Anna spürte, wie sie bleich wurde.

„Oh, aber ich ..."

„Nun versuch bloß nicht, nein zu sagen. Du bist meine beste Freundin."

„Aber was wird Carter ..."

„Ich habe schon mit ihm darüber gesprochen. Er freut sich darauf, unseren glücklichsten Tag mit dir zu teilen. Er war furchtbar lieb. Er will sogar extra ein Kleid für dich kaufen. Darauf besteht er – er sagt, er will eins aussuchen, das wie geschaffen für dich ist."

Anna mußte sich setzen. Sie war froh, einen Stuhl in der Nähe zu haben. Sie konnte sich beim besten Willen nicht vorstellen, was Carter ihr aussuchen würde: einen häßlichen Sack im Vogelscheuchenstil – oder ein teures, elegantes Kleid, das sie an den Luxus erinnern sollte, den sie sich verscherzt hatte? Nein, sie konnte sich beim besten Willen nicht auf das Kleid freuen, und auch auf ihre Rolle bei der Trauung hätte sie am liebsten verzichtet.

Trudie redete noch immer wie ein Wasserfall.

„Und er hat gesagt, er werde sich um alles kümmern. Und warte, bis du das Haus siehst! Carter hat es gründlich renovieren lassen. Es ist einfach phantastisch! Und ich soll Hausangestellte bekommen – für die Küche und für das Reinemachen.

Natürlich nicht Gus. Gus ist entlassen worden. Wir bekommen einen neuen Koch aus der Stadt. Carter sagt, er kann keinen einzigen Pfannkuchen mit Speck mehr sehen." Trudie brach in ein helles Lachen aus, als sei die Bemerkung umwerfend witzig gewesen.

Der arme Gus, dachte Anna. *Ob Charlie das schon weiß? Armer Charlie!*

Trudie redete ohne Punkt und Komma weiter: über die Hochzeit, über das Haus, über Carter. Anna bemühte sich, ihr zuzuhören, doch ihre Gedanken gingen immer wieder auf Wanderschaft. Louise hatte mit dem Bügeln aufgehört und hörte hingerissen zu. Sogar die kleine Sara hatte ihren Kittel auf ihren Schoß sinken lassen und hörte dem Monolog zu. Anna rollte und knetete den Teig so heftig, daß ihr Zweifel kamen, ob noch genug Kraft zum Aufgehen in ihm steckte. Zu guter Letzt ging Trudie der Gesprächsstoff aus.

„So, jetzt muß ich aber schleunigst nach Hause", sagte sie. „Ich habe ja noch soooo viel zu tun."

„Aber du hast doch gerade gesagt, daß Carter sich um alles kümmert", konterte Louise in ihrer jugendlichen Unschuld.

„Oh, das tut er auch – wenigstens um die größeren Dinge. Er hat mir ja soviel Arbeit erspart, der Schatz, aber ich habe ganze Berge an Kleinigkeiten zu erledigen. Ach, ich freue mich ja so, daß du meine Brautjungfer sein wirst, Anna. Es wird einfach ein phantastischer Tag werden!" Mit diesen Worten verließ Trudie das Haus so überstürzt, wie sie gekommen war.

„Habe ich ihr etwa gerade versprochen, ihre Brautjungfer zu sein?" fragte Anna ihre beiden Schwestern.

„Ich weiß nicht genau", antwortete Louise, „aber ich würde es auf der Stelle tun. Stell dir nur vor: Brautjungfer! Das wird ja riesig aufregend! Und ein neues Kleid. Ob das wohl auch aus der Großstadt kommt?"

„Keine Ahnung", sagte Anna kurz angebunden und warf die letzte Rolle Teig in die große Backform, um ihr mit der bemehlten Hand einen kräftigen Klaps zu versetzen.

„Du machst es doch, oder nicht?" fragte Sara.

„Natürlich. Für Trudie. Als ihre Freundin.“ Im stillen fügte sie hinzu: *Ich fürchte nämlich, daß Trudie in Zukunft alles an Freundschaft brauchen wird, was sie nur bekommen kann.*

⁂

In den Tagen nach Dereks kleinem Sportunfall beobachtete Anna ihn sorgfältig, bis sie endlich davon überzeugt war, daß er keine bleibende Verletzung davongetragen hatte. Einen gehörigen Schrecken hatte er ihnen eingejagt! Nach und nach protestierte sie weniger, wenn Thomas eine schwere Arbeit für Derek hatte. Derek wollte sich nicht vor seiner Verantwortung drücken und sah Anna verlegen an, wenn sie versuchte, seine Arbeiten selbst zu übernehmen oder eins der Mädchen damit zu beauftragen. Dennoch fiel es Anna schwer, so zu tun, als sei nichts vorgefallen; noch schwerer war es für sie, schweigend zuzusehen, wie Derek sich nach einem anstrengenden Tag auf dem Feld mit seinem Baseballhandschuh auf sein Pferd schwang, um einen Kameraden in der Nachbarschaft zu besuchen.

Rutsch nicht. Rutsch nur nicht ins Ziel! hätte sie ihm am liebsten nachgerufen.

Thomas merkte ihr an, wie besorgt sie war, und versuchte sie zu beruhigen: „Dem Jungen fehlt nichts. Ich habe ihn gründlich beobachtet, und ihm geht’s prächtig.“

Anna wußte, daß Thomas ebenso an Dereks Wohlergehen lag wie ihr selbst, und sie versuchte sich damit zu trösten, daß Thomas es schon merken würde, wenn es irgendeinen Grund zur Sorge gäbe.

Bald beteiligte Derek sich wieder beim Heumachen. Er schwang die schweren Heugabeln und schwitzte sich durch den heißen, staubigen Sommer.

Unter dem Vorwand, ihren Brüdern etwas Kühles zu trinken oder einen Imbiß zu bringen, machte Anna sich häufig auf den Weg zur Heuwiese. In anderen Jahren war dies Saras Aufgabe gewesen, doch diesen Sommer wollte Anna ihren jüngeren Bruder im Auge behalten.

Bei einem dieser Gänge zur Heuwiese blieb sie stehen, um die Ähren von Thomas' Getreide-Experiment zu befühlen. Das Korn darin war schon deutlich zu ertasten, doch Thomas war nicht recht mit seinem neuen Getreide zufrieden.

„Hundertprozentig gut ist es noch nicht", sagte er. „Ich muß es mit einer anderen Sorte kreuzen, die gegen den heißen Sommerwind widerstandsfähiger ist."

„Bedeutet das etwa, daß du ganz von vorn anfangen mußt?" fragte Anna.

„Nein, das nicht gerade. Nicht von ganz vorn. Man braucht Jahre, um haargenau das zu züchten, was man sich vorstellt. Ich habe einfach noch nicht genug Zeit investiert."

Anna strich mit der Hand über ein Garbenbündel und wünschte sich dabei, Thomas könnte sich voll und ganz seinen Zuchtversuchen widmen, anstatt für die Bewirtschaftung der Farm verantwortlich zu sein. Bekümmert ging sie weiter.

Als sie an Charlies Blockhütte vorbeiging, stand Charlie von seinem Stuhl auf der Veranda auf, um sie zu begrüßen.

„Na, wie geht's ihm denn, Mädchen?" erkundigte er sich. Anna errötete. Sie hatte nicht gewußt, daß die Absicht, die hinter ihren Gängen zur Wiese steckte, so offensichtlich war.

„Gut", antwortete sie. Es war zwecklos, leugnen zu wollen, weshalb sie sich so häufig auf den Weg zur Heuwiese machte.

Charlie begleitete sie auf ihrem Heimweg und setzte sich auf die schattige hintere Veranda.

„Wie wär's mit kalter Buttermilch?" bot Anna ihm an, und er sagte gern ja.

Anna trug das Geschirr vom Mittagessen in die Küche und kehrte mit zwei Gläsern Buttermilch zurück.

Charlie nippte langsam an seinem Glas. Irgend etwas schien ihn zu beschäftigen.

„Hab' mir in letzter Zeit 'ne Menge Gedanken gemacht", sagte er dann endlich. „Hast wohl gehört, daß Gus arbeitslos ist."

Anna nickte.

„Tja, so 'n Pech. Hab' mir überlegt, ob in der Hütte wohl Platz für zwei alte Taugenichtse ist."

Anna dachte an die beiden kleinen Zimmer. Ihrer Meinung nach dürfte es reichlich eng werden.

„Hab' mir schon überlegt, daß man eigentlich noch 'n Zimmer anbauen könnte", fuhr Charlie fort, „an die Wand nach Osten hin."

Wieder nickte Anna. Das müßte eigentlich möglich sein.

„Vielleicht wäre Gus bereit, einen Teil von seinem Geld dafür anzulegen", schlug sie vor.

„Das Geld hatte ich schon total vergessen", sagte Charlie. „Ja, Menschenskinder ... Einer, der die Taschen so voll hat wie Gus, der hat's wohl nicht nötig, zu einem alten Kerl wie mir zu ziehen."

„Doch. Weil Sie sein Freund sind", antwortete Anna.

Charlie nickte und drehte das leere Glas in den Händen.

„Hab' mir aber noch mehr Gedanken gemacht", fuhr er fort.

Als er nun schwieg, fragte Anna: „Über was denn?"

„Über deine Ma und deinen Pa. Ihren Glauben. Was sie immer gesagt haben. Soll ich dir mal was verraten?"

„Was denn?" fragte Anna.

„Ich hab' versucht, so wie sie zu leben." Er streckte die Schultern und sah ihr in die Augen. Dann sackte er wieder in sich zusammen.

„Anscheinend versteh' ich nicht genug von so was. Dauernd gerate ich ins Stolpern. Kaum hab' ich das Gefühl, den Bogen raus zu haben, da tret' ich schon wieder in irgendein Fettnäpfchen. Weiß nicht, wie deine Eltern es nur geschafft haben, sich an alle Vorschriften zu halten."

„Sie denken doch nicht etwa, ihr ... ihr Glaube sei nur ein Haufen von Vorschriften gewesen?" fragte Anna leise.

„War er das etwa nicht?"

„Nein. Nein, aus Vorschriften hat er nicht bestanden."

Charlie schaute verständnislos drein, und Anna wußte nicht, ob sie ihm alles richtig erklären konnte.

„Der Glaube an Gott fängt nicht bei den Vorschriften an", sagte Anna zögernd. „Er fängt im Herzen an."

Anna dachte daran, wie sie als siebenjähriges Mädchen neben ihrer Mutter gekniet hatte. Auch sie hatte damals gedacht, sie könne ein guter Mensch sein, wenn sie alle Gebote hielt, doch ihre Mutter hatte ihr erklärt, daß sie nicht durch ihre eigene Leistung in den Himmel kommen würde; es komme einzig und allein darauf an, daß sie an den Erretter glaubte, der den Preis für alle ihre Sünden schon bezahlt hatte.

„Der Glaube fängt im Herzen an", wiederholte Anna und legte sich ihre Hand aufs Herz. „Wir sind allesamt Sünder. Keiner von uns schafft es, sich den Himmel zu verdienen, keiner. Das hat Gott gewußt. Darum hat er seinen Sohn Jesus gesandt, und der hat die Strafe für alle Sünden auf sich genommen. Er hat gesagt, daß der Lohn der Sünde der Tod ist. Dabei ist er auch geblieben. Aber anstatt jeden von uns für unsere eigenen Sünden sterben zu lassen, hat er Jesus an unserer Stelle sterben lassen – für jeden von uns. Aber daß die Strafe schon abgegolten ist, nützt uns überhaupt nichts, wenn wir das nicht für uns selbst in Anspruch nehmen. Das ist wie ... wie ein Geschenk, das man nicht annimmt. Wie Sie ... und das Testament. In dem Testament stand, daß Sie die Parzelle haben sollten – aber Sie wollten sie ja nicht annehmen. So ist es auch mit Gottes Vergebung. Man muß sie wie ein Geschenk annehmen – mit Dankbarkeit."

Charlie dachte schweigend über ihre Worte nach.

„Ist das alles?" fragte er endlich.

„Nein, nicht ganz. Wie gesagt, wenn wir zugeben, gesündigt zu haben, dann bitten wir ihn um seine Vergebung und nehmen sein Geschenk an. Das übrige besorgt er dann. Er reinigt uns. In der Bibel steht, daß er uns ein neues Herz gibt – ein reines Herz –, damit wir seine Gebote halten können."

Anna suchte nach einem Beispiel, um sich verständlicher auszudrücken. Durch das Fenster sah sie einen Kochtopf auf ihrem Küchenherd.

„Sehen Sie den Kochtopf dort?" fragte sie und zeigte darauf. „Wenn ich ihn auf die heiße Platte schiebe und ihn überkochen lasse, was würde dann auf der Herdplatte landen?"

Charlie zögerte und kaute an einem Zipfel seines Schnurrbarts.

„Was ist denn drin?" fragte er nachdenklich.

„Genau darauf wollte ich hinaus!“ freute Anna sich. „Was in dem Topf ist, das kocht auch über. So ist es auch bei uns. Wir können einfach kein sündenfreies Leben führen, wenn unser Herz böse ist. Sobald ... sobald es brenzlig wird, sprudelt das Böse aus uns hervor. Wir müssen uns von innen säubern lassen. König David hat gebetet: ‚Schaffe in mir, Gott, ein reines Herz.‘ Das kommt an erster Stelle. Das, was Sie ‚Vorschriften‘ nennen, kommt dann später.“

Charlie wartete auf eine nähere Erklärung.

„Nachdem wir gereinigt worden sind, brauchen wir immer noch seine Hilfe“, fuhr Anna fort. „Allein schaffen wir es nicht – keiner von uns. Wir bitten ihn täglich um seine Hilfe. Ich weiß noch, wie mein Pa jeden Morgen darum gebetet hat, daß Gott ihm Weisheit, Kraft und Geduld für den Tag geben möge.“

„Das hat er?“

„Und Ma auch. Ich glaube, sie hat es sogar mehrmals am Tag getan. Ich habe sie oft beten gehört.“

Anna verfiel in Schweigen, als sie an die geflüsterten Gebete ihrer Mama dachte.

„Und ist das alles?“ fragte Charlie schließlich mit leiser und ernster Stimme.

„Also, in der Bibel steht dann noch, daß wir uns taufen lassen sollen – als Zeugnis für unseren Herrn. Und außerdem lesen wir Christen die Bibel und beten, um Gott besser kennenzulernen.“

Wieder Schweigen.

„Und sie gehen in die Kirche?“ fragte Charlie.

Anna nickte.

„In der Bibel steht, daß wir uns zum Lobpreis und zur Gemeinschaft untereinander versammeln sollen“, bestätigte sie.

„Hab’ ich mir doch gedacht, daß das irgendwie sein muß“, seufzte Charlie.

„Haben Sie etwas gegen die Kirche?“

„Mir sind halt zu viele Heuchler über den Weg gelaufen“, antwortete Charlie.

„Für die Heuchler sind Sie nicht verantwortlich“, versicherte Anna ihm. „Sie brauchen nur für ihr eigenes Verhalten vor Gott geradezustehen. Sie sind nur für sich selbst verantwortlich."

Auf diesem Gedanken schien Charlie so versonnen wie auf seinem Schnurrbartzipfel herumzukauen.

„Und das haben dir alles deine Eltern beigebracht?" fragte er.

Anna nickte.

„Kein Wunder, daß es bei mir nicht von selbst geklappt hat." Er legte sich eine knotige Hand aufs Herz. „Hier drin bin ich noch der Alte – und Menschenskinder, da muß schon ein inneres Großreinemachen her, wenn ich mich auch von außen ändern will."

„Das ist bei uns allen so", sagte Anna leise.

„Ihr habt nicht zufällig 'ne Bibel übrig?" fragte Charlie zu Annas Überraschung.

„Jeder von uns hat eine eigene Bibel. Mama hat dafür gesorgt, daß wir eine zum achten Geburtstag bekamen. Als wir klein waren, konnten wir's kaum erwarten, acht zu werden."

Dann dachte Anna an die Bibel ihrer Mutter. Viele Verse darin waren unterstrichen, sie wäre für Charlie besser geeignet. Ihre Mutter hatte die Ränder mit handschriftlichen Anmerkungen versehen. Anna holte die Bibel und gab sie Charlie. Er nahm sie zögernd entgegen.

„Ich werd' auch besonders vorsichtig damit umgehen", versprach er. „Kann mir doch denken, wieviel sie euch bedeutet."

Anna nickte.

„Wenn Sie Fragen haben", sagte sie, „wenden Sie sich am besten an Thomas. Der kann solche Sachen viel besser als ich erklären."

„Unsinn. Du hast deine Sache prima gemacht", widersprach Charlie. „Wie's jetzt weitergeht, liegt wohl an mir selbst."

Trudies großer Tag

Trudies Hochzeit sollte gleich nach dem Sonntagsgottesdienst stattfinden. Die Mädchen sollten sich bei den Merrifields daheim für die Trauung umziehen. Anna hatte sich damit abgefunden, als Trudies Brautjungfer an der Hochzeit teilzunehmen, doch die Tatsache, daß sie dabei ein Kleid tragen sollte, das Carter Stratton gekauft hatte, wurmte sie sehr. Am liebsten hätte sie darauf bestanden, das Kleid selbst zu bezahlen, doch dann siegte ihr gesunder Menschenverstand; es ging einfach nicht an, daß sie das gesamte Jahreseinkommen ihrer Familie für ein teures Kleid verschwendete. Lieber nahm sie die Beschämung in aller Stille hin. Nicht einmal zu Thomas sagte sie etwas darüber.

Die Sonne schien, und eine leichte Brise wehte, als Trudie und Anna nach dem letzten Amen zum Pfarrhaus hasteten. Trudie, der vor Aufregung nahezu schwindlig war, erzählte Anna atemlos, daß sie ihr Hochzeitskleid noch immer nicht zu sehen bekommen hatte.

Was, wenn es nicht paßt? fragte Anna sich im stillen. Für Änderungen blieb nun so gut wie keine Zeit mehr.

„Carter hat mir gesagt, ich solle meine Maße in einem versiegelten Umschlag an die Schneiderin schicken", sprudelte es aus Trudie hervor. „Ach, ich bin ja so nervös, daß ich kaum einen klaren Gedanken fassen kann!"

Und wie hat er dann mein Kleid ausgesucht? fragte Anna sich. Sie war immerhin nicht nach ihren Maßen gefragt worden.

Als die Mädchen im Pfarrhaus ankamen, hatte Mrs. Sommers Trudies Kleid schon auf dem Bett des Pastors ausgebreitet. Das Kleid war einfach traumhaft. So etwas Schönes hatte

Anna noch nie gesehen. Der Satin schimmerte im Sonnenlicht, das zum Fenster hereinströmte.

„Oooh!“ rief Trudie aus. „Sieh nur! Es ist ... es ist wunderschön – genau wie Carter gesagt hat.“

Wenn Trudie nicht so aufgeregt gewesen wäre, hätte sie vor Rührung geweint. Statt dessen kicherte sie wie ein kleines Kind, und Mrs. Sommers mußte sie zur Eile antreiben. Anna hatte die größten Bedenken, was das Kleid betraf, das sie tragen sollte, doch als sie es dann sah, war sie sprachlos. Das Kleid war einfach perfekt.

Der weiche blaue Satin war zu einem weiten, fließenden Rock verarbeitet worden. Das Oberteil war enger geschnitten, und die Ärmel waren oberhalb des Ellbogens duftig weit, während sie zur Hand hin schmaler zuliefen. Eine Reihe zierlicher Perlknöpfe zog sich hinten vom Halsausschnitt bis zur Hüfte. Anna fragte sich, wie sie die vielen Knöpfe nur rechtzeitig zur Trauung in die Knopflöcher bekommen sollte. Sie bat jemanden, Louise zu holen. Im Schlafzimmer schlüpfte sie aus ihrem Sommerkleid und in die weichen Tiefen des Satinkleides.

Das Kleid paßte wie angegossen und betonte ihre schmale Taille, ihren cremigen Teint und ihre tiefblauen Augen. Überwältigt betrachtete sie ihr Spiegelbild.

„Es ist ... einfach wunderschön“, flüsterte sie, und einen entsetzlichen Moment lang befürchtete sie, Carter Stratton nie vergeben zu können. Dann kam Louise auch schon atemlos zur Tür hereingestürzt. Bei Annas Anblick weiteten sich ihre Augen, und sie schnappte nach Luft.

„Du siehst ja wie ein Engel aus!“ rief sie.

„Rede keinen Unsinn“, wies Anna sie nüchtern zurecht. „Komm, knöpf mir das Kleid zu. Hier hinten sind mehr Knöpfe, als ich zählen kann.“

Louise machte sich sofort an die Arbeit. Trotzdem wartete Trudie schon fertig angekleidet und frisiert auf Anna, als Louise endlich mit dem Zuknöpfen fertig war.

„Oh Anna, du siehst ja traumhaft aus!“ rief Trudie. „Das Kleid ist wie geschaffen für dich ... ach, wie dumm von mir. Das ist es doch auch!“

„Danke", antwortete Anna und erwiderte das Kompliment: „Welch ein wunderschönes Hochzeitskleid! Und dein rotes Haar sieht dazu bezaubernd aus."

Trudie errötete.

„Dann wird meine Hochzeit wohl das schönste Ereignis im ganzen Umkreis werden", sagte sie. „Wir sehen beide bildhübsch aus."

Sie gingen den kurzen Weg über den Rasen zu der kleinen Kirche. Anna konnte schon das Orgelspiel hören.

Nervosität trieb Anna einen roten Hauch ins Gesicht. Sie hatte noch nie als Brautjungfer an einer Trauung teilgenommen. Hinten in der Kirche wartete sie auf ihr Signal von Mrs. Merrifield und schritt dann langsam zum Altar nach vorn. Im Arm trug sie weiße Kamelien und blaue Vergißmeinnicht. Ein Sträußchen aus Schleierkraut steckte in ihrem lose geringelten Haar.

Als sie auf den Altar zuging, begegnete ihr Blick dem von Carter Stratton. Er nickte ihr fast unmerklich zu und bedachte sie mit einem angedeuteten Lächeln. Anna senkte den Blick. Sie wußte den Ausdruck in seinen Augen nicht zu deuten, und sie wollte ihn auch nicht verstehen.

Alle Köpfe wandten sich um, als Trudie hinten im Gang erschien. Mit leuchtenden Augen schritt sie am Arm ihres Vaters nach vorn. Dabei raschelte der weite Saum ihres Kleides gegen die Seiten der Kirchenbänke. Unter dem Satin und der Spitze ihres Schleiers tanzte ihr Kopf auf und nieder.

Oh, lieber Gott, hauchte Anna im stillen, *laß sie immer so glücklich sein wie jetzt!*

Ein bewunderndes Flüstern ging durch die Reihen, als Trudie auf den Altar zuschritt, und Pastor Merrifield kam nach vorn, um mit der Trauung zu beginnen.

Anna stand da wie in Trance. Benommen verfolgte sie das Geschehen, doch bald zupfte jemand sie am Ärmel, und sie begriff, daß Trudie nun Mrs. Stratton war. Jemand reichte ihr den Arm, und sie nahm ihn. Den Mann, der neben Carter Stratton gestanden hatte, hatte sie überhaupt nicht beachtet; nun stellte sie überrascht fest, daß er ein Fremder war.

„Ich bin Carters Cousin mütterlicherseits", stellte der junge Mann sich flüsternd vor, während er sie vom Altar zum Ausgang führte. „Und Sie sind Miss Peterson, nicht wahr?"

Anna nickte.

„Carter hat mir gesagt, daß ich mit dem größten Vergnügen Ihr Tischherr sein würde", fuhr er fort, „aber das war eine Untertreibung."

Anna sah ihn an und fragte sich, ob er denselben beherrschten, gekonnten Charme wie sein Cousin besaß, doch statt dessen begegnete ihr ein warmherziges, humorvolles Augenpaar, das sich von tadellosen Manieren leiten ließ.

„Und wie heißen Sie?" fragte sie ihn.

„Bradley Whittaker", antwortete er. „Sie können mich gern Brad nennen."

„Ich glaube, ich werde Sie lieber Mr. Whittaker nennen", gab Anna zurück, doch in ihrer Stimme lag ein Scherzen.

Von der Kirche fuhren sie geradewegs zur Sommers-Farm. Frauen, die Anna noch nie gesehen hatte, trugen mit eiligen Schritten Schüsseln mit den leckersten Gerichten auf die langen Tische.

Das Brautpaar und die Trauzeugen wurden an den vordersten Tisch geführt. Überall standen Blumengestecke. Anna achtete darauf, sie nicht mit ihrem Kleid zu streifen. Sie wollte das Kleid, das Carter Stratton gehörte, auf keinen Fall verschmutzen. Carter hielt eine kurze Willkommensrede. Dann rückte er seiner Braut den Stuhl zurecht und nahm neben ihr Platz.

Anna mußte zugeben, daß die Feier rundherum beeindrukkend war. Alles war mit größter Sorgfalt vorbereitet worden. Ihr Begleiter erwies sich als ein wahrer Gentleman, und die Unterhaltung, die er mit ihr führte, war ausgesprochen interessant und spritzig. Anna war selbst überrascht darüber, wie sehr sie das Mittagessen genoß, anstatt es gequält über sich ergehen zu lassen.

Nach dem ausgiebigen Essen standen die Gäste in Gruppen beisammen, um sich zu unterhalten, während das Brautpaar die Hochzeitsgeschenke auspackte. Anna wollte der Menschenmenge entfliehen und in Ruhe etwas frische Luft schnappen. Sie entfernte sich und suchte im Schatten einer großen Ulme Zuflucht. Sie hatte das Gefühl, als sei ihre Frisur auf ihrer Kopfhaut festgenagelt. Am liebsten hätte sie die Kämme herausgezogen, um sich die Haare offen über die Schultern fallen zu lassen, doch Trudie zuliebe wollte sie das Unbehagen gern noch eine Weile länger ertragen.

Der Tag war warm geworden – zu warm. Anna sehnte sich nach etwas Wind, den Trudie fortgebetet hatte. Das enge Oberteil ihres Kleides saß so stramm wie ein Korsett. Sie sehnte den Moment herbei, an dem sie das Kleid ausziehen konnte, um wieder in ihr bequemes Sommerkleid zu schlüpfen. Sie hätte sich liebend gern in das kühle Gras gesetzt, doch sie durfte keine Flecken auf dem kostbaren Satinstoff riskieren. Sie wagte es nicht einmal, sich an den Stamm der Ulme anzulehnen. Sie stand stocksteif da und wünschte sich den Moment herbei, an dem sie aus ihrem blauen Satingefängnis befreit wurde.

„Da bist du ja", sagte eine Stimme neben ihr. Als sie sich umdrehte, stand Thane vor ihr. Er schien ihren Anblick eingehend zu studieren.

„Bist du müde?" fragte er teilnahmsvoll.

Sie nickte.

„Ja, und warm ist mir auch", gestand sie, „und ich kann's kaum erwarten, endlich aus ... aus diesem Stoffberg herauszukommen."

„Wunderschön siehst du aus", flüsterte er, und in seinen Augen konnte sie lesen, wie aufrichtig er es gemeint hatte.

Anna war verwirrt. Ein so persönliches Kompliment hatte Thane ihr noch nie gemacht.

„Danke", brachte sie hervor und senkte den Blick, um ihre Verlegenheit zu verstecken. „Das Kleid ist ... wirklich sehr schön."

„Ich meine nicht das Kleid", fuhr er fort, „obwohl es dir wirklich glänzend steht."

Ihre Augenlider flatterten wieder hoch. Hatte sie gerade richtig gehört? So kannte sie Thane überhaupt nicht.

„Du trägst ja heute die Kette“, sagte er leise.

Anna nickte.

„Ich mag sie sehr gern“, gestand sie und hob den Kettenanhänger so, daß sie ihn auch selbst sehen konnte.

Er wollte gerade etwas darauf antworten, als jemand nach Anna rief.

„Du, ich muß gehen“, entschuldigte sie sich und bat ihn mit ihren Augen um Verständnis.

Er nickte, doch als sie gerade gehen wollte, ergriff er ihre Hand und hielt sie zurück.

„Anna“, sagte er, und es war kaum mehr als ein Flüstern, „darf ich zu Besuch kommen?“

Einen Moment lang verstand sie seine Frage nicht. Er kam doch regelmäßig zu Besuch. Er war jederzeit willkommen. Warum fragte er sie dann jetzt ... Und dann begriff sie plötzlich. Thane hatte sie soeben um Erlaubnis gebeten, sie zu *besuchen.* Ihr Herz flatterte, und der Atem blieb ihr förmlich im Hals stecken.

„Darf ich?“ fragte er noch einmal.

Sie zwang sich dazu, ihm in die Augen zu sehen. Ein flehender Ausdruck lag darin. Anna hatte noch nie ein solches Flehen in seinem Blick gesehen.

„Bitte!“ sagte er, und der Druck seiner Hand auf ihrer wurde noch fester.

„Es wäre mir eine Ehre“, brachte sie flüsternd hervor und blieb gerade lange genug stehen, um die Erleichterung in seinem Gesicht zu bemerken, bevor sie ihre Hand zurückzog und loslief.

*

Anna dachte nicht einmal darüber nach, warum sie heute bei der Arbeit so fröhlich war. Ihr war nach Singen zumute. Auch Louises schlechte Laune am Frühstückstisch konnte sie nicht aus der Fassung bringen. Es gelang Anna, ihre Schwester ein wenig aufzumuntern, und als Louise sich auf den Schulweg machte, hatte sich ihre Miene deutlich aufgehellt.

Nachdem Anna in der Küche für Ordnung gesorgt hatte, ging sie in ihr Zimmer und breitete das blaue Kleid auf ihrem Bett aus. Sie untersuchte jeden Zoll des Stoffes, denn sie wollte das Kleid auf keinen Fall verschmutzt zurückgeben.

Sie wußte nicht, was Carter Stratton mit dem Kleid anfangen würde. Trudie würde es jedenfalls nicht tragen können, da sie viel „stärker" als Anna gebaut war, wie ihre Mutter es nannte.

Nachdem Anna sich davon überzeugt hatte, daß das Kleid in tadellosem Zustand war, wickelte sie es behutsam in Seidenpapier ein und legte es in einen großen Karton. Mit dem Karton unter dem Arm machte sie sich auf den Weg über das Feld zu den Strattons. Sie wußte nicht, wer ihr dort die Tür öffnen würde. Gus wohnte nicht mehr im Haus. Gemeinsam mit Charlie schmiedete er Pläne für den Anbau an die kleine Hütte.

Auf ihr Klopfen hin wurde die Tür von einer streng aussehenden Frau mit einer gestärkten Schürze geöffnet. Anna fragte sich, ob die Frau mitsamt der Schürze in ein Stärkebad getaucht worden war.

„Ich möchte diesen Karton für Mr. Stratton abgeben", sagte Anna mit einem Lächeln.

„Mr. Stratton ist zur Zeit auf Hochzeitsreise. Er wird vorerst nicht zurückerwartet."

Sogar die Stimme der Frau klang steif.

„Ja", sagte Anna, „das weiß ich. Es eilt auch nicht mit dem Karton. Damit hat es Zeit bis zu seiner Rückkehr. Bitte geben Sie ihm den Karton, wenn er nach Hause kommt."

Die Frau bedachte sie mit einem knappen Kopfnicken, nahm den Karton entgegen und schickte sich an, die Tür wieder zu schließen. Anscheinend betrachtete sie das Gespräch für beendet. Anna bedankte sich und trat einen Schritt zurück. Ihr blieb gerade genug Zeit, um in die renovierte Diele zu spähen. Carter hatte tatsächlich alles umgestaltet. Die neue Tapete an den Wänden hatte ein grünes Blattmuster, und die Holzleisten waren cremefarben. Der Fußboden war mit dicken seegrünen Flauschteppichen ausgelegt. Kostbarer Brokat hing an den hohen Fenstern, und Gemälde in lebhaften Farben bedeckten die eine Wand fast vollständig.

„Ich glaube, vorher hat's mir besser gefallen", murmelte Anna, als sie die gemauerten Stufen herunterging.

Sie erinnerte sich an das, was Carter am Tag seiner Hochzeit zu ihr gesagt hatte: „Sie müssen Trudie oft besuchen. Sie betrachtet Sie als ihre beste Freundin."

Anna dachte an die vielen Jahre, in denen sie sich nicht sicher war, ob sie eine Freundin oder Feindin in Trudie Sommers hatte, doch diesen Gedanken schob sie nun beiseite. Vielleicht konnte sie Trudie in Zukunft tatsächlich eine echte Freundin sein, doch sie hoffte sehr, daß ihre Zusammenkünfte bei ihr daheim im Farmhaus stattfinden würden, nicht in dem hochherrschaftlichen Haus hinter ihr.

Als Anna sich nun auf den Rückweg über das Feld machte, kehrte ihre gute Laune zurück. Sie war einfach froh, auf dem Heimweg zu sein; froh, daß es ihren Geschwistern so gut ging; froh, daß sowohl Charlie als auch Gus nun auf dem Peterson-Hof wohnten. Doch ganz besonders froh war sie darüber, daß Thane seinen Besuch angekündigt hatte.

Die Verlobung

Thane hatte Anna durch Thomas ausrichten lassen, daß er am Freitagabend kommen wollte, sofern Anna diese Zeit paßte. Anna hätte nicht im Traum daran gedacht, ihm einen Korb zu geben. Nach all den Jahren der Freundschaft mit Thane war sie nun plötzlich seltsam aufgeregt und nervös.

„Jetzt beruhige dich endlich!" wies sie sich selbst zurecht und hob zitternd eine Hand, um ihre Haare zu einem ordentlichen Knoten zu schlingen. Doch ihre Gefühle konnte sie nicht auf Kommando abstellen. So aufgeregt war sie nie gewesen, wenn Carter seinen Besuch angekündigt hatte.

Carter! Der Name ließ die schmerzliche Erinnerung an sein verächtliches Lächeln und die bösartige Bemerkung wieder aufleben, mit der er sich verabschiedet hatte: „Ich fürchte, meine Liebe, daß aus dir eine alte Jungfer wird. Kein Mann der Welt würde eine Frau heiraten, die darauf besteht, drei jüngere Geschwister mit in die Ehe zu bringen."

Die Erinnerung ließ Anna erstarren. Sie umklammerte die Kämme, die sie sich gerade in die Haare stecken wollte.

Carter hatte recht. Von keinem Mann – nicht einmal von Thane – durfte man erwarten, gleich eine ganze Familie ernähren zu müssen.

Anna lehnte sich an die Kommode und kniff die Augen fest zu, doch sie konnte nicht verhindern, daß Tränen unter ihren Wimpern hervorquollen.

„Das wäre nicht fair. Es wäre einfach nicht fair", schrie es in ihr. „Oh Gott, wenn Mama doch nur ..." Doch Anna zügelte ihre Gedanken. Zum ersten Mal in ihrem Leben hätte sie ihrer Mama beinahe zum Vorwurf gemacht, nicht länger bei ihnen geblieben zu sein.

Vergib mir, war ihr nächster Gedanke. *Ich hab's nicht so gemeint. Wirklich nicht. Ich weiß doch, daß Mama nicht sterben wollte. Ich weiß, daß sie ... daß sie für ihre Familie dasein wollte. Ich weiß auch, daß sie mich damit betraut hat, sie jetzt zu vertreten.*

Mit diesen Gedanken richtete Anna sich auf, wischte sich die Tränen von den Augen und frisierte sich fertig. Sie warf einen prüfenden Blick in den Spiegel, um sich davon zu überzeugen, daß keine verräterischen Tränenspuren in ihrem Gesicht zu sehen waren. Dann strich sie sich den Rock ihres blauen Ginghamkleides glatt. Ihr Kattunkleid wäre ihr eigentlich lieber gewesen, doch Thane hatte schon immer eine Vorliebe für das Ginghamkleid gehabt.

Thane und ich sind schon immer gute Freunde gewesen, sagte sie sich. *Ich wüßte nicht, warum sich das jetzt ändern sollte. Wir können weiterhin gute Freunde bleiben. Das werde ich ihm ausdrücklich sagen.*

Als Thane ankam, warf Sara sich in seine Arme, als sei er extra ihretwegen gekommen. Er zog sie an den Zöpfen, kniff sie in die Nase und reichte ihr dann eine kleine Tüte mit Süßigkeiten. Louise stand grinsend und errötend daneben, und Thane machte ihr ein nettes Kompliment. Er versetzte Derek einen kameradschaftlichen Rippenstoß und widmete sich dann ausschließlich Anna.

Obwohl er es nicht wortwörtlich sagte, hatte Anna das Gefühl, daß er auch ihr ein großes Kompliment gemacht hatte. Es hatte in seinen Augen gestanden, als er bei ihrem Anblick erfreut gelächelt hatte.

Zu Annas Bestürzung fing Thomas an, das Spielbrett aufzubauen, doch dann war es Derek, nicht Thane, der sich zu ihm an den Tisch setzte. Anna atmete erleichtert auf und lud Thane in die Wohnstube ein. Thane ließ sich nicht zweimal bitten.

„Bis später – falls du dann noch nicht im Bett liegst", rief er Sara zu, die enttäuscht die Unterlippe vorschob.

„Zieh mir nur keinen Schmollmund", sagte er und tat so, als wolle er sie noch einmal in die Nase kneifen.

Sara grinste spitzbübisch.

„Achte mir bloß darauf, daß sie ihre Schulaufgaben ordentlich macht", sagte er mit gespieltem Ernst zu Louise.

Louise nickte und fing dann an zu grinsen.

Weil es ein warmer Abend war, hatte Anna Thomas nicht darum gebeten, ein Feuer im Kamin zu machen. Sie bedeutete Thane mit einer Handbewegung, er solle sich auf das geblümte Sofa setzen, und steuerte selbst auf den Schaukelstuhl zu.

„Komm, setz dich zu mir", sagte Thane und klopfte auf den Platz neben ihm. „Ich hab' etwas für dich."

Anna tat es voller Neugier.

Thane langte in seine Jackentasche und zog ein kleines Päckchen hervor.

„Pa hat eine neue Lieferung bekommen, und ich habe gleich an dich gedacht", erklärte er. Er hob einen in Seidenpapier eingepackten Gegenstand aus dem braunen Papier und reichte ihn Anna.

Sie nahm das Geschenk und schob behutsam das Seidenpapier beiseite. Zum Vorschein kamen zwei der zierlichsten, hübschesten Spitzentaschentücher, die sie je gesehen hatte.

„Oh Thane!" rief sie. „Die sind aber hübsch!"

„Bitte, gern geschehen", sagte er, und beide lachten.

„Ich wollte mich ja gerade bedanken", schmunzelte Anna. „Ehrenwort!"

Ihre Nervosität verflog. Sie machte es sich auf dem Platz neben ihm bequem, und sie unterhielten sich, wie sie es über die Jahre hinweg oft getan hatten. Im Verlauf des Abends vergaß Anna völlig, daß sie eigentlich vom Freundebleiben sprechen wollte. Es war ein so vertrautes Gefühl, mit Thane über alles zu reden, was sie beschäftigte. Beinahe hätte sie vergessen, ihm einen Imbiß anzubieten. Als sie in die Küche ging, um den Tee und die Törtchen zu holen, stellte sie überrascht fest, daß der Rest der Familie schon zu Bett gegangen war.

„Wie wär's, wenn wir uns einfach hier in die Küche setzen?" schlug Thane vor. „Dann brauchst du nicht alles in die Wohnstube zu tragen."

Weil er Thane war, widersprach sie nicht. Sie schmunzelte nur und bedeutete ihm mit einer Kopfbewegung, ihr zu folgen.

Sie zogen sich Stühle an den Küchentisch und aßen gemeinsam und unterhielten sich dabei weiter.

Als Anna davon sprach, wie erschrocken sie gewesen war, als Derek beim Baseballspiel bewußtlos geworden war, nahm Thane ihre Hand in seine. Sie kam gar nicht auf die Idee, sie zurückzuziehen. Thane hörte ihr aufmerksam zu und nickte verständnisvoll, und der Druck seiner Hand wurde fester.

„Aber jetzt scheint's ihm ja prächtig zu gehen", sagte er zuversichtlich.

„Ja, Gott sei Dank", flüsterte Anna, und ohne zu überlegen, umschloß sie Thanes Finger mit ihrer anderen Hand.

Thane umfaßte ihre schmale Hand noch fester. Dann fiel sein Blick plötzlich auf die Uhr.

„Au weia!" rief er. „Höchste Zeit, daß ich verschwinde, bevor dein großer Bruder mich rausschmeißt!"

Anna folgte seinem Blick auf die Uhr und stellte erschrokken fest, daß es schon fast ein Uhr war. Sie lachte und zog ihre Hände zurück. Thane ließ sie widerwillig los.

„Ich hole dir schnell deinen Hut", sagte sie zu ihm und ging die wenigen Schritte zu der Garderobe an der Wand.

„So, du wirfst mich also eigenhändig raus", spaßte er, doch er nahm den Hut und stand auf.

„Anna", sagte er und faßte sie bei den Schultern, um sie ein wenig umzudrehen, damit der Lampenschein ihr Gesicht erhellen konnte, „ich habe den Abend sehr genossen. Wirklich sehr."

„Ich auch", flüsterte sie, und es kam von Herzen.

Er zog sie sanft an sich und hauchte einen Kuß auf ihre Stirn.

„Darf ich wiederkommen?" fragte er leise.

Sie konnte nichts sagen. Sie machte einen Schritt zurück, damit er sie besser sehen konnte, und nickte zum Zeichen ihres Einverständnisses.

„Dank' dir." Er hob eine Hand, um ihr sanft über die Wange zu streichen, wandte sich um und ging.

Anna schwebte die Treppe nach oben und über den Flur zu

ihrem Zimmer. Sie hatte sich noch nie so ... so federleicht ... so geehrt ... so von Freude erfüllt gefühlt.

„Oh Gott", hauchte sie, als sie die Hand auf die Türklinke legte und sich an die Tür lehnte, „Mama hätte sich ja so für mich gefreut!"

Aber du hast ja kein einziges Wort davon gesagt, daß es nur bei einer Freundschaft bleiben soll, sagte eine anklagende Stimme in ihr, die ihr den inneren Frieden zerriß.

„Nächstes Mal", versprach Anna sich. „Darüber reden wir beim nächsten Mal."

Doch die Wochen vergingen, und Thane kam weiter zu Besuch, und Anna fand einfach nie den richtigen Zeitpunkt, um sich darauf zu besinnen, daß sie eigentlich etwas Wichtiges mit Thane zu besprechen hatte.

*

„Ich vermisse Thane", schmollte Sara, und Anna sah sie überrascht an.

„Warum? Er kommt doch jede Woche zwei- bis dreimal", antwortete sie.

„Aber ich kriege ihn überhaupt nicht zu sehen. Nur, wenn er zur Tür hereinkommt. Dann schnappst du ihn dir – und willst ihn ganz für dich allein haben", sagte Sara mit bebenden Lippen und anklagendem Blick.

„Also, ich ..." wollte Anna protestieren, doch dann gab sie kleinlaut zu: „Ja, da hast du wohl recht."

„Ich finde, wir sollten ihn alle zu sehen kriegen. Er gehört uns schließlich allen", verkündete Sara.

Louise nickte. Ausnahmsweise teilte sie die Ansicht ihrer jüngeren Schwester voll und ganz.

„Also gut", gab Anna nach. „Wir laden ihn ein und unterhalten uns alle mit ihm. Was hältst du davon?"

„Zum Abendessen", sagte Sara begeistert.

„Einverstanden, zum Abendessen also", nickte Anna. „Wann denn?"

„Kommt er heute abend?" wollte Sara wissen.

„Ja – aber jetzt ist es schon zu spät, um ihn rechtzeitig zum Abendessen einzuladen."

„Dann laden wir ihn heute abend für einen anderen Tag ein. Am besten gleich für Freitag. Wir essen zu Abend, dann spülen wir das Geschirr, dann spielen wir unser Erinnerungsspiel, und dann machen wir uns Popcorn."

Sara schien schon an alles gedacht zu haben.

Anna nickte. „Gut", sagte sie. „Du darfst ihn für Freitag einladen."

Als Thane kaum zur Tür hereingekommen war, stürzte Sara ihm entgegen. Ihr Vorhaben sprudelte als Wortschwall aus ihr hervor.

Thane warf Anna über den Kopf des Mädchens hinweg einen fragenden Blick zu, und als sie fast unmerklich nickte, sagte er: „Die Idee finde ich aber prima!" Brüderlich legte er einen Arm um Sara. „Ich nehme die Einladung dankend an."

Sara quietschte vor Freude. Sie streckte die Hand nach den Haarbändern aus, die Thane ihr reichte, und versprach, ihre Schulaufgaben zu machen.

„Wie kommst du mit der Ernte voran?" erkundigte er sich bei Thomas.

„Für dieses Jahr ist alles unter Dach und Fach", antwortete Thomas.

„Hat das neue Saatgut Erträge gebracht?"

„Ja, aber hundertprozentig zufrieden bin ich noch nicht. Ich muß es mit einer anderen Sorte kreuzen. Zum Glück habe ich mehrere Säcke Saatgut ernten können, mit dem ich weitermachen kann."

Thane warf Derek einen Blick zu.

„Und du reißt noch immer die Gummiplatten in Fetzen, hört man", spaßte er, und Derek sah grinsend auf. Es war kein Geheimnis, daß er inzwischen als der beste Baseballspieler an seiner Schule galt.

„Wie schreibt man ‚sedimentär'?" fragte Louise von ihrem Platz am Küchentisch.

„Was hast du bloß mit so einem riesigen Wort vor?" fragte Thane, blieb neben ihr stehen und sah ihr über die Schulter.

Sie hob den Kopf und verzog das Gesicht.

„Ich muß einen Aufsatz für die Schule schreiben."

Thane buchstabierte ihr das Wort und folgte Anna dann in die Wohnstube.

*

Am Freitag verbrachte Thane den Abend mit der ganzen Familie, und sogar Sara schien rundherum zufrieden zu sein.

„Siehst du", trumpfte sie auf, „es klappt ganz prima. Warum machen wir's nicht immer so?"

„Weil ... tja, weil Thane und ich uns gern unterhalten wollen."

„Ich unterhalte mich auch gern", protestierte Sara.

„Das stimmt allerdings", gab Anna ihr recht, doch sie wußte nicht, wie sie dem Mädchen die Situation erklären sollte.

Louise kam ihr mit einer schwungvollen Kopfbewegung zuvor.

„Sie sind verliebt. Sie wollen niemand anderen um sich haben."

Anna öffnete den Mund, um zu widersprechen, und schloß ihn dann unverrichteter Dinge. Was hatte sie schon zu ihrer Verteidigung vorzubringen? Sie hatte Thane noch immer nichts von ihrem Vorsatz gesagt – und bei jedem Besuch kamen sie einander näher.

*

Sara hatte Geburtstag. Um ihr und den übrigen Mitgliedern der Familie eine Freude zu machen, lud Anna Thane wieder zum Abendessen ein. Dabei versprach sie ihren Geschwistern allerdings nicht den ganzen Abend. Thane hatte ihr gegenüber die Andeutung gemacht, er wolle gern einen Teil des Abends mit ihr allein verbringen.

Es war eine fröhliche Geburtstagsrunde. Louise hatte einen Kuchen gebacken, und Thane überhäufte sie mit Lob, bis sie vor Stolz und Verlegenheit rot anlief.

Thane überreichte Sara ihr erstes Paar Lederhandschuhe. Sara und Louise mußten sie gleich anprobieren – einfach um zu spüren, wie sie sich anfühlten. Er half sogar beim Abwasch, doch Anna merkte ihm an, daß er es eilig hatte, den Abwasch hinter sich zu bringen und der Küche zu entkommen.

„Wie wär's mit einem Spaziergang?" fragte er Anna, als sie mit dem Geschirr fertig waren.

Anna sagte gern ja. Sie liebte Spaziergänge. Inzwischen war es Spätherbst, und die Abende waren kühl, so daß sie sich ihren warmen Umhang holte. Als sie auf die hintere Veranda hinaustraten, schien ein voller Mond. Anna stand einen Moment da und betrachtete den Himmel, um Klarheit in ihre Gedanken zu bringen. Irgendwo dort oben wohnte ihre Mama jetzt. Sie war wieder mit Papa vereint. Anna war sich ganz sicher, daß die beiden glücklich waren. Dennoch fragte sie sich oft, ob sie ihre Kinder dabei sehen konnten, wie sie sich ohne das Vorbild und den Beistand der Eltern durchs Leben schlugen.

Thane nahm sie beim Arm, und Anna ließ sich um das Haus in Richtung der Landstraße führen.

„Sieh dir nur all die Sterne an!" rief sie.

Thane ließ ihren Arm los und langte nach unten, um ihre Hand mit seiner zu umschließen. Sie schlang ihre schmalen Finger um seine kräftigen, und sie gingen so dicht nebeneinander, daß ihre Schulter seine berührte.

„Sara ist kein kleines Kind mehr", bemerkte Thane.

Anna nickte.

„Ja, sie schießt kräftig in die Höhe. Manchmal befürchte ich, daß sie mich bald einholt", lachte sie.

„Tja, du bist neunzehn – fast schon im Greisenalter", spaßte Thane. „Bis dahin ist's noch lange hin für sie."

Anna lachte.

Sie gingen schweigend weiter; dann griff Thane die Unterhaltung wieder auf.

„Meine Mama sagt immer, daß ein Mädchen mit neunzehn alt genug ist, um zu wissen, was es will." In seiner Stimme klang noch immer ein Scherzen.

„Du hast eine außerordentlich kluge Mama", antwortete Anna in demselben Ton.

Thane blieb stehen und drehte sich zum Weidenzaun um. Er hob einen Arm und stützte ihn auf die oberste Latte; Anna zog er dabei dicht an sich, ohne ihre Hand loszulassen.

„Wenn du weißt, was du willst", begann er, und seine Stimme klang jetzt ernst, „willst du ... willst du mir dann versprechen, meine Frau zu werden?"

Anna merkte noch, wie der Druck seiner Hand fester wurde, und dann fing alles um sie her an, sich wie ein Karussell zu drehen. Sie rang um Atem und starrte angestrengt in das Halbdunkel hinein, um sein Gesicht zu studieren. Er machte jetzt keine Scherze.

„Meinst du damit etwa ..." begann sie, doch sie brachte die Frage nicht zu Ende. Sie hätte damit rechnen sollen, daß dies passieren würde. Sie hätte darauf vorbereitet sein sollen. Sie hätte Thane längst begreiflich machen müssen, daß sie die Kinder nicht im Stich lassen konnte, bis ihre Arbeit getan war. Das konnte sie unmöglich.

„Nein ... das kann ich nicht!" brach es mit einem Schluchzen aus ihr hervor. Im Mondlicht sah sie Überraschtheit und Schmerz in Thanes Gesicht. Doch noch immer ließ er ihre Hand nicht los. Er zog sie noch näher an sich heran.

„Was willst du damit sagen? Warum kannst du's nicht?"

„Ich kann's einfach nicht. Ich habe Mama versprochen, daß ich ... daß ich die Kinder versorgen würde ..."

„Die Kinder kannst du auch weiterhin versorgen", unterbrach er sie. „Daran ändert sich nichts."

„Aber ich ... ich muß bei ihnen wohnen ..." begann Anna.

„Wir wohnen beide bei ihnen."

„Aber ... aber du wirst doch nicht gleich eine ganze Familie übernehmen wollen, wenn du heiratest", schluchzte sie und lehnte sich weinend an ihn.

Thane nahm sie bei den Schultern und sah in ihr Gesicht. „Anna, als ich dich bat, meine Frau zu werden, wußte ich längst, daß du sie nie im Stich lassen würdest. Ich habe von vornherein gewußt, daß ich gleichzeitig auch die Verantwortung für die Kinder übernehmen würde. Ich liebe dich, Anna. Ich habe auch Thomas und Derek und Louise und ... und Sara lieb. Sie sind mir wie eine eigene Familie. Aber du bist die Frau, die ich heiraten möchte. Du bist die Frau, mit der ich gemeinsam durchs Leben gehen will. Die Frau, die ich liebe."

Anna konnte nichts sagen, während ihr Verstand und ihr Herz die Bedeutung seiner Worte langsam erfaßten.

„Ich ... ich habe nicht gewußt, daß ... daß ich dir so viel bedeute", brachte sie endlich hervor.

„Du hast mir schon immer so viel bedeutet", versicherte er ihr und sah ihr dabei tief in die Augen.

Ich hätte es mir denken müssen. Ich hätte es merken müssen, dachte Anna. *Die ganze Zeit über war es nicht zu übersehen: in seiner Fürsorglichkeit, in seinen Augen, in seinem Händedruck.* Sobald Anna sich diese Tatsache klargemacht hatte, wußte sie ohne jeden Zweifel, daß Thane jedes Wort ernst gemeint hatte. Sie sah in seine ernsten Augen.

„Du hast mir den größten Schrecken meines Lebens eingejagt, als ... als du dich ständig mit Carter verabredet hast", fuhr Thane nüchtern fort. Er zog sie in seine Arme zurück. Sie konnte das Schlagen seines Herzens hören, als sie den Kopf an seinen Brustkorb legte.

„Das wäre eine Katastrophe geworden", flüsterte sie.

„Ja", gab er ihr recht, „eine riesige Katastrophe. Ich bin Gott so dankbar, daß du's rechtzeitig selbst gemerkt hast. Ich habe noch nie ... noch nie im Leben so inbrünstig gebetet wie in der Zeit."

Anna schloß die Augen fest und hauchte auch ein Dankgebet.

„Du, ich warte immer noch auf deine Antwort", erinnerte er sie. Er hatte es in ihre Haare hineingeflüstert.

„Ach, Thane", sagte sie und sah zu ihm auf, „ich glaube nicht, daß das dir gegenüber fair wäre. Es wird nicht einfach werden. Du weißt ja nicht, wie schwer ..."

Thanes Arme schlossen sich fester um sie.

„Anna, antworte mir einfach nur."

„Ja ... ja, ich werde liebend gern deine Frau."

Thane küßte sie, während eine Million funkelnder Sterne über ihnen Applaus klatschten. Der Mond versteckte sich diskret hinter einer Wolke und gönnte ihnen ein paar Minuten ungestörter Zweisamkeit. Als das silberfarbene Schimmern des Mondlichts dann die Welt um sie her wieder auftauchen ließ, sagte Thane: „Möchtest du wieder ins Haus gehen? Wir haben jede Menge Pläne zu schmieden.“

Anna gab ihm recht. In ihrem Herzen sang es vor Glück. Ihr Blut raste ihr durch die Adern. Ihre Welt war eine wirbelnde Flut von herrlichem Licht und Farben.

Sie hob ihr Gesicht zum Himmel.

„Oh Gott“, hauchte sie, „ich bin ja so glücklich. Sag's Mama, himmlischer Vater. Ich wünsche mir so, daß sie von diesem Moment weiß.“

Ein letztes Erinnern

In gewisser Weise ging Saras Wunsch in Erfüllung: Sie kam in den Genuß, mehr Zeit mit Thane zu verbringen. Die ganze Familie beteiligte sich am Schmieden der Zukunftspläne. Am Küchentisch saßen sie alle zu langen Gesprächen beisammen. Die bevorstehende Hochzeit brachte weitreichende Konsequenzen für jeden mit sich.

„Ich würde gern eine Farm bewirtschaften", sagte Thane geradeheraus. „Das Farmerdasein war schon immer mein Traum. Ich habe mit Pa darüber gesprochen. Er will mir helfen, eine eigene Farm zu erwerben."

„Das ist doch gar nicht nötig", widersprach Thomas. „Wir haben doch schon eine Farm. Da kannst du geradesogut die bewirtschaften."

„Und du?" fragte Thane.

Thomas grinste bedächtig.

„Ich für meinen Teil würd' mich gern nach 'nem Job in der Saatgutforschung umsehen."

„Weißt du, wo so etwas möglich wäre?" fragte Anna.

„Ich hab' schon ein paar Briefe verschickt", gestand Thomas. „Eine Universität interessiert sich für meine Projekte."

Es überraschte Anna, daß Thomas schon eine Hochschule wegen seiner Forschungsversuche angesprochen hatte.

„Wenn das so ist, dann übernehme ich mit Vergnügen das Bewirtschaften eurer Farm – bis Derek sie eines Tages vielleicht übernimmt", sagte Thane.

„Mir liegt nichts an der Farm", stellte Derek eilig klar.

„So? Was willst du denn werden? Baseballspieler vielleicht?" spaßte Thomas und zerzauste Derek den Schopf.

Derek wurde rot und grinste dann verlegen.

„Ich möchte ... ich möchte gern Lehrer werden", sagte er. „Vielleicht auch Baseballtrainer nebenbei ... natürlich würde ich auch gern Baseball spielen. Aber an der Farm liegt mir nichts."

„Dann brauchen wir ja gar nicht umzuziehen!" rief Sara und klatschte in die Hände.

„Richtig. Wir können einfach weiter hier wohnen", bestätigte Anna.

„Und wir können auch weiter in dieselbe Schule gehen." Sara schien sich sehr darüber zu freuen, daß sich das Leben nicht allzu drastisch ändern würde.

Louise legte den Kopf schräg und sah Thane forschend an.

„Wirst du dann unser neuer Pa?" fragte sie.

„Ist Anna vielleicht eure Mutter?" fragte er anstelle einer Antwort.

„Das nicht gerade. Aber sie hat hier das Kommando."

„Dann werde ich euer ... euer großer Bruder sein, und ich helfe ihr auch ein bißchen beim Herumkommandieren. An Thomas' Stelle."

Louise zuckte mit den Achseln. Die Aussicht, noch mehr herumkommandiert zu werden, schien sie zwar nicht gerade zu begeistern, doch sie hatte keine größeren Einwände gegen diese Regelung. Vielleicht würde sie sich mit dem Gedanken anfreunden können, Thomas gegen Thane einzutauschen.

„Du kannst mich gern rumkommandieren, wenn du willst", bot Sara ihm großzügig an.

Thane streckte den Arm aus und hob sich das Mädchen auf den Schoß.

„Ich kann mir beim besten Willen nicht vorstellen, daß du das je nötig hast", sagte er zu ihr und zog an einem ihrer Zöpfe.

*

Die Hochzeit sollte im Mai stattfinden. Anna zählte schon die Tage auf dem Kalender. Es gab so viel zu tun, und sie hatte so wenig Erfahrung mit dem Planen und Vorbereiten einer Hochzeit. Sie besuchte Familie Andrews nun fast täglich und ließ sich von Thanes Mutter sachkundigen Rat geben.

Daneben hatte sie auch noch ihre üblichen Arbeiten zu verrichten. Der Haushalt beanspruchte so viel von ihrer Zeit wie eh und je. Sara war aus sämtlichen Kleidern herausgewachsen, und Anna verbrachte viel Zeit an ihrer Nähmaschine.

Louises Launen waren noch immer so wechselhaft wie das Wetter im April. An manchen Tagen hatte Anna das Gefühl, mit ihrer Geduld am Ende zu sein. Thomas zuckte dann immer nur mit den Schultern und sagte: „Du bist schließlich eine Frau; du verstehst sie besser als ich."

Doch Anna konnte sich nicht erinnern, sich mit dem Erwachsenwerden so schwer getan zu haben. *Mama hätte gewußt, was man in solchen Fällen am besten tut,* sagte sie sich immer wieder. *Sie hätte gewußt, wann man hart durchgreifen muß und wann man darüber hinwegsehen kann.*

Oft betete sie bei solchen Gelegenheiten: „Oh, lieber Gott, bitte hilf Sara doch, daß das Erwachsenwerden bei ihr leichter und mit weniger Chaos vonstatten geht!"

So hatte Anna täglich alle Hände voll zu tun und kaum Zeit zum Nachdenken. Die Versorgung ihres Haushalts und die Vorbereitungen für die Hochzeit nahmen sie derartig in Anspruch, daß sie das Gefühl hatte, die ganze Welt drehe sich wie ein Karussell. Thane kam oft abends zu Besuch, und manchmal stopfte Anna Strümpfe oder säumte Röcke, während die beiden sich unterhielten. Er schien es ihr nicht nachzutragen, daß er nicht ihre ungeteilte Aufmerksamkeit besaß.

„Ich wünschte, ich könnte mehr tun, um dir zu helfen", klagte er einmal. „Vielleicht sollten wir einfach durchbrennen und in aller Stille heiraten."

„Das hätte Mama nie gebilligt", antwortete Anna, der das schelmische Zwinkern in seinem Blick entgangen war. „Sie war immer der Meinung, daß das Eheversprechen vor Gott und der Gemeinde etwas ganz Besonderes und Heiliges ist."

Thane sprach nie wieder im Scherz vom Durchbrennen.

*

Während der Wintermonate bekam Anna sowohl Charlie als auch Gus nur selten zu sehen. Der kleine Anbau war fertig, und Gus war mit seinen wenigen Habseligkeiten und seiner Matratze zu Charlie in das Blockhaus mit den drei kleinen Zimmern gezogen. Anna hätte gern gewußt, ob er das Kochen übernommen hatte, doch sie fand keine Gelegenheit, um sich danach zu erkundigen.

Als die Winterstürme nachließen und die Welt ein wenig wärmer wurde, kamen Charlie und Gus aus ihrem Winterschlaf zum Vorschein.

„Ist 'ne richtige Wohltat, wieder frische Luft zu schnuppern", sagte Charlie eines Tages zu Anna, als sie gerade draußen war, um die Hühner zu füttern. „Bei so 'nem langen Winter fällt einem regelrecht die Decke auf den Kopf."

„Sie hätten uns doch besuchen können", sagte Anna. „Wir hätten uns riesig gefreut!"

Charlie schmunzelte.

„Tja, Mädchen, du bist ja neuerdings so gut wie jeden Abend ausgebucht."

Anna errötete leicht, doch sie nahm den auf sie gemünzten Scherz mit Gelassenheit hin.

„Es gab schließlich auch Vormittage – und Nachmittage", konterte sie.

Gus kam gemächlich dazu. Anna bemerkte gleich, daß er hinkte.

„Hexenschuß", beantwortete Charlie ihre unausgesprochene Frage.

„Der Ärmste!" sagte Anna teilnahmsvoll.

„Ach, das wird schon wieder, wenn die Sonne wärmer scheint. Tut's doch immer", sagte Gus munter. „Tut's doch immer."

„Ja, dann kommen Sie doch ins Haus. Ich koche uns einen Kaffee", lud Anna ein. Sie schämte sich, ihre alten Freunde so sträflich vernachlässigt zu haben.

Die beiden sagten gern ja. Während sie darauf warteten, daß das Kaffeewasser kochte, erkundigte Charlie sich bei Anna nach ihren Plänen für den Küchengarten. Anna mußte gestehen, überhaupt noch nicht an den diesjährigen Anbau gedacht zu haben.

„Dann gib uns doch die Saat; wir sorgen dann schon für alles“, erbot Charlie sich.

„Das geht aber nicht ...“ wollte Anna widersprechen.

„Wieso denn nicht? Wir wollen uns schließlich auch von dem Garten ernähren. Wir bauen einfach jede Menge Gemüse für jeden an. Und ‘ne Harke können wir noch schwingen. ‘n bißchen Bewegung in der Sonne wird uns guttun.“

Gus nickte, und Anna gab ihr Einverständnis. Im Grunde genommen bedeutete es eine riesige Erleichterung für sie, wenn sie sich nicht auch noch um den Garten kümmern mußte.

„Hab’ fleißig in der Bibel von deiner Ma gelesen“, wechselte Charlie unvermittelt das Thema.

Anna hob den Blick und sah den alten Mann an.

„Jetzt ist mir vieles klar, was ich vorher nie begriffen hatte“, fuhr er fort.

Anna sah zu Gus herüber, um an seinem Gesicht abzulesen, wie er darüber dachte.

„Gus und ich, wir wollen endlich klar Schiff machen und anfangen, in die Kirche zu gehen.“

„Sobald das Wetter warm ist, lassen wir uns vom Pfarrer im Bach taufen“, meldete auch Gus sich zu Wort. „Direkt hier im Bach.“

„Oh, aber zuerst“, begann Anna, „zuerst müssen Sie sich zum Glauben bekennen.“

„Haben wir schon gemacht“, sagte Charlie einfach, und Gus nickte.

„Jawohl. Jawohl. Haben wir schon gemacht.“

„Tatsächlich?“ fragte Anna und riß die Augen noch weiter auf.

„Jawohl“, sagte Gus. „Alle beide.“

„Aber wie wußten Sie denn ... ich meine, was haben Sie ...“

„Wir haben’s einfach so gemacht, wie’s in der Bibel steht“, sagte Charlie. „Eure Mama hatte alles unterstrichen, was wichtig war – genau, wie du gesagt hattest. Wir haben’s einfach so gemacht, wie’s dasteht.“

„Ja, genau, wie's dasteht", kam das Echo von Gus.

„Es funktioniert tatsächlich", fuhr Charlie fort, und Tränen rannen ihm über das wettergegerbte Gesicht. „Ich hab' das neue Herz gekriegt, von dem du geredet hattest", und er legte sich eine schwielige Hand auf das Hemd. „Bin ein anderer geworden, 'n neuer Mensch. Genau, wie's in der Bibel steht."

„Jawohl", meldete sich auch Gus zu Wort, und auch seine Augenwinkel füllten sich mit Tränen. „'n neuer Mensch – wie's in der Bibel steht", und auch er legte sich seine knotige Hand auf das Herz.

Nun kamen auch Anna die Tränen. Die Saat, die von ihren Eltern gesät worden war, hatte nach all den Jahren endlich Frucht getragen.

„Ich ... ich weiß gar nicht, was ich sagen soll", stammelte sie. „Ich freue mich ja so! Papa und Mama wären vor Freude ganz außer sich!"

„Jawohl", sagte Gus nickend. „Das wären sie!"

*

Als es Mai wurde, ging Thane mit Thomas auf die Felder, um die Aussaat noch vor der Hochzeit zu erledigen. Die Mahlzeiten für die hungrigen Männer und das Versorgen der Kinder, die sie jeden Morgen in die Schule schickte, machten Annas ohnehin schon arbeitsreiche Tage noch voller. Dereks Aufgaben auf der Farm entsprachen denen eines ausgewachsenen Mannes. Täglich schickte Anna ein Dankgebet dafür zum Himmel, daß sie den großen Garten nicht pflegen mußte. Charlie und Gus hatten Wort gehalten, und überall ragten schon vielversprechend die grünen Pflanzenspitzen aus der Erde.

Thane und Anna hatten nur wenig Zeit füreinander, doch sie nahmen sich vor, das in den Jahren, die vor ihnen lagen, wieder aufzuholen.

*

Am Morgen ihrer Hochzeit drehte Anna sich zum Fenster um und stellte zu ihrer Enttäuschung fest, daß es draußen regnete.

„Und dabei hatte ich so sehr auf einen sonnigen Tag gehofft", klagte sie. Dann fiel ihr ein, wie ihre Mama ihr erzählt hatte, ihr eigener Hochzeitstag habe mit einem kräftigen Regenguß begonnen.

„Aber bis zur Trauung", hatte sie gesagt, „waren die Wolken weitergezogen, und die Sonne schien wieder."

Anna betete, daß es bei ihrer Hochzeit genauso sein würde.

„Aber auch wenn es nicht so kommt", sagte sie sich, „ist und bleibt heute der glücklichste Tag meines Lebens." Anna stieg mit einem Lied auf den Lippen aus dem Bett und lief schnell nach unten, um das Frühstück herzurichten.

„Du bist ja heute quietschvergnügt", begrüßte Thomas sie, als er den Melkeimer vom Haken nahm, um sich damit auf den Weg zur Scheune zu machen.

Anna strahlte ihn an.

„Hast du schon gesehen, daß es draußen regnet?" fragte Derek, während er sich in seine Stalljacke zwängte.

„Ja, das habe ich", sagte Anna. „Das ist zwar nicht das, was ich mir ausgesucht hätte – falls ich überhaupt die Wahl gehabt hätte –, aber wir werden uns schon damit abfinden."

Thomas nickte.

„Bis zum Vormittag klärt sich's bestimmt auf", prophezeite er zuversichtlich.

*

Sie beeilten sich mit der Stallarbeit und dem Frühstück, um zeitig in die Stadt zu fahren. Die Mädchen sollten sich nach dem Gottesdienst bei Familie Andrews umziehen. Mrs. Andrews hatte Anna beim Nähen ihres Hochzeitskleides geholfen. Das Kleid war zwar bei weitem nicht so ausgefallen wie Trudies, doch Anna war zufrieden. Das Kleid paßte zu ihr.

Louise sollte ein blaßblaues Kleid tragen, und Sara hatte ein rosafarbenes. Anna hatte Sara ausnahmsweise erlaubt, sich die langen blonden Haare hochzustecken.

„Dazu bist du eigentlich ein bißchen zu jung", hatte sie ihr erklärt. „Morgen flechtest du dir wieder Zöpfe."

Sara nickte, doch ihre Augen tanzten vor Aufregung darüber, als erwachsen zu gelten – sei es auch nur für einen Tag.

„Wir müssen uns beeilen", drängte Anna, als sie mit dem Frühstück fertig waren. „Wir wollen schließlich niemanden warten lassen. Thomas, kannst du mit dem Bibellesen anfangen?"

Thomas hob die Familienbibel und wollte gerade mit der morgendlichen Lesung beginnen, als Louise ihn unterbrach.

„Könnten wir nicht zuerst das Spiel spielen? Nur noch ein einziges Mal? Bitte. Es dauert doch nicht lange. Bitte!"

„Aber das Spiel können wir doch jederzeit spielen. So oft, wie wir wollen", sagte Anna. „Thane spielt es gern mit uns."

„Aber dann ist Thomas nicht mehr dabei", sagte Louise und kämpfte sichtlich mit den Tränen. „Es wird nie wieder so wie jetzt sein."

Nein. So wie jetzt würden sie es nie wieder spielen können. Thomas würde aus dem Haus sein. Er wollte sich seinem Traum von einer Berufsausbildung und vom Forschen widmen, sobald sie und Thane von ihrer kurzen Hochzeitsreise zurückgekehrt waren. Und dann würde Derek aus dem Haus gehen, um seinen Platz in der Welt einzunehmen. Und bevor sie sich's versahen, würde auch Louise erwachsen sein – und dann Sara.

Bevor Anna die Tränen kommen konnten, kam ihr ein neuer Gedanke: Thane würde immer bei ihr bleiben. Es würde keinen Tag geben, an dem er sich von ihr trennen und aus dem Haus gehen würde. Das war das Wunderbare an Gottes Plan. In guten und schlechten Zeiten, in Krankheit und Gesundheit, in Schwäche und in Kraft würde Thane so lange bei ihr sein, wie Gott ihnen Jahre auf der Erde schenkte. Dieser Gedanke tröstete Anna. Sie stand auf und hob den Kopf. In ihren Augen stand die Freude über die Weisheit und Liebe ihres himmlischen Vaters.

„Also gut", nickte sie. „Eine letzte Runde mit Thomas."

Erleichtert machte Louise es sich auf ihrem Stuhl bequem.

Anna hastete zum Küchenschrank und kehrte mit dem fünften Heft zurück, das sie mit ihren Erinnerungen gefüllt hatten.

Thomas meldete sich als erster zu Wort.

„Ich erinnere mich", begann er, „an den Morgen, an dem ich getauft wurde. Es war ein ganz besonderer Tag für mich. Ich habe allen meinen Freunden gesagt, daß ich von jetzt an nicht mehr nur an mich selbst denken wollte, sondern so leben wollte, wie Jesus es seine Jünger gelehrt hatte. Mama hat mich in die Arme genommen und mir gesagt, wie sehr sie sich über meine Entscheidung freue. Dann hat sie mir in die Augen gesehen und gesagt: ‚Thomas, bleibe dein Leben lang dem Schritt treu, den du heute tust. Kehre dich nie wieder davon ab.'"

Während Anna hastig schrieb, was Thomas gesagt hatte, dachte sie im stillen: *Irgendwann haben wir angefangen, nicht nur von unseren Erinnerungen zu erzählen, sondern auch an die Lektionen zu denken, die Mama so kunstvoll in jedes Erlebnis unserer Kindheit eingewoben hatte.*

Nach einem kurzen Schweigen räusperte sich Derek und sagte: „Ich erinnere mich noch an den Morgen, an dem ich nach draußen ging, um die Hühner zu füttern, und die Katzenmutter lief mit einem toten Vogel über den Hof. Ich habe ihr den Vogel abgejagt. Dann habe ich geweint und bin mit dem Vogel zu Mama ins Haus gegangen. Mama hat mich nur einfach in die Arme genommen und mich weinen lassen, und dann hat sie gesagt: ‚Derek, du mußt lernen, den Tod zu akzeptieren. Der Tod ist auch ein Teil des Lebens. Ein Wesen stirbt, damit ein anderes leben kann. Gott ist weise. Bei ihm hat alles seinen Zweck – sogar der Tod. Und für uns – die Krönung seiner Schöpfung – ist der Tod nur das Tor zum ewigen Leben. Wenn ich einmal zu ihm abberufen werde, auch wenn ich gern noch länger hier geblieben wäre, dann wird die Freude groß sein. Das sollst du nie vergessen.'"

Derek schluckte mühsam.

„Ich hatte es aber doch vergessen", fügte er hinzu. „Bis jetzt eben."

Anna blinzelte gegen ihre Tränen an. Manch einem wäre es

makaber erschienen, am Morgen einer Hochzeit vom Tod zu sprechen, doch Anna fand es ganz und gar nicht makaber. Sie hatte das Gefühl, daß Derek soeben der Heilung seiner inneren Wunden ein großes Stück nähergekommen war.

„Ich erinnere mich", sagte Sara, „an die kleine rosafarbene Decke, die Mama für meine Puppe genäht hatte. Die Puppe hatte ich zu Weihnachten bekommen, aber sie hatte keine Dekken, und dabei war es kalt. Ich weiß noch, wie wir damals sogar in der Küche furchtbar gefroren haben."

Anna erinnerte sich an den Kälteeinbruch, von dem Sara sprach. Der Frost hatte zwar nicht lange angehalten, doch er war bitter gewesen.

„Ich wollte, daß meine Puppe es warm hatte. Ich habe versucht, sie unter meinen Pullover zu stecken, aber dann hat Mama versprochen, eine Decke für sie zu nähen – und das hat sie dann auch getan. Und als sie sie mir gab, hat sie gesagt: ‚Sara, ich hoffe, du erweist anderen Menschen immer so viel Mitgefühl wie deiner Puppe. Zeige ihnen deine Wärme, Sara. Zeige deine Liebe.'"

Louise wand sich unbehaglich auf ihrem Platz, als habe sie es sich anders überlegt, was das Erinnerungsspiel betraf. Als Anna jedoch mit dem Aufschreiben von Saras Beitrag fertig war, begann Louise zu sprechen.

„Ich erinnere mich", sagte sie mit flüsternder Stimme, „an einen Morgen, an dem Mama mich rief, weil es Zeit für die Schule wurde. Ich hatte keine Lust aufzustehen und habe einfach so getan, als wäre ich krank."

Louise hielt inne und rutschte auf ihrem Platz umher.

„Mama kam und legte mir die Hand auf die Stirn und sagte, Fieber hätte ich nicht – dann mußte ich den Mund aufmachen, und sie hat sich meinen Hals angesehen. Der Hals sah auch gesund aus. Sie hat mir den Bauch abgetastet und gefragt, ob's irgendwo wehtäte, und ich habe ‚Nein' gesagt. Dann hat sie mich gefragt, ob ... ob ich mir das Bein gebrochen hätte, und ich habe wieder ‚Nein' gesagt. Daraufhin hat sie gesagt, ich mache einen kerngesunden Eindruck. Mir schien nicht das geringste zu fehlen, und ich solle endlich aufstehen. Nach dem

Frühstück, als ich ihr einen Abschiedskuß gab, hat sie mich ganz fest umarmt und gesagt: ‚Louise, gib niemals vor, etwas zu sein, was du überhaupt nicht bist. Andere durchschauen dich sofort. Achte darauf, daß du anderen gegenüber die Wahrheit sagst – und dir selbst gegenüber auch.'"

Louise schwieg einen Moment lang und gestand dann leise: „Manchmal fällt es mir immer noch schwer, mich nicht zu verstellen ... ein bißchen. Aber ich ... ich versuche, mich zu bessern."

Du Arme, dachte Anna und hielt mit dem Schreiben inne, um über Louises Worte nachzudenken. *Vielleicht wirst du tatsächlich erwachsen.*

Nun war Anna an der Reihe. Sie sah sich in der Runde um und räusperte sich.

„Ich erinnere mich an einen Tag", begann sie mit zitternder Stimme, „als ich zehn Jahre alt war. Mama lag krank im Bett, und ich sollte Papa sein Essen aufs Feld bringen. Auf dem Heimweg fand ich ein paar frühe Rosen. Es waren die ersten Rosen, die ich in diesem Frühjahr gesehen hatte – fast noch Knospen waren sie, leuchtend rosa und wunderbar duftend. Ich wußte, wie gern Mama Frühlingsrosen mochte und blieb stehen, um ihr ein paar zu pflücken. Nur einen kleinen Strauß. Mehr gab es noch nicht. Ich weiß noch, wie ich mich an den Dornen gestochen habe.

Dann bin ich weitergegangen und habe mir ausgemalt, wie Mama sich über die Blumen freuen würde. Ich mußte den Bach überqueren, und er war höher als sonst. Papa hatte einen Holzstamm über ihn gelegt, aber auf einem Baumstamm zu laufen war ein richtiges Kunststück für mich. Als ich den Bach zur Hälfte überquert hatte, verlor ich auf einmal das Gleichgewicht. Ich griff verzweifelt nach einem Zweig und schaffte es, nicht ins Wasser zu fallen. Aber um den Zweig zu fassen zu kriegen, mußte ich die Rosen falllassen. Ich habe weinend dagestanden und zugeschaut, wie der Bach sie wegtrug. Als ich zu Hause ankam, weinte ich immer noch.

Ich ging in Mamas Zimmer und warf mich auf ihr Bett und erzählte ihr, was passiert war.

Sie legte ihre Arme um mich und drückte mich an sich.

‚Anna‘, hat sie zu mir gesagt, ‚ihr seid doch meine Blumen. Meine Rosen. Du und deine Brüder und Schwestern, ihr seid mein Blumenstrauß. Und einen schöneren Blumenstrauß kann keine Frau sich wünschen. Ich werde immer – immer, hörst du? – in euch meine wunderschönen Rosen sehen. Andere brauche ich gar nicht.‘“

Anna verstummte, um sich die Augen zu wischen. Wenn sie nicht aufpaßte, würden sie bei der Trauung rot und verquollen sein. Aber Thane würde Verständnis dafür haben.

Sie hob den Kopf und sah sich in der Runde um.

„Und so sehe ich euch auch“, sagte sie leise zu ihren Geschwistern. „Als Mamas Rosen. Sie wäre ja so ... so stolz auf euch, wenn sie euch jetzt sehen könnte. Genauso stolz wie Thomas und ich.“

Sie beugten sich zu einer spontanen Familienumarmung vor und wischten sich dann die Tränen ab, lächelten einander zu und standen auf.

„Ich möchte Thane nicht warten lassen“, sagte Anna leise und legte das Erinnerungsheft wieder in die Schublade. Sie wandte sich zu ihrem Bruder um.

„Ich fürchte, du wirst das Gespann heute ein bißchen zur Eile antreiben müssen, Thomas.“

„Thane wird auf dich warten“, sagte Thomas zuversichtlich, „aber wir werden dich schon rechtzeitig an Ort und Stelle haben.“

Er blieb lange genug stehen, um sie an sich zu ziehen und sie brüderlich in die Arme zu nehmen.

„Du wirst ihm eine wunderschöne Braut sein ... und eine gute Frau, Mamas Rose“, flüsterte er. Dann ließ er sie los, drehte sich um und holte das Gespann.

In den sechs Bänden des „Tagebuchs der Corrie Hollister" von M. Phillips/J. Pella erleben Sie den Werdegang eines jungen Mädchens vom verängstigten Waisenkind zur gefragten Reporterin im amerikanischen Westen zur Zeit des großen Goldrauschs mit.

Doch die Hoffnung bleibt
Band 1
Paperback, 320 Seiten, Bestell-Nr. 815 165

Und dann erwacht die Freude
Band 2
Paperback, 320 Seiten, Bestell-Nr. 815 179

Und der Glaube siegt
Band 3
Paperback, 360 Seiten, Bestell-Nr. 815 214

Auf dem Weg ins Licht
Band 4
Paperback, 320 Seiten, Bestell-Nr. 815 237

Wohin der Weg auch führt
Band 5
Paperback, 360 Seiten, Bestell-Nr. 815 310

Und die Liebe führt zum Ziel
Band 6
Paperback, 340 Seiten, Bestell-Nr. 815 340